Die Fantasy-Bücher der
Süddeutsche Zeitung Junge Bibliothek

Band 1: **Wolfgang und Heike Hohlbein – Midgard**
Band 2: **Antonia Michaelis – Das Geheimnis des 12. Kontinents**
Band 3: **Nina Blazon – Im Bann des Fluchträgers**
Band 4: **Stephen Elboz – Der Sohn des Zauberers**
Band 5: **Marianne Curley – Im Kreis des Feuers**
Band 6: **Bent Jakobsen – Der Kampf um die Nachtkristalle**
Band 7: **Gabriele Beyerlein – Der schwarze Mond**
Band 8: **Gabrielle Alioth – Das magische Licht**
Band 9: **Matt Haig – Im Schattenwald**
Band 10: **Pat O'Shea – Die Meute der Mórrígan**

Ausgewählt von der Kinder- und Jugendbuchredaktion
der Süddeutschen Zeitung

Antonia Michaelis

Das Geheimnis des 12. Kontinents

Antonia Michaelis

Das Geheimnis des 12. Kontinents

Süddeutsche Zeitung Junge Bibliothek

Für K.

Wir waren dort.
An einem glitzernd-klaren, kalten Tag,
wo Traum und Wort im Meeresblau
zu unsren Füßen lag, noch ungeschrieben.
Und später, weiter fort, als ich begann,
Dir vorzulesen, an grünem Ort
voll indisch-wunderlicher Schattenwesen,
fiel der Strom aus, kurz vor Seite sieben.
Und unsre Spur begann sich zu entweben.
Nun trennt die Zeit uns. Auch der Raum.
Vielleicht das Leben. Doch jener
klare Tag und die Geschichte sind geblieben.

Lizenzausgabe der Süddeutschen Zeitung GmbH, München
für die **Süddeutsche Zeitung Junge Bibliothek** 2009

Gestaltung: Eberhard Wolf, Stefan Dimitrov
Titelillustration: Ronald R. Souza
Projektleitung: Marion Meyer, Sabine Sternagel
Redaktion: Roswitha Budeus-Budde, Hilde Elisabeth Menzel
Satz: vmi, Manfred Zech
Herstellung: Hermann Weixler, Herbert Schiffers
Druck und Bindearbeiten: GGP Media GmbH, Pößneck
Printed in Germany
ISBN 978-3-86615-734-7

Inhalt

1. Kapitel,

in welchem ein Abenteuer beginnt, ohne dass ich es ahne. Zunächst bin ich sehr, sehr wütend und wandere aus. Schließlich geschieht etwas Überraschendes und erstaunlich Kleines.

Ich bin zwölf Jahre alt, und mein Name ist Karl.

Karl Sonntag.

Karl heiße ich, weil K der nächste Name auf irgendeiner Liste war, als man mich fand. Und Sonntag, weil ich an einem Sonntag im August gefunden wurde.

Es war auch ein Sonntag im August, an dem ich meinen besten Freund verlor.

Ich verlor ihn nicht, weil ich ihn irgendwo liegen ließ, so, wie man ein Portemonnaie verliert oder einen Haustürschlüssel. Ich verlor ihn, weil er in einem roten Auto wegfuhr.

Er drückte seine Nase lange an die Heckscheibe und winkte.

Ich stand unter einem Schirm und winkte auch. Und es regnete.

Und kurz darauf begannen all die seltsamen und unglaublichen Dinge zu geschehen, von denen ich nie gedacht hätte, dass sie geschehen könnten.

Aber ich will der Reihe nach erzählen.

An jenem Sonntag standen Maria und ich also unter dem Schirm vor dem Kinderheim.

Maria ist schon erwachsen.

»Früher«, sagte ich zu ihr, »dachte ich immer, es gäbe irgendwo auch ein Erwachsenenheim.

Ein Kinderheim ist schließlich ein Heim für Kinder ohne Eltern. Und ein Erwachsenenheim, glaubte ich, wäre ein Heim für Eltern ohne Kinder.

Und ich dachte: Wenn man nur die beiden Heime zusammenlegen würde, dann wären alle froh und glücklich.«

Maria lachte. Sie hatte ihre Arme um mich gelegt und sah mit mir zusammen dem roten Auto nach.

»Ist es nicht schön«, sagte sie, »dass Achim Eltern gefunden hat?«

»Sehr schön«, sagte ich und sah grimmig in den Regen.

»Für dich finden wir auch noch welche«, sagte Maria.

»Quatsch«, sagte ich und bohrte mit der Spitze meines Turnschuhs kleine Mulden in den Kies, sodass der Schuh nass und dreckig wurde und der Kies löchrig und hässlich. »Wir finden keine. Du weißt doch genau, dass ich schon fünfmal zurückgegeben wurde.«

Da sah Maria in die Tropfenwelt hinaus und seufzte.

»Lass uns hineingehen, Karl«, sagte sie. »Es regnet zu sehr.«

Als ich am nächsten Morgen aufwachte, war kein Achim da, der mir die Decke wegzog. Es war auch kein Achim da, mit dem ich um die Wette die Treppen hinunterlaufen konnte, und kein Achim, mit dem ich beim Frühstück Brotkrümel-Wettpusten spielen konnte.

Nachmittags war kein Achim da, der unter den Apfelbäumen mit mir Fußball spielte, und abends war kein Achim da, der sich vor den Schatten fürchtete. Kein Achim, den ich beschützen konnte, weil er klein und schwach war und ich groß und stark.

Und so saß ich auf meinem Bett und merkte, wie nutzlos es war, ganz alleine groß und stark zu sein. Ich faltete einen Papierflieger, wie ich es mit Achim gemacht hatte. Aber es machte keinen Spaß, den Papierflieger alleine fliegen zu lassen. Da überkam mich eine plötzliche rote Wut, und ich zerknüllte den

Papierflieger, bis er nur noch ein winzig kleines Knäuel war, und pfefferte ihn in die Ecke.

»Bleib du nur, wo du bist«, rief ich aus dem Fenster. »Ganz weit weg. Bleib bei deinen neuen Eltern, und freu dich an deinem neuen Leben. Mir ist das doch egal. Ich komm auch gut alleine klar. Schließlich bin ich Karl Sonntag und kann ganz alleine einen Klassenzimmertisch tragen.«

»Schrei doch nicht so rum«, sagte Jonathan. »Ich versuche hier, nicht game over zu werden in meinem Gameboy, Mann.«

»Dann werde doch woanders nicht gemowa«, sagte ich böse und stieß ihn im Vorbeigehen ein bisschen an, damit er auf die falschen Knöpfe drückte und all seine Leben auf einmal verlor.

Eine Woche später waren die Sommerferien vorbei, und die Schule ging wieder los.

Morgens im Bus fühlte ich mich komisch. Es kam mir vor, als guckten mich alle an. Ich hörte sie flüstern. Bestimmt sagten sie zueinander: »Das ist Karl, der jetzt ganz allein ist. Seht ihr, wie groß und stark er ist? Aber es bringt ihm gar nichts, ohne einen Freund, den er beschützen kann. Wie unsicher er von einem Bein aufs andere tritt!«

Ich setzte mich auf eine Bank, auf der noch keiner saß, und sah stur aus dem Fenster, als bemerkte ich das Getuschel der anderen nicht.

»Achim«, sagten sie wohl, »hat jetzt nämlich Eltern. Bloß Karl, der nicht. Da könnt ihr sehen, wie einer aussieht, der zu blöd ist, um Eltern zu finden ...«

Ich weiß gar nicht, ob sie das wirklich sagten. Vielleicht stellte ich es mir nur vor.

In meinem Bauch wuchs die Wut zu einem kleinen roten Klumpen und lag mir im Magen, schwer wie Blei.

In der Schule saß jetzt Ina neben mir, nicht mehr Achim. Sie reichte mir schüchtern die Hand und lächelte. Ich versuchte, auch zu lächeln, aber mir war nicht danach, und so grinste ich nur grimmig. Ina sah etwas erschrocken aus.

»Vermisst du deinen Freund Achim sehr?«, flüsterte sie in der ersten Stunde.

Ich schüttelte den Kopf.

»*Ich* würde meinen besten Freund vermissen, wenn er weg wäre«, flüsterte Ina.

»*Ich* aber nicht«, antwortete ich trotzig.

»Du kannst es ruhig zugeben«, sagte Ina.

Da stieß ich wie aus Versehen ihr Federmäppchen vom Tisch, und alle Stifte ergossen sich in einem regenbogenbunten Schwall über den Fußboden. Sie warf mir einen vorwurfsvollen Blick zu, und ich tat so, als guckte ich zufällig gerade in die andere Richtung.

In der Pause stand ich alleine in einer Ecke und kaute auf meinem Wurstbrot herum. Aber die Wurst schmeckte eklig – ich wusste gar nicht, warum.

»He, Karl«, sagte Eddy, der auch in meine Klasse ging. »Wo hasten deinen kleinen, schwachen Freund Asthma-Achim gelassen? Hat er sich kaputtgeschnauft?«

»Lass du nur Achim in Ruhe«, sagte ich und trat auf ihn zu. Ich war mindestens einen Kopf breiter als Eddy.

»Er ist doch gar nicht da«, sagte Eddy. »Wie soll ich ihn da in Ruhe lassen?«

»Und weißt du auch, warum? Weil er nämlich jetzt Eltern hat, zu denen ist er umgezogen«, antwortete ich. »Deshalb ist er nicht da. Ha.«

»Stimmt es«, fragte Eddy gedehnt, »dass sie dich schon *siiieben* Mal zurückgegeben haben?«

»Fünf Mal«, sagte ich. Das Wurstbrot klebte in meinen Fingern, in mir glühte der rote Wutball, und mir wurde ganz heiß.

»Fünf Mal von irgendwelchen Eltern zurückgegeben«, sagte Eddy zu Ronald, der neben ihm stand. »Hast du sowas Dämliches schon mal gehört, Ronald?«

»Das war nur«, sagte ich, »weil bei den Eltern kein Kapitän dabei war.«

»Kein Kapitän?«, fragte Ronald.

»Jawohl, damit ihr es wisst«, erwiderte ich. »Kein Kapitän. Mein Vater ist nämlich Kapitän. Und ich werde auch mal einer. Und bis mein richtiger Vater mich findet, werde ich eben zurückgegeben. Ist doch logisch.«

»Ach was, Kapitän, sag bloß«, meinte Eddy. »Und woher weißt'n das?«

»Ich weiß es eben«, sagte ich.

Ich ging noch einen Schritt auf Eddy zu und zerdrückte das Wurstbrot in meiner Hand.

»Schon gut, schon gut, ist er eben Kapitän«, sagte Eddy und taumelte zurück. Aber es war zu spät. Die rote Wut war schon aus meinem Bauch in den Kopf hinaufgestiegen.

»*Und das glaubst du mir wohl nicht, wie?*«, rief ich.

Dann packte ich Eddy am Kragen und schmierte ihm die Reste meines klebrigen Wurstbrotes mitten ins Gesicht. Er konnte sich gar nicht wehren, weil ich viel stärker war als er, und so strampelte er nur und schrie um Hilfe. Als ich das Wurstbrot gleichmäßig auf ihm verteilt hatte, schubste ich ihn auf den Boden und ging weg.

An diesem Nachmittag rief mich die Klassenlehrerin zu sich.

»Ich hab es nicht extra gemacht«, sagte ich gleich, weil ich wusste: Sie meinte Eddy und das Wurstbrot. »Es ist bloß so passiert.«

»Warum denn, Karl?«, fragte sie.

Ich sah auf meine Schuhe.

»Wegen gar nichts«, sagte ich. Ich wollte nicht schon wieder über Achim reden und darüber, dass er nicht mehr da war. Oder über meinen Vater, den Kapitän, der auch nicht da war.

Die Lehrerin seufzte. Sie hatte graues Haar, hinten zu einem Dutt hochgesteckt, und ich überlegte, wie hübsch die rosa Schmierwurst meines Pausenbrots darin ausgesehen hätte.

»Es kommt nicht wieder vor«, murmelte ich und sah auf meine Turnschuhspitzen.

Ich nahm mir wirklich vor, dass es nicht wieder vorkommen sollte. Ich würde Eddy einfach nicht mehr zuhören. Aber wenn man ganz alleine ist auf der Welt, ist es schwer, den anderen nicht zuzuhören.

»Eins ist ja wohl sicher«, sagte Eddy. »Ob dein Vater nun Kapitän ist oder Wurstfachverkäufer. Er hat dich sicher nicht verloren. Der wollte dich auch loswerden, damit er endlich seine Ruhe hatte.«

In den nächsten beiden Woche musste ich Eddy viermal verhauen und Ronald zweimal. Ich wollte es nicht. Ich kämpfte dagegen an, ballte die Fäuste in den Taschen und versuchte, ruhig durchzuatmen. Aber die Kraft kam einfach so aus mir heraus. Wenn man zu stark ist, ist das manchmal nicht gut. Die Wut wurde ganz und gar selbstständig und kugelte in meinem Bauch umher, sobald ich in der Schule ankam. Ich konnte überhaupt nicht mehr richtig denken – die Wut verstopfte mein Gehirn von innen wie rote, warme Watte, und ich machte im Diktat 67 Fehler.

Das war am Freitag. In der Pause stießen die Mädchen sich an, und Ina flüsterte: »Da kommt der dicke Karl, der alles runterschmeißt und im Diktat 68 Fehler hatte.«

Sie glaubte, ich hätte sie nicht gehört. Aber ich bin ja nicht taub. Die Wut rollte wieder aus meinem Bauch in den Kopf. Und ich rannte plötzlich auf Ina und Nadine zu, und das Nächste, was ich weiß, ist, dass wir alle drei auf dem Boden lagen.

Der Sportlehrer hielt mich am Handgelenk gepackt und zerrte mich hoch, und Nadine hatte Nasenbluten und heulte, und Ina schrie wie am Spieß und hielt sich eine Hand vor den Mund. Dann spuckte sie einen Zahn aus, der bestimmt vorher schon gewackelt hatte.

Und dann wollten alle mit mir reden.

Zuerst wollte der Sportlehrer mit mir reden, dann wollte die Klassenlehrerin mit mir reden, und dann wollte der Schuldirektor mit mir reden.

Sie alle sagten: »Wir müssen uns mal unterhalten«, und: »Setz dich«, und: »Was ist bloß los mit dir dieses Schuljahr?«

»Nichts«, sagte ich und sah auf meine Turnschuhspitzen.

»So geht das nicht weiter«, sagten sie. »Du passt nie auf, und du vergisst dauernd deine Hausaufgaben, und immerzu verhaust du andere Kinder.«

»Ja«, sagte ich, denn das war so.

»Warum?«, fragten sie. »Warum, Karl?«

Da zuckte ich die Schultern. Ich hätte es selbst gern gewusst, wieso das alles so war mit meiner Wut.

»Hast du nichts dazu zu sagen?«, fragten sie.

»Nein«, sagte ich jedes Mal und wippte auf meinen Turnschuhen hin und her. »Kann ich jetzt gehen?«

Im Bus malte ich mit dem Finger eine Windrose in den Dreck auf der Fensterscheibe.

So eine Windrose, die Norden und Süden anzeigt und Osten und Westen. Und ich dachte, dass der Kapitän, der mein Vater war, sicherlich nur den richtigen Wind brauchte, um mich zu finden. Dann dachte ich wieder, es wäre ja doch unwahrscheinlich, dass er zwölf Jahre lang nicht den richtigen Wind gehabt hatte. Und das machte mich sehr traurig. Die Blätter waren spätsommerlich grün, und der Himmel war spätsommerlich blau, und alles hätte sehr schön sein können. Aber mein Kapitänsvater saß irgendwo in einem Schaukelstuhl auf einer Veranda und hatte mich vergessen.

Oder vielleicht suchte er an den verkehrten Stellen?

Im Kinderheim wartete Maria auf mich. Sie stand in der Tür und sah mir entgegen.

»Karl, Karl«, sagte sie und schüttelte den Kopf. »Ich fürchte, wir müssen uns mal unterhalten.«

»Sag du das nicht auch noch«, knurrte ich und warf meine Schultasche ins Gras.

Maria bückte sich und hob sie auf.

»Komm, Karl«, sagte sie. »Lass uns nach hinten in den Garten gehen.«

»Warum?«, fragte ich. »Ändert sich etwa etwas davon, dass wir in den Garten gehen?«

Meine rote Wut war schließlich in mir, und ich würde sie mitnehmen, wohin auch immer ich ging. Hätte es einen Ort gegeben, an dem ich ihr entkommen könnte – ich wäre gerne dorthin gegangen, ehrlich. Wäre es nun der Garten gewesen oder das Haus oder von mir aus auch der Kühlschrank. Aber ich ahnte, dass es keinen solchen Ort gab.

Die Wut blieb immer bei mir.

Maria trug meine Schultasche und ging voraus, ohne etwas zu sagen.

Hinten im Garten wuchsen Apfelbäume; alte, knorrige Apfelbäume, die im Frühjahr beinahe platzten vor rosaweißen Blüten. Jetzt waren sie grün und hingen voller Äpfel.

Wir setzten uns auf die alte, etwas rostige Wippe, die dort stand, und Maria pflückte einen Apfel von dem Ast direkt über der Wippe. Ich pflückte auch einen, und eine Weile saßen wir nur so da und sahen die Äpfel an und schwiegen.

Aber man konnte spüren, wie es in der Luft knisterte.

»Willst du mir etwas erzählen?«, fragte Maria schließlich.

»Nö«, sagte ich und knetete den Apfel in meinen Händen. »Du mir?«

»Ja«, antwortete sie. »Ich will dir erzählen, dass die Schule angerufen hat. In den letzten beiden Wochen vier Mal. Die letzten drei Male war es deine Lehrerin.«

»Hm«, sagte ich.

»Willst du wissen, was sie gesagt hat?«

Ich schüttelte den Kopf. Ich wollte überhaupt nicht wissen, was sie gesagt hatte. Ich wollte mir die Ohren zuhalten und aus dem Garten weglaufen und nie mehr etwas von dieser Schule hören.

»Sie hat gesagt, etwas stimmt nicht mit dir«, fuhr Maria fort. »Und dass du gar nicht mehr aufpasst im Unterricht. Und dass du die anderen Kinder haust. Ich habe gesagt, dass das sicher nicht nur deine Schuld war –«

»Doch«, sagte ich trotzig. Mir war so nach Widersprechen.

Maria runzelte die Stirn. »Heute jedenfalls hat nicht die Lehrerin angerufen, sondern der Schuldirektor«, sagte sie. »Und der hat mir erklärt, dass es so nicht weitergeht. Er wollte mir nicht zuhören. Er findet, dass du nicht auf der Schule bleiben kannst, wenn du dauernd andere haust ...«

»Er hat mich rausgeschmissen«, sagte ich.

»Na ja, nicht so direkt ...«, meinte Maria. »Eigentlich ...« Sie drehte den Apfel in ihrer Hand hin und her und seufzte. »Eigentlich: ja«, sagte sie endlich. Und danach seufzte sie noch einmal und legte einen Arm um mich. »Karl«, sagte sie, »was machen wir bloß mit dir?«

Ich schüttelte ihren Arm ab. Ich brauchte ihren Arm nicht. Ich brauchte gar niemanden. »Es ist alles die Schuld des Kapitäns«, sagte ich. Denn das war es.

Maria sah mich verwirrt an. »Welches Kapitäns?«

»Erinnerst du dich nicht?«, fragte ich. Meine Wut verschwand beinahe vor lauter Erstaunen. Wie konnte sich jemand nicht an den Kapitän erinnern? Den Kapitän, der mein ganzes Leben bestimmte?

»Nein«, sagte Maria und zog die Augenbrauen zusammen. »Karl, wovon redest du?«

»Mein Vater«, sagte ich leise, und die Apfelbäume rauschten im Nachmittagswind wie die See, als ich das sagte. Und die Vögel schienen ein anderes Lied anzustimmen, ein Lied von der Ferne und von der Sehnsucht. Und die Grillen zirpten wie das Knarzen der Taue im Wind. »Mein Vater, der Kapitän ... Er hätte besser auf mich aufpassen müssen. Er hätte mich nicht verlieren dürfen, damals am Strand.«

»Am Strand ...«, wiederholte Maria verwirrt. Sie hatte es tatsächlich vergessen.

»Aber du hast es mir doch selber erzählt!«, rief ich und sah ihr in die Augen. Ihre Augen waren grau und etwas besorgt und außen mit vielen winzigen Fältchen verziert.

»Es war genau hier im Garten. Ich saß auf deinem Schoß, weil ich damals noch leicht genug war, um auf deinem Schoß zu sitzen. Und du hast mir davon erzählt, wie mein Vater, der Kapitän, mich am Strand verloren hat. Ich muss von seinem Schiff gefallen sein, denn ich wurde in einem Weidenkorb angespült, genau wie Moses, nur nicht so heilig. Und weil mein Vater, der Kapitän, nicht wusste, wohin das Meer mich getragen hatte, konnte er mich nicht finden. Er suchte überall nach mir, doch er fand mich nicht. Er sucht noch immer. Eines Tages wird er kommen, um mich abzuholen. Und er wird die Arme um mich legen und sich wundern, wie groß ich geworden bin und wie stark. Vielleicht wird er gar nicht aussehen wie ein Kapitän, weil er inzwischen einen anderen Beruf hat, damit er mich an Land besser suchen kann. Immer, wenn jemand kam, um mich mitzunehmen, dachte ich, diesmal ist es der Kapitän. Aber er war es nie. Und deshalb konnte ich mich auch nicht gut benehmen. Deshalb haben sie mich alle immer zurückgeschickt.« Ich seufzte tief. »Erinnerst du dich jetzt?«

Das Grau in Marias Augen zitterte ein wenig – wie das Meer an einem windstillen Tag.

»Dass du das alles noch weißt«, flüsterte sie. »Dass du das alles noch weißt, Karl.«

»Na, aber sicher weiß ich es«, sagte ich, und dann wurde auch ich ganz plötzlich besorgt. »Was ist denn, Maria?«, fragte ich. »Warum machst du so ein trauriges Gesicht?«

Ein schrecklicher Gedanke drängelte sich in meinen Kopf. »Hast du etwas gehört, von meinem Vater? Ist ihm etwas passiert? Er ist doch nicht ... er ist doch ... er lebt doch noch? Weil ich nämlich auf ihn warten werde. Und ich gehe nicht mehr in die Schule. Ich warte einfach nur noch hier, bis er kommt.«

»Karl«, sagte Maria und legte ihre Hände auf meine Schultern. Ich schluckte, weil sie so ernst aussah. »Karl, hör mir jetzt gut zu. Damals, als ich dir all das erzählt habe, warst du noch sehr klein. So klein, dass du manche Dinge nicht verstehen konntest. Aber das ist neun Jahre her. Jetzt bist du groß.

Und große Kinder müssen in die Schule gehen. Versprich mir, dass du wieder hingehen wirst, wenn wir eine andere Schule gefunden haben. Es nützt nichts, nur im Kinderheim herumzusitzen und auf den Kapitän zu warten.«

»Es dauert bestimmt nicht mehr lange«, widersprach ich. »So ein bisschen herumwarten kann ich schon noch.«

»Dein Vater, der Kapitän, wird nicht kommen«, sagte Maria ganz leise.

Und da hörten die Apfelbäume auf, zu rauschen wie die See, und die Amseln hörten auf, ein Lied von der Ferne zu singen, und die Grillen zirpten nicht mehr wie das Knarren der Taue im Wind.

»Deinen Vater, den Kapitän, gibt es nicht«, flüsterte Maria. »Ich habe ihn erfunden. Ich war noch ganz jung und ganz neu hier, und du warst das allererste Kind, das auf meinem Schoß saß. Du hast geweint, weil ein anderer Junge von seinen neuen Eltern abgeholt wurde und weil dich niemand haben wollte. Da habe ich dir die Geschichte vom Strand erzählt und von dem Korb, in dem du angespült worden bist wie Moses, und du warst nicht mehr traurig. Aber ich dachte ... ich dachte, du hättest die Geschichte längst vergessen.«

Ich schüttelte den Kopf. Mir war ganz komisch. Ich fragte mich, ob ich spucken müsste, doch dann sagte ich stattdessen: »Ich weiß noch jedes Wort, Maria. Jedes. Wie – wie ist es in Wirklichkeit gewesen? Wie bin ich ins Kinderheim gekommen?«

»Das Meer, weißt du, ist sehr weit weg«, sagte Maria. »In Wirklichkeit. Sie haben dich von woanders hierhergebracht, ich glaube, aus einem Krankenhaus. Jemand hatte dich dort abgegeben. Aber ich weiß nicht, wer.«

»In einem Korb?«, fragte ich. »Lag ich wenigstens in einem Korb?«

»Vielleicht«, sagte Maria. »Keine Ahnung.«

»Und war ein Zettel an mir dran?«

»Nein.«

»Nicht mal ein ganz klitzekleiner Zettel? Auf dem vielleicht stand, man solle auf mich aufpassen? Oder, dass jemand mich wieder abholen würde? Später vielleicht, nachdem er von einer Reise zurück wäre?«

Maria zögerte. Dann schüttelte sie den Kopf.

»Beinahe hätte ich jetzt wieder etwas erfunden«, sagte sie. »Aber es ist wohl nicht gut, etwas zu erfinden. Es war kein Zettel da, Karl. Gar nichts.«

»Warum geben Leute ihre Kinder irgendwo ab, ohne einen Zettel an ihnen zu befestigen?«, fragte ich leise.

Maria antwortete nicht.

»Weil sie ihre Kinder nicht mehr wollen, richtig? Weil sie sie aus Versehen bekommen haben«, sagte ich. »Und weil sie sie dumm finden und zu nichts nutze. Deshalb. Mich wollten sie auch nicht. Sie fanden mich zu nichts nutze. So ist es doch, Maria, nicht wahr? So ist es doch?«

Ich merkte, dass ich richtig laut geworden war. Und dass ich sie gepackt hatte und sie schüttelte. Maria war eine zarte, kleine Frau, und ich war schon jetzt viel stärker als sie. Es erschreckte mich, wie hilflos sie sich in meinem Griff anfühlte, aber ich konnte nicht aufhören, sie zu schütteln. Die Wut war da, in mir, und sie machte mit mir, was sie wollte.

»Es tut mir leid, Karl«, flüsterte Maria. »Es ist alles meine Schuld. Ich hätte den Kapitän nicht erfinden dürfen.«

»Nein, das hättest du ja wohl mal wirklich nicht!«, rief ich. »Du hast mich angelogen. Und ich habe die ganze Zeit geglaubt, du hättest die Wahrheit gesagt! Aber die Wahrheit ist, dass niemand mich will und niemand mich mag! Nicht einmal du, obwohl es dein Beruf ist, uns hier im Kinderheim zu mögen!«

»Natürlich mag ich dich«, sagte Maria und wand sich in meinem Griff. »Karl! Natürlich mag ich dich!«

»Tust du überhaupt kein bisschen!«, schrie ich. »Sonst hättest du mich nicht so beschwindelt!«

Und dann ließ ich sie schnell los, weil ich Angst vor meiner eigenen Stärke bekam. Ich sprang auf und nahm meinen Apfel, der auf der Wippe lag, und warf ihn mit aller Kraft gegen den nächsten Baumstamm, wo er mit einem Krachen zerplatzte.

Danach rannte ich ins Haus, lief nach oben und legte mich auf mein Bett.

Ich wollte weinen, aber ich konnte nicht.

Ich lag nur so da, mit dem Gesicht zur Wand, und ballte die Fäuste und strengte mich an, still zu liegen. Denn sonst hätte ich alle Möbel im Zimmer zerschlagen müssen.

Weil ich meinen Vater, den Kapitän, nicht schlagen konnte – dafür, dass er nicht kam.

Weil es meinen Vater, den Kapitän, nie gegeben hatte.

Ich ging nicht zum Abendbrot hinunter.

Als Maria kam, um mich zu holen, tat ich so, als würde ich schlafen. Später kamen noch zwei andere von den Erwachsenen, und ich tat wieder so, als würde ich schlafen, und da seufzten sie und ließen mich schließlich in Ruhe.

Irgendwann hörte ich, wie Bert und Michael ins Bett gingen. Es gab vier Betten in unserem Zimmer. Eines war jetzt leer, denn das war Achims Bett gewesen.

Ich wartete, bis Bert und Michael schliefen. Dann öffnete ich die Augen. Es war still im Zimmer, ganz still. Nur Berts und Michaels Atemzüge schwebten im Raum, und das leise Licht des Mondes fiel herein und warf einen Baumschatten auf den Fußboden.

Ich betrachtete das Zimmer, als sähe ich es zum ersten Mal: die beiden Doppelstockbetten, den Linoleumboden, das Waschbecken in der Ecke, den Schrank.

»Mach's gut, Zimmer«, flüsterte ich, so, dass es niemand hörte außer mir. Und dem Zimmer. »Leb wohl.«

Denn während alle dachten, ich schliefe, hatte ich einen Entschluss gefasst. Vorsichtig stand ich auf und öffnete den Schrank. Ich nahm nur zwei Sachen heraus: meine Zahnbürste und das Modellschiff, das ich zu meinem achten Geburtstag bekommen hatte.

Die beiden Sachen steckte ich in eine Plastiktüte und zog meinen dicken Wollpullover an. Dann schloss ich den Schrank wieder und öffnete das Fenster. Es quietschte, und Bert und Michael regten sich im Schlaf. Doch sie wachten nicht auf.

Ich ließ die Plastiktüte behutsam fallen, kletterte hinter ihr her und sprang kurz darauf ins Gras hinunter. Es war ein ganzes Stockwerk bis ins Gras, und ich landete ziemlich unsanft. Aber das Modellschiff in der Plastiktüte war heil geblieben, und das war wichtiger.

Ich klemmte mir die Tüte fest unter den Arm und lief durch den taunassen Garten.

Nachdem ich über den Zaun gestiegen war, drehte ich mich noch einmal um und sah zurück. Das offene Fenster im ersten Stock schwang im Wind hin und her. Der Wind strich auch durch die Kronen der Apfelbäume und durch das Gras, das bald wieder gemäht werden musste – und es war, als winkten mir das Fenster und die Bäume und das Gras zum Abschied.

Ich hob einen Arm und winkte ihnen zurück.

Und mein Herz war sehr schwer.

Doch ich konnte nicht bleiben. Ich konnte unmöglich irgendwo bleiben, wo mich alle Leute anlogen und niemand mich mochte.

Ich wusste nicht, wohin ich gehen sollte.

Doch ich ging.

Ich ging die ganze Nacht. Der Mond stand hoch über mir, und mein Schatten folgte mir über die Wiesen. Manchmal ging ich einen Weg entlang und manchmal einfach nur querfeldein. Meine Beine wurden schwer und müde, doch ich zwang sie, weiterzugehen.

Wenn sie am Morgen im Kinderheim feststellten, dass ich fort war, würden sie mich suchen. Und dann wollte ich möglichst weit weg sein. Um keinen Preis würde ich mich dorthin zurückbringen lassen, zu diesen Leuten, denen man kein Wort glauben konnte. Um keinen Preis würde ich wieder in irgendeine Schule gehen, wo die Lehrer mit ihren Diktaten auf mich lauerten.

Gegen Morgen, als der Mond längst untergegangen war und der Himmel eben ein wenig rot wurde, wusste ich plötzlich, was ich tun wollte. Es war ganz einfach. Ich würde es so machen wie die Jungen in den alten Büchern. Ich würde zur See gehen.

Als der Himmel komplett rot war und die Sonne als großer Ball auftauchte, fiel mir ein, dass ich nicht wusste, wo die See war. Das war ein Problem. Doch ich war zu müde, um eine Lösung zu finden. Meine Augen fielen schon beinahe beim Laufen zu.

Da kroch ich in ein Gebüsch, wo niemand mich sehen konnte, und entschied, erst einmal zu schlafen.

Als ich aufwachte, regnete es. Es regnete auch in mein Gebüsch, und ich fühlte mich ziemlich feucht an. Ich setzte mich auf und sah durch die Zweige hinaus. Draußen war alles grau. Bald wäre der Sommer vorbei, und der Herbst würde kommen. Der Herbst, das wusste ich, brachte die Herbststürme mit. Und sicher fuhren doch die großen Schiffe alle vor den Stürmen fort? Würde ich die See rechtzeitig erreichen, ehe die Herbststürme kamen?

Mein Magen knurrte.

Ich sah in der Plastiktüte nach, ob mir jemand ein Picknick eingepackt hatte. Zu Ausflügen bekamen wir sonst immer ein Picknick mit. Aber in meiner Plastiktüte waren nur zwei Dinge: die Zahnbürste und das Modellschiff. Kein Picknick.

Ich versuchte, ein wenig Gras zu essen. Schließlich, dachte ich, essen Kühe auch Gras, und dann geben sie Milch, und Milch macht satt. Daher musste Gras wohl auch satt machen, denn das ist logisches Denken, nicht wahr? Das Gras schmeckte jedoch furchtbar fad und faserig, und ich bekam nicht genug hinunter, um davon satt zu werden. Zum ersten Mal in meinem Leben taten mir die Kühe leid.

Ich stellte fest, dass sich mein Gebüsch direkt neben einem kleinen Bach befand, und ich setzte das Modellschiff in eine Bucht, wo das Wasser keine Strömung hatte. Dann betrachtete ich es eine Weile, wie es hin und her schaukelte. Es war ein schönes Schiff – mit zwei Masten und Aufbauten und Bullaugen, und es hatte sogar eine klitzekleine Galionsfigur vorne. Die Galionsfigur hatte ich selbst an den Bug geklebt, mit Alleskleber. Sie stammte aus einem Überraschungsei und war eine Plastikmöwe mit großen gelben Füßen.

Während ich das Schiff betrachtete und meinem Magen beim Knurren zuhörte und darauf wartete, dass der Regen aufhörte, nickte ich wieder ein.

Und als ich das nächste Mal aufwachte, hörte ich Stimmen.

Es waren sehr leise Stimmen wie von weit weg, aber gleichzeitig schienen sie ganz nah zu sein. Ich blieb sitzen und linste durch die Blätter nach draußen. Waren sie gekommen, um mich zurückzuholen? Aber – wo waren sie? Die Wiese war leer und grün, und auch auf dem Weg, den ich entlanggekommen war, konnte ich niemanden entdecken.

Ich lauschte angestrengt.

»Unglaublich!«, hörte ich jemanden sagen. »Es ist noch viel schöner als unser altes Schiff! Genau das, was wir brauchen!«

»Aber das ist nicht geheuer«, sagte eine andere Stimme. »Wir kommen hierher und finden einfach ein Schiff. Schiffe fallen doch nicht vom Himmel.«

»Ja«, sagte eine dritte Stimme. »Wo ist die Mannschaft?«

»Vielleicht sind sie alle an Land und kommen gleich wieder.«

»Aber hier gibt es nichts an Land. Gar nichts außer Wiesen und Regen. Wir sollten uns hier unter dem Huflattich unterstellen und das Schiff erst einmal beobachten.«

Unter dem Huflattich unterstellen?, dachte ich verwundert. Es wuchs eine ganze Menge von diesem grünen Zeug hier, das mich immer so ein bisschen an Regenschirme erinnerte. Und Maria hatte mal gesagt, es hieße Huflattich, was ich einen blöden Namen fand. Aber wie konnte man sich denn unter Huflattich unterstellen? Das war ja wohl unmöglich.

Ich drehte und wendete den Kopf – und dann, ja, dann *sah* ich sie.

Es waren ungefähr drei Dutzend, und sie standen tatsächlich am Rande des Baches unter einem großen Blatt. Abgesehen davon, dass sie jeder für sich nur so groß waren wie mein kleiner Finger, waren es ganz normale Menschen. Sie trugen Regenjacken und Jeans und Pullover und Gummistiefel, und manche hatten Rucksäcke auf, als machten sie eine Wanderung.

Gleich darauf dachte ich, dass sie wohl doch keine Wanderung machten. Denn mit ihnen standen eine Menge Kisten unter dem Huflattich, so, als zögen sie um. Ich sah, wie sie tuschelten und immer wieder auf mein Modellschiff zeigten. Es hatte genau die richtige Größe für sie.

Ich war sehr verwundert, denn ich hatte bisher nicht gewusst, dass es Leute auf der Welt gab, für die mein Modellschiff genau die richtige Größe hatte. Aber wenn man sein ganzes Leben in einem Kinderheim verbringt, kann man so etwas ja vielleicht auch nicht wissen.

Zuerst fühlte ich mich etwas schüchtern und verlegen. Doch dann dachte ich, dass es doch lächerlich war, sich schüchtern zu fühlen, wenn man so viel größer war als jemand anders.

Ich räusperte mich. »Äh, hallo«, sagte ich und bog den Huflattich ein wenig beiseite.

Die winzigen Leute zuckten alle gleichzeitig zusammen und legten die Köpfe in den Nacken, um zu mir emporzusehen. Ich war so groß, dass sie mich einfach bisher nicht bemerkt hatten.

»Ihr müsst keine Angst haben«, sagte ich.

»Ein Kind!«, rief ein winziger Mann mit rotem Vollbart. Er hörte sich nicht an wie einer, der oft Angst hat. »Seht nur, ein Kind! Ein Kind von den großen Leuten!«

»Oh ja, ein Kind«, sagte eine Frau mit blassblonden Haaren. Und sie klang ganz traurig dabei. »Es sieht ein bisschen aus wie Friedrich, findest du nicht?«

»Ich sehe überhaupt nicht aus wie Friedrich«, widersprach ich irritiert. »Ich sehe aus wie Karl. Weil ich nämlich Karl *bin*. Karl Sonntag. Und das dort ist *mein* Schiff.«

»*Dein* Schiff!«, rief der Mann mit dem roten Vollbart. »Es ist *sein* Schiff!«

Ein Raunen und Murmeln der Anerkennung lief durch die Reihen der winzigen Leute.

»Was für ein schönes Schiff«, sagte ein anderer Mann mit einem Südwester auf dem Kopf. »Ausgesprochen schön. Wie viele Knoten macht es?«

»Es macht überhaupt keine Knoten«, antwortete ich verwundert. »Es macht gar nichts. Es liegt einfach nur so da.«

»Soundso viele Knoten machen«, erklärte der Mann mit dem Südwester, »heißt, soundso schnell fahren. Du segelst wohl nicht mit deinem Schiff, dass du das nicht weißt?«

Was für eine komische Frage! »Wie soll ich denn?«, erwiderte ich. »Ich bin doch viel zu groß.«

»Ah ja«, meinte der Mann und legte nachdenklich einen Zeigefinger an die Wange. »*Das* stimmt.«

Er schien eine Weile nachzudenken. Schließlich sagte er: »Wo du doch ohnehin nicht auf deinem Schiff fahren kannst – würdest du es verleihen? Es ist nämlich so: Unser eigenes Schiff ist vor zwei Tagen gesunken. Ein wenig flussaufwärts von hier. Es ist eine etwas seltsame Sache mit uns. Wir sind in einen schrecklichen Sturm geraten, und unser Schiff wurde direkt vom Meer aus durch die Luft bis hierher gewirbelt. Und als der Wind es hier im Fluss absetzte, ging es von der Wucht kaputt und sank. Wir konnten nur ein paar unserer Sachen retten.« Er zeigte auf die Kisten unter dem Huflattich.

»Wie schrecklich«, sagte ich entsetzt. »Und was tut ihr jetzt?«

»Wir müssen zurück zum Meer«, antwortete die Frau mit den blonden Haaren. »Dort wartet eine große Aufgabe auf uns ... das ist eine lange und ziemlich komische Geschichte. Sicherlich mündet dieser Fluss irgendwann ins Meer, denn das tun alle Flüsse. Aber wir brauchen ein Schiff, um auf dem Fluss und über das Meer zu fahren.«

Das sah ich ein. »Und jetzt wollt ihr meins«, sagte ich und fragte mich, was für eine komische Geschichte das war, von der die Frau gesprochen hatte.

Die winzigen Leute nickten und sahen mich dabei verlegen an.

»Das heißt, wenn du es entbehren kannst«, fügte die blonde Frau hinzu.

Ich überlegte. »Eigentlich will ich auch zum Meer«, sagte ich und seufzte.

»Würdest du uns das Schiff geben, wenn wir dich mitnehmen?«, fragte sie.

»Wie das denn?«, wollte ich wissen. »Ich bin doch viel zu riesig für das Schiff.«

»Das«, sagte der Mann mit dem roten Vollbart, »kann man ändern.«

Ich musterte ihn zweifelnd. Ein Lächeln zog über sein winziges Gesicht. Es war ein Gesicht voller Falten, ein Gesicht, das das Wetter auf dem Meer gezeichnet hatte. Nie hätte ich geglaubt, dass der erste echte Seemann, dem ich begegnen würde, nur so groß wäre wie mein kleiner Finger. Und dass ich ihn unter einem Huflattichblatt anträfe.

»Du musst einen von unseren Schiffszwiebäcken essen«, sagte der bärtige Seemann. »Du hast Glück, dass wir eine Kiste mit Schiffszwiebäcken gerettet haben.«

Damit begannen die winzigen Leute, aufgeregt umherzuwuseln und zu suchen. Sie öffneten hektisch alle Kisten und suchten den Zwieback, und ich sah, was sie alles bei sich hatten: Dosen mit Ölsardinen, die für sie so groß waren wie Karpfen, und große Vorräte an Himbeeren, eine Kiste voller klitzekleiner Bücher und eine andere Kiste voller Streichholzköpfe, auf deren Deckel in kaum lesbaren Buchstaben FEUERWERK stand.

Schließlich rief jemand: »Ich hab ihn!«

Es war der einzige Junge zwischen all den winzigen Erwachsenen. Er schwenkte etwas in seiner Hand, das ungefähr so groß war wie eine sehr kleine Tablette. In der Kiste vor ihm waren noch mehr Tabletten, aber es waren natürlich keine richtigen Tabletten: Es waren winzig, winzig, winzig kleine runde Schiffszwiebäcke. Der Junge reichte mir den Zwieback, und ich nahm ihn ganz vorsichtig zwischen Daumen und Zeigefinger und führte ihn zum Mund.

Eine Sekunde zögerte ich. »Was muss ich tun, um wieder groß zu werden?«, fragte ich.

»Hm, tja«, sagte der Mann mit dem roten Bart. »Also, die Sache ist: Das wissen wir nicht. Wir sind schon immer klein. Das mit dem Zwieback ist eine alte Sage. Vielleicht funktioniert es gar nicht.«

»Man muss es darauf ankommen lassen«, meinte der Mann mit dem Südwester.

»Bitte«, sagte ich – und fühlte mich auf einmal wieder sehr entschlossen. »Dann lasse ich es darauf ankommen.«

Was, dachte ich, sollte schon schlecht daran sein, kleiner zu werden, wenn man dadurch auf einem Schiff zur See fahren konnte? Und was soll schon schlecht daran sein, klein zu bleiben? Wenn die großen Leute einen doch sowieso alle anlügen und von ihren Schulen werfen?

Ich schluckte den tablettengroßen Zwieback mit Todesverachtung hinunter.

Im nächsten Moment stand ich vor dem Mann mit dem roten Vollbart und sah zu ihm auf. Von unten sah sein Vollbart noch voller aus. Es regnete nach wie vor, doch ich wurde nicht mehr nass: Über mir wölbte sich das grüne Dach des Huflattichs.

Und dann sah ich die beiden Masten eines stolzen, wunderschönen Schiffes in den nassen Himmel aufragen.

»Lasst uns an Bord gehen«, sagte der bärtige Mann.

2. *Kapitel,*

in welchem ich eine Kapitänin kennen lerne. Ein Schiff fährt per Anhalter, ich entdecke erstaunliche Dinge unter Deck, und schließlich höre ich ein Märchen, das kein Märchen ist.

Es war aber gar nicht so einfach, an Bord zu gehen.

Ich hatte vergessen, die Gangway auszuklappen, als ich noch groß gewesen war. Die Gangway ist eine Art Brücke, über die man vom Land aus bequem auf ein Schiff steigen kann, wenn es vom Ufer ein kleines Stückchen weit weg liegt.

Das Schiff lag ein großes Stückchen weit weg.

Da sah ich, dass da neben dem Huflattich im Gras etwas lag, etwas langes weiß-rot Gestreiftes.

»Das ist meine Zahnbürste!«, rief ich und hatte eine Idee. Ich ging hinaus in den Regen und hob die Zahnbürste mit beiden Armen hoch. Beinahe musste ich lachen, denn wer braucht schon beide Arme, um seine eigene Zahnbürste festzuhalten. Sie war jetzt groß und unhandlich, doch schließlich gelang es mir, sie zum Ufer zu balancieren.

Ich sah, wie die winzigen Leute mich beobachteten und tuschelten.

»Das haben wir gleich«, sagte ich – ganz so, als trüge ich jeden Tag meterlange Zahnbürsten durch die Gegend. Damit streckte ich den geringelten Stiel aus, verhakte die Borsten hinter der Bootsreling und zog. Das Boot schien einen Moment zu zögern. Doch schließlich ließ es sich an Land ziehen. Im nächsten Augenblick war es so nah, dass ich an die Gangway herankam, um sie auszuklappen.

Triumphierend sah ich mich nach den winzigen Leuten um, die Zahnbürste in einer Hand wie ein riesiges Königszepter. Ein Glück, dachte ich, dass ich zwei so ausgesprochen nützliche Dinge mit auf die Reise genommen habe.

»Großartig«, sagte der Mann mit dem roten Bart. »Alle an Deck!«

Während die winzigen Leute ihre Kisten und Seesäcke auf mein Schiff trugen, kam er zu mir und schüttelte mir die Hand. »Vielen Dank, Karl«, sagte er. »Ich sehe schon: Du wirst ein hervorragender Seemann. Im Übrigen habe ich versäumt, mich vorzustellen. Ich bin Fred, der Smutje an Bord.«

»Smutje?«, fragte ich. »Was ist das?«

»Das ist der Schiffskoch«, sagte Fred und lächelte breit. »Der immer mit den merkwürdigsten Dingen etwas Essbares für die ganze Mannschaft herstellen muss. Und sobald wir in See stechen, werde ich uns einen wundervollen Zwieback-Vogelbeeren-Auflauf zubereiten.«

»Oh«, sagte ich. »Ich dachte, Sie wären der Kapitän.«

Fred lächelte noch breiter. »Den Kapitän«, sagte er, »wirst du gleich kennen lernen.«

Damit schob er mich über die Gangway.

Kurz darauf knarrten die Taue, die Maria damals aus rotem und grünem Nähgarn zurechtgeschnitten hatte, und die weißen Segel, für die sie mir drei ihrer guten Taschentücher geschenkt hatte, entfalteten sich wie die Flügel eines großen, schönen Schmetterlings. Die winzigen Leute arbeiteten alle zugleich auf »hau-ruck« und zogen und zerrten und stemmten sich in die Seile.

Ich aber stand an der Reling, legte den Kopf in den Nacken und sah zu, wie sich der Regen verzog und der Wind die Segel blähte. Und da wurde es ganz warm in meinem Herzen, und es war mir, als müsste ich laut singen.

Denn wie lange hatte ich davon geträumt, an einer Reling zu stehen und den Wind im Gesicht zu spüren. Und nun war es nicht irgendein Schiff, an dessen Reling ich stand. Es war mein Schiff, mein stolzes, schönes Schiff mit der Überraschungsei-Galionsfigur und den roten Fallen und den grünen Schoten und den weißen, weißen Segeln.

So fuhren wir den Bach hinab, der jetzt ein breiter Fluss war, und der Wind schob uns übers Wasser dahin wie eine große, unsichtbare Hand. Meine Gestalt spiegelte sich unten auf den Wellen; ich konnte mir selber winken, was ich eine ganze Weile auch tat.

Wir fuhren noch nicht lange, als jemand mir auf die Schulter tippte.

Es war Fred, der Schiffskoch mit dem roten Bart. Neben ihm stand eine kleine, zierliche Frau mit zerzausten kurzen Locken und in einer gelben Öljacke.

»Ich hatte dir doch versprochen, Karl«, sagte Fred, »dass du unseren Kapitän kennen lernen sollst, sobald ein wenig Zeit dafür ist.«

»Ja?«, sagte ich und sah mich um, ob da irgendwo ein Kapitän wäre. Es war aber niemand da außer Fred und der kleinen Frau.

Die kleine, zierliche Frau streckte ihre Hand aus und strahlte mich an. Sie hatte ein nettes Lächeln und ein Grübchen in der linken Wange. »Ich bin Alma«, sagte sie.

»Ja, äh«, wiederholte ich verständnislos und nahm ihre Hand. Ich war überrascht, wie kräftig sie war, als sie die meine schüttelte. »Und wo ist nun der Kapitän?«

Da lachte Alma, sodass ihr Grübchen noch tiefer wurde. »Ich bin der Kapitän«, sagte sie. »Fred ist mein Mann.«

»Oh«, sagte ich. Und ich dachte, wie komisch das doch war: dass Fred kochte und seine Frau der Kapitän war. Aber ich kannte mich ja nicht wirklich aus auf Schiffen, und vor allem nicht mit so winzigen Leuten.

»Es ist mir eine Ehre«, fuhr Alma fort, »dein Schiff führen zu dürfen, Karl. Es ist ein sehr schönes Schiff. Aber ich habe noch gar nicht gesehen, wie es heißt.«

»Es war zu schwierig, einen Namen daraufzuschreiben«, erklärte ich. »Weil es doch so klein war. Ich meine, ich war so groß, und so klein kann ich nicht schreiben. Meine Buchstaben werden immer fürchterlich groß und krakelig, und da habe ich lieber keinen Namen auf das Schiff geschrieben.«

»Und wie heißt es?«

Ich überlegte einen Moment. Weil ich sowieso nicht so klein schreiben konnte, hatte ich mir nie Gedanken darüber gemacht, wie mein Schiff heißen sollte.

»*Maria*«, sagte ich dann. Es schien mir, als wäre das das Mindeste, was ich tun konnte, um die Sache mit Maria im Heim wiedergutzumachen. Vermutlich würde ich sie niemals wiedersehen, aber wenn doch, könnte ich ihr erzählen, dass ein echtes, herrliches Schiff mit weißen Segeln nach ihr benannt worden war. Und das würde sie sicherlich freuen.

»Wir werden bei Gelegenheit MARIA an den Bug pinseln«, sagte Alma. »Denn nun ist das Schiff ja groß genug dazu, auch für dich.«

Und dann lachte sie wieder. »Aber nun muss ich einen Blick auf die Karte werfen und mich darum kümmern, wie wir am schnellsten ans Meer kommen«, sagte sie. »Wenn du mich also entschuldigst, Karl ...«

»Und ich werde mich um den Zwieback-und-Vogelbeeren-Auflauf kümmern«, sagte Fred.

Weil außer mir jeder an Bord sich um irgendetwas kümmerte, begann ich, über das Schiff zu schlendern. Es war schon eine Freude, zu sehen, wie alles an seinem Platz war und nichts fehlte. Ich hatte gar nicht gewusst, dass man auf meinem Schiff wirklich unter Deck gehen konnte. Doch das konnte man.

Ich stieg die Stufen hinunter und staunte. Es gab eine Vielzahl von Räumen, die hatten Türen mit Klinken und Schlössern, die bisher wohl für mich so winzig gewesen waren, dass ich sie übersehen hatte. Hängematten gab es und Kojen und einen Raum mit einem großen Tisch und vielen Stühlen und sogar einen Maschinenraum voller Rohre und Kessel und Dingen, die ich nicht kannte.

Dort traf ich den Jungen wieder.

Er stand vor einem Schaltbrett und studierte die verschiedenen Knöpfe und Lichter und Hebel. »Hey«, sagte er, als er mich sah. »Das ist ja ein hübscher Motor, den du da hast auf deinem Schiff. Sieht aus, als könnte man gut Knoten machen damit, wenn der Wind einschläft.«

Einen Moment wunderte ich mich, weshalb man mit einem Motor Knoten machen sollte. Aber dann fiel mir wieder ein, dass man in Knoten die Geschwindigkeit maß, mit der das Schiff fuhr.

»Hm, ja«, sagte ich deshalb. »Das kann man wohl.«

»Ich kenn mich aus mit Motoren«, sagte der Junge und klopfte anerkennend auf einen der Kessel. »Dies hier ist eine ganz altmodische Maschine. Aber 1 a gepflegt.«

»Ach?«, sagte ich. Ich hatte keine Ahnung von Schiffsmotoren. Ich hatte bis heute ja überhaupt nicht gewusst, dass ich einen besaß.

»Eigentlich ist Jorgen für die Maschinen verantwortlich. Aber manchmal lässt er mich fast alles alleine machen«, sagte der Junge stolz. »Wenn du willst, zeige ich dir, wie man den Motor bedient.«

Ich ärgerte mich ein wenig, dass ein fremder Junge mir zeigen wollte, wie mein eigenes Schiff funktionierte. Am liebsten hätte ich gesagt: »Weiß ich selber, du Angeber«, aber ich schluckte die Worte gerade noch hinunter. In meinem Magen machten sie ein komisches Gefühl. Ich merkte, dass dort irgendwo die Wut darauf wartete, wieder hervorzukommen und sich auszutoben. Aber ich ließ sie nicht.

Es wäre ja dumm gewesen, nicht zu erfahren, wie der Motor funktionierte, nicht wahr?

»Ich heiße Sven«, sagte der Junge.

»Ich bin Karl«, sagte ich.

»Na, das weiß ich doch«, sagte der Junge und lachte. »Du bist Karl, dem das Schiff gehört und der uns sozusagen gerettet hat.«

Und da wurde ich wieder stolz und froh.

Sven zeigte mir alles, was es am Motor zu sehen gab, selbst die allerkleinste Schraube und wie man sie aufschraubte und zuschraubte und an welchen Hebeln man ziehen und auf welche Knöpfe man drücken musste. Wir waren eine ganze Weile dort unten und krochen zwischen den Kesseln und Rohren und Schaltkästen herum, und schließlich saßen wir erschöpft auf dem Boden.

»Du bist ganz schwarz im Gesicht«, sagte Sven.

»Du auch«, sagte ich. »Du siehst aus wie ein Motoröl-Monster.«

»Dann siehst du aus wie ein Ruß-Ungeheuer.«

»Und du ... du bist ein ... ein Schwarzfinger-Affe!«

»Ekel-Stink-Gesicht!«

»Schmier-Schwein!«

Ich griff nach Sven und warf ihn um, und gleich darauf balgten wir uns auf dem Boden, wodurch wir nun auch nicht gerade sauberer wurden. Es war kein böses Balgen, wir lachten dabei und quietschten. Doch plötzlich schrie Sven, und ich erschrak.

Keuchend ließ ich ihn los. »Was ... was ist?«

»Du musst aufpassen«, sagte Sven und setzte sich auf. »Sonst renkt es aus.«

»Renkt es ... aus?«, fragte ich verständnislos.

Er krempelte mit besorgtem Gesicht sein rechtes Hosenbein hoch. Und da sah ich, dass er unter der Hose gar kein richtiges Bein hatte. Er hatte zwar ein Bein. Aber es war aus Holz.

Mir wurde etwas flau zumute.

»Na«, sagte Sven. »Noch mal gut gegangen.«

Ich bemühte mich, nicht entsetzt zu gucken, aber ich tat es wohl trotzdem, denn Sven blickte mich an und grinste.

»Keine Angst«, meinte er. »Es beißt nicht. Es ist ein ganz normales Holzbein. Kennst du die nicht aus Piratenbüchern?«

»Ja, na ja, doch«, murmelte ich und versuchte, das Bein nicht anzustarren.

»Du kannst es dir ruhig angucken«, sagte Sven. »Das Knie gehört noch mir. Erst da drunter ist das Bein aus Holz. Aber wenn man nicht aufpasst, geht an der Verbindungsstelle zwischen Knie und Holzbein etwas schief.«

Ich sah mir die Verbindungsstelle an. Das Ende von Svens echtem Bein lag in einer Schale, die mit Stoff ausgepolstert war, und von dem falschen Bein liefen Riemen nach oben, die er um die Hüfte geschnallt hatte wie einen Gürtel. Jetzt, als ich es mir so genau ansah, fand ich das Holzbein gar nicht mehr so entsetzlich.

»Was ist mit deinem Bein passiert?«, fragte ich.

Sven seufzte. »Seeungeheuer«, sagte er mit einer wegwerfenden Handbewegung.

»*Seeungeheuer?*«, fragte ich.

»Es hat uns erwischt, weit draußen auf dem Meer«, erzählte Sven. »Es hatte eine Menge Arme, mindestens fünfzehn, und hat unser Schiff geschüttelt wie einen Milch-Shake. Und es hatte fürchterliche, glühende Augen und drei Reihen scharfer Säbelzähne. Es hat mein Bein abgebissen, einfach so. Wir dachten, es würde das ganze Schiff fressen. Aber dann ist es plötzlich wieder abgetaucht. Vielleicht wollte es nur einen kleinen Imbiss, und mein Bein hat ihm gereicht.« Er klopfte liebevoll auf den hölzernen Unterschenkel. »Mein Bein hat sozusagen das Schiff gerettet.«

»Wie ... wie lange ist das her?«, fragte ich stockend.

Sven dachte nach. »Ohoch, so drei, vier Jahre«, sagte er. »Inzwischen kann ich mit dem Holzbein fast alles machen. Fred hat es für mich geschnitzt.«

»Ist Fred dein Vater?«

»Na, das will ich wohl meinen. Er ist ein Meister im Schnitzen. Ich kann mit dem Bein ganz normal herumlaufen. Und ich habe starke Arme, siehst du? Ich mache alles an Deck, alles.«

Er schwieg eine Weile.

»Außer ins Krähennest hochklettern«, fügte er schließlich etwas leiser hinzu. »Das darf ich nicht. Fred sagt, es ist zu gefährlich. Obwohl ich wette, dass ich es könnte.«

»Krähennest?«, fragte ich verwundert.

»So nennen wir den Ausguck ganz oben am Mast. Den, von dem aus Columbus Amerika entdeckt hat.«

»Das war gar nicht Columbus. Das war einer seiner Matrosen. Ich habe ein großes Sachbuch darüber zu Hause ...« Ich schluckte. »Ich hatte ein Buch darüber«, verbesserte ich mich. Denn nun besaß ich wohl kein Zuhause mehr, nicht einmal im Heim, und auch keine Bücher. Einen Moment lang dachte ich wieder an Maria und den Garten mit den Apfelbäumen und den Frühstückssaal, und mir wurde ganz schwer und schwarz ums Herz.

Aber dann fiel mir etwas ein.

»Alma hat gesagt«, meinte ich, »ihr müsstet unbedingt ans Meer, weil dort eine große Aufgabe auf euch wartet. Was ist das für eine Aufgabe?«

»Na ja«, sagte Sven ausweichend. »Wir müssen sowieso ans Meer. Wir leben auf dem Meer, weißt du? Wir sind See-Nomaden. Ohne festen Heimathafen. Es ist ein schönes Leben, wild und frei, wie die Möwen.«

»Ja, schon«, antwortete ich. »Aber was ist mit der Aufgabe, die ihr erledigen müsst?«

»Die Aufgabe ist, etwas wiederzufinden«, sagte Sven.

»Wo habt ihr es denn verloren?«

»Wir haben es nicht verloren«, sagte Sven. »Es ist uns geraubt worden.«

»Und was ...?«, begann ich.

Doch in diesem Moment dröhnten die Schläge eines Gongs bis zu uns in den Maschinenraum hinunter und brachten die Kessel und Rohre zum Beben. Sven legte den Finger an den Mund und lauschte. Es gongte drei Mal.

»Das«, sagte er, »ist der Essens-Gong. Los, komm. Es gibt was zwischen die Zähne.«

Ich lauschte in mich hinein und merkte, dass ich ordentlich Hunger hatte. Außer dem winzigen Zwieback und etwas Gras hatte ich schon sehr lange nichts mehr gegessen.

So vergaß ich meine Frage zunächst und folgte Sven die schmalen Stiegen hinauf.

Von oben strömte uns bereits ein wundervoller Duft entgegen. Sven schnupperte. »Zwieback-Vogelbeeren-Auflauf«, bemerkte er fachmännisch. »Na, es gibt Schlimmeres.«

Beim Essen waren alle sehr lustig. Der Auflauf schmeckte wirklich gut, ein bisschen wie der Preiselbeer-Auflauf im Heim und ein bisschen nach Salz. Das war, erklärte mir Fred, wegen des Meerwassers. Denn auch in die dichteste Vorratskiste dringt mal etwas Meerwasser.

»Das Meer ist schlau«, sagte Fred, »und findet seinen Weg überall hinein. Es kann sich flach machen wie ein Igel und dünn wie eine Bleistiftmine und klein wie ein Zwergmausblinddarm, und es ist biegsam wie eine Lakritzschnecke. Aber manchmal ist das Meer auch groß wie ein Hochhaus und mächtig wie ein Ungeheuer. Das ist das Erste, was du über das Meer lernen musst, Karl. Und am besten ist, du merkst es dir gleich, ehe wir dort ankommen.«

»Zwergmausblinddarm ...«, murmelte ich und löffelte meinen Auflauf. »Ich werde es mir merken.«

»Nun verwirr doch den armen Jungen nicht so«, sagte Alma. »Er wird schon noch früh genug lernen, was er über das Meer wissen muss.«

Die übrigen Seeleute am Tisch murmelten zustimmend. Ihr Gemurmel klang wie das Grollen der See in der Tiefe an einem nachdenklichen Tag.

»Man kann gar nicht alles lernen, was man über das Meer wissen muss«, sagte Jorgen düster. »Das Meer ist unberechenbar. Nicht einmal wir wissen genug darüber. Wenn wir genug wüssten, wären wir nicht hier.«

»Wie meint er das?«, flüsterte ich Alma zu.

»Er meint den Sturm, von dem ich erzählt habe«, flüsterte Alma zurück. »Diesen Sturm, der uns durch die Luft geschleudert hat bis dorthin, wo wir dich trafen. Aber er hat unrecht. Es war nicht das Meer, das den Sturm gemacht hat. Es war etwas anderes.«

»Was?«, fragte ich.

Doch Alma hatte sich wieder ihrem Auflauf gewidmet und tat so, als hätte sie mich nicht gehört.

Es war etwas Geheimnisvolles um die winzigen Leute, etwas, das sie mir nicht sagen wollten. Vielleicht, weil sie Angst davor hatten. Etwas war geschehen, ehe sie Schiffbruch erlitten hatten, etwas Merkwürdiges, Unheimliches – und ich beschloss im Stillen, es herauszufinden.

Wir fuhren den ganzen Tag den Fluss hinab, bis die Nacht kam. Da holten wir die Segel ein und ankerten in einer kleinen Bucht unter einer Sauerampferstaude. Als ich in meiner Koje neben Sven lag, fühlte ich mich hundemüde von der vielen frischen Luft und all dem Neuen, das ich gesehen und gelernt hatte. Es war, als wäre nicht ein Tag vergangen, sondern mindestens zehn. Obwohl ich so müde war, lag ich noch eine Weile wach. Ich lauschte in die Dunkelheit und dachte über das Geheimnis nach, das die winzigen Leute umgab. Irgendwo unter dem Schiff gluckste das Wasser in der Nacht, und der Raum um mich war erfüllt vom Atmen der Schläfer in den anderen Kojen. Es waren je sechs in jeder der kleinen Kabinen. Doch einige waren leer geblieben. In unserem Raum schliefen außer mir noch Fred und Sven und Jorgen und seine Frau Ingeborg. Das Bettzeug der letzten Koje war unberührt.

»Sven«, flüsterte ich in die Dunkelheit. »Das Schiff ist ein bisschen groß für euch, oder?«

»Wieso?«, flüsterte Sven zurück. Auch er war also wach.

»Weil es zu viele Betten gibt«, wisperte ich.

»Es sind genauso viele Kojen wie in unserem alten Schiff«, antwortete Sven. »Ich habe sie gezählt. Erstaunlich. Genau die gleiche Anzahl.«

»Aber – wieso sind dann so viele leer?«

Ich wartete eine Weile auf die Antwort, doch sie kam nicht. Sven musste eingeschlafen sein.

Das wunderte mich, denn eben war er noch hellwach gewesen. So hellwach, als dächte auch er über etwas nach.

Kurz bevor ich einschlief, fiel mir etwas ein, das ich schon zuvor bemerkt hatte: Sven war das einzige Kind an Bord. Wenn die winzigen Leute als Nomaden auf dem Meer lebten, dann hatten sie ja wohl immer alles bei sich, nicht wahr? Auch ihre Kinder. Aber wo, fragte ich mich im Dunkeln in meiner Koje, wo *waren* sie?

Am nächsten Morgen gab es zum Frühstück Zwieback, was irgendwie keinen verwunderte.

Während die meisten Seeleute danach an Deck arbeiteten, kletterten Ingeborg und Jorgen und noch ein paar Männer an Land und schnitten mit großen Macheten Blätter von der Sauerampferstaude ab. Ich stand an der Reling und wunderte mich darüber, wie komisch es doch war, mit einer Machete Sauerampfer zu schneiden.

Die Blätter wurden in Streifen zerteilt und in großen Fässern gelagert.

»Daraus machen wir Sauerkrauteintopf«, sagte Fred und rieb sich die Hände.

»Ist ja irre«, sagte ich. »Und woraus macht ihr Rotkohl?«

»Aus Kleeblüten«, antwortete Fred. »Wenn Rotkohl das ist, was ich glaube, das es ist. Bei den großen Leuten.«

Ja, und dann ... dann enterten wir ein Schiff.

Wir enterten es nicht wirklich, denn niemand auf dem Schiff merkte etwas davon. Aber eigentlich enterten wir es doch. Es war eine großartige Sache, und es begann damit, dass Alma gegen Abend ihr Fernglas von den Augen nahm und mit ausgestrecktem Arm auf die Flussmitte zeigte.

»Da ist eins«, sagte sie. »Steuerbord voraus!« Was rechts vorne bedeutete.

»Ein was?«, fragte ich.

»Ein Schiff«, sagte sie. »Ein richtiges Riesenschiff von den großen Leuten.«

Sie gab mir das Fernglas, und ich sah da durch eine hohe Wand, die vor uns aufragte. Sie war so hoch, dass ich sie vorher gar nicht bemerkt hatte. An der Wand stand *Ariadne*, und ich erkannte eine Reihe runder Bullaugen. Offenbar war die Wand das Heck eines Schiffs.

»Die *Ariadne*«, sagte Alma, »wird uns ein Stückchen mitnehmen.«

»Mitnehmen?«

»Sicher«, antwortete sie. »Wir fahren per Anhalter. Die Schiffe der großen Leute sind viel schneller als unsere *Maria* hier.« Sie klopfte liebevoll auf das Holz der Reling. »Obwohl die *Maria* natürlich viel, viel schöner ist. Aber wenn wir rechtzeitig ans Meer kommen wollen, sollten wir uns ziehen lassen.«

»Rechtzeitig?«, fragte ich. »Wann müssen wir da sein?«

»Ehe es zu spät ist«, sagte Alma.

»Zu spät? Zu spät für was?«

»Wenn wir das so genau wüssten.« Alma seufzte und sah mich an, und mit einem Mal war das Lachen aus ihren Augen verschwunden. »Komm, Karl«, sagte sie. »Lass uns die Mannschaft zusammentrommeln. Wir müssen die Taue klarmachen, um die *Ariadne* zu entern.«

Am Bug stand jetzt Jorgen und verteilte starke Seile, mit denen sich die Seeleute an der Reling postierten. Ich stellte mich in die Schlange derer, die noch auf ihre Seile warteten, und fühlte, wie mir vor Stolz ganz warm wurde im Bauch. Jorgen sagte nichts, als er mir mein Enterseil überreichte. Er nickte mir nur stumm und ernst zu, wie er allen anderen vor mir auch zugenickt hatte, und da fühlte ich mich noch stolzer. Als ich mir das Seil genauer besah, wunderte ich mich allerdings.

Ich hatte erwartet, es wäre ein Enterhaken an seinem Ende befestigt, wie es wohl jeder von einem Enterseil erwartet, nicht wahr?

Aber stattdessen befand sich dort ein großer, durchsichtiger Saugnapf. Die Sorte, die an den Pfoten dieser merkwürdigen Stofftiere ist, die manche Leute an die Fensterscheiben ihrer Autos kleben.

Ich war mir sicher: Es war genau so ein Saugnapf. Nur – jetzt war er natürlich so groß wie ein Nudelteller, weil ich so klein war. Die Winzigen mussten die Saugnäpfe irgendwoher gemopst haben.

»Hast du schon mal ein Schiff geentert?«, fragte Sven, der neben mir aufgetaucht war.

Ich schüttelte den Kopf.

»Das dachte ich mir«, sagte Sven. »Du musst das Seil *soo* zusammenlegen – siehst du? Wie ein Cowboylasso. Und dann schleuderst du es über deinem Kopf im Kreis, und wenn Alma bis drei gezählt hat, wirfst du das eine Ende mit aller Kraft nach vorne. Nur – das andere Ende, das darfst du auf keinen Fall loslassen. Klar?«

»Klar«, sagte ich, aber mir war etwas mulmig zumute. Ich hatte mit Cowboylassos ungefähr genauso viel Erfahrung wie mit Enterseilen.

»Eins, zwei«, zählte Alma. Ich schwang das Ende des Taus im Kreis. Es war schwer, aber ich bin ja stark. »Drei!«

Ich holte aus und schleuderte den Gummisaugnapf mit der größten Wucht von mir, die ich aufbringen konnte. Um mich herum taten die anderen das Gleiche. Die Taue gaben ein seltsames Zischen von sich, als sie durch die Luft flogen. Wie eine Horde Schlangen, nun ja: fliegender Schlangen. Einige flogen ins Wasser, doch die meisten Saugnäpfe trafen ihr Ziel – sie trafen es mit einem vielfachen Klatschen, als applaudierten sie uns. Ich hielt das Ende des Seils ganz fest – und im nächsten Moment lief ein Ruck durch das Schiff. Die ganze *Maria* bebte. Beinahe hätte mir der Ruck das Ende des Taus aus den

Händen gerissen, doch ich hielt es eisern fest. Ich war stark; ich konnte ein guter Seemann sein, und das würde ich ihnen schon beweisen.

»Melde: Schiff geentert!«, verkündete Jorgen. Plötzlich pfiff mir der Wind von vorne nur so ins Gesicht, als hätte jemand ihn mit einem Knopfdruck höher geschaltet.

»Gut. Vertäut jetzt die Seile«, befahl Alma. Es kam mir noch immer seltsam vor, dass sie der Käpten war. Aber es hatte wohl seine Richtigkeit so.

Die Seeleute schlangen ihre Seilenden um ein paar Poller, die gleich neben der Reling auf dem Deck angebracht waren. Mir war nie aufgefallen, dass mein Schiff dort Poller hatte. Sie mussten zuvor wirklich winzig, winzig klein gewesen sein.

Ich linste nach rechts und nach links und machte es genauso wie die anderen: Man musste mehrere Schlaufen um den Poller legen, rechts, links, rechts, links – und bei der letzten Schlaufe das kurze Ende unten behalten. Es war gar nicht schwierig.

Als ich mich wieder aufrichtete, stand Jorgen hinter mir und lächelte.

»Sehr gut, Matrose«, sagte er, »und jetzt sieh dir mal an, wie schnell deine gute alte *Maria* fährt.«

Ich beugte mich über die Reling: Ja, das Wasser des Flusses zischte nur so unter uns weg, am Bug brachen sich gischtend weiße Wellen, und die Brise, die so plötzlich aufgefrischt hatte, war nichts anderes als der Fahrtwind.

Ein Dutzend Saugnäpfe klebten am Heck der *Ariadne*; ein Dutzend straff gespannter Taue verband uns mit dem riesigen Schiff, und wir jagten hinter ihm durchs Wasser wie ein Torpedo. Die Antriebsschraube der *Ariadne* befand sich jetzt irgendwo unter uns – tief genug unter Wasser, um uns mit ihren scharfen Stahlblättern nicht zu nahe zu kommen. Aber die Wellen, die die Motorschraube verursachte, schüttelten die *Maria* ordentlich hin und her.

Als ich die Reling losließ, schwankte ich und hielt mich gleich wieder fest.

Ich versuchte es noch einmal, ging zwei Schritte, taumelte und hielt mich an der erstbesten Sache fest, die mir in den Weg kam. Das war Sven.

Er stand so fest, als wäre er angeklebt – und das, wo er doch nur ein richtiges Bein hatte.

»Hallo, Karl«, sagte er, und dann lachte er – lachte und lachte und hielt sich die Seiten vor Lachen.

Ich ließ ihn beleidigt los, bereute es jedoch gleich darauf, als ich das Gleichgewicht verlor und auf den Decksplanken landete.

Sven sah zu mir hinunter und lachte weiter. »Da sieht man mal«, prustete er, »dass du noch nie per Anhalter hinter einem großen Schiff gefahren bist. Warte nur, bis der erste Sturm auf See kommt!« Dann konnte er nicht mehr weitersprechen, weil ihn das Lachen zu sehr schüttelte.

»Lach du nur«, knurrte ich. »Steh nur da rum mit deinem Holzbein und lach mich aus.«

Und ich rappelte mich mühsam auf und tastete mich an den Aufbauten des Schiffs entlang bis zu der Tür, die unter Deck führte.

»He!«, hörte ich Sven hinter mir rufen. »Nun sei doch nicht gleich eingeschnappt! Wenn man der Sohn einer Kapitänin ist, kann man eben auf schwankenden Schiffen stehen. Das lernst du auch noch schnell genug.«

Ich antwortete nicht. Aus meinem Bauch, wo eben noch so viel Stolz gewesen war, krabbelte die Wut in meinen Hals hoch – diese rote, unbremsbare Wut. Ich hangelte mich bis zu meiner Koje, warf mich bäuchlings darauf und hämmerte im Dunkeln mit beiden Fäusten auf die Matratze ein, bis meine Hände wehtaten. Und die ganze Zeit über stellte ich mir vor, die Matratze wäre Sven.

Was glaubte er denn, wie man sich fühlt, wenn man ganz alleine war und alles um einen herum fremd und neu? Wenn alle anderen alles genau richtig machen konnten und sich schon immer kannten? Wenn man kein Zuhause mehr hatte? Glaubte er vielleicht, man fühlte sich dann toll?

»Ich hätte euch das blöde Schiff niemals leihen sollen«, flüsterte ich in die Dunkelheit, heiser vor Ärger. »Dann würdet ihr heute noch unter dem Huflattichblatt sitzen und frieren und euch fragen, wie ihr jemals ans Meer kommen sollt.«

Dann machte sich plötzlich etwas anderes in meinem Magen breit, etwas, das keine Wut war. Es fühlte sich merkwürdig an. Das musste von dem Geschwanke kommen.

Es war, als würde jemand *in meinem Magen* schwanken.

»Da siehst du es«, sagte ich zu mir selbst, »du großer Seemann. Hier liegst du nun in deiner Koje, und dir wird schlecht, nur weil das Schiff ein wenig schaukelt – oooh.«

Irgendwie gelang es mir, mich bis zu dem winzigen Bad vorzutasten, das es unter Deck gab, und ich übergab mich im Dunkeln. Da wurde ich wieder einmal böse auf meinen Vater, den Kapitän.

»Wenn du mich damals nicht verloren hättest«, keuchte ich, »dann hättest du mir von klein auf beibringen können, wie man auf einem Schiff herumläuft, das hin und her schwankt. Und was man tut, damit einem nicht schlecht wird davon. Und was –«

Doch ich kam nicht weiter, denn hier musste ich mich wieder übergeben. Mir war, als krempelte jemand mich von innen nach außen um. Es gelang mir gerade so, zu der Kabine zurückzufinden.

Als ich dort ankam, fiel mir ein, dass es meinen Vater, den Kapitän, gar nicht gab. Maria hatte ihn erfunden. Ich war allein, ganz allein, und wenn ich hier unten starb, weil mir so schlecht war, wäre wohl gar niemand traurig deswegen.

Ich lag eine lange, endlose Zeit im Dunkeln, und irgendwann war mein Ärger ganz verschwunden. Ich fühlte mich nur noch elend, so elend, dass ich ganz gerne auf der Stelle tot umgefallen wäre. Aber ich konnte nicht umfallen, denn ich lag ja schon. Zwischendurch schlief ich, dann wachte ich wieder auf, und von oben hörte ich die Stimmen und Schritte der Winzigen. Aus der Ferne drang das Rauschen des Wassers zu mir, durch das die *Maria* noch immer mit unglaublicher Geschwindigkeit pflügte.

Irgendwann kamen Schritte die schmale Treppe zu den Schlafkojen hinunter – unregelmäßige Schritte. Tapp – tock, tapp – tock, tapp – tock. Zuerst wusste ich nicht, was das *tock* verursachte, doch dann fiel mir ein, dass es Sven sein musste: Sven mit seinem Holzbein.

Es war Sven, und er trug einen dampfenden Teller. Mir wurde noch übler.

»Es tut mir leid«, sagte Sven und setzte sich auf meine Bettkante. »Ich habe dir etwas zu essen heruntergebracht, weil du beim Abendbrot nicht da warst. Sauerkrauteintopf, ganz frisch. Fred hat sich große Mühe gegeben damit. Hier, riech mal, wie es duftet.«

Ich drehte mich zur Wand. »Geh weg«, sagte ich.

»Der Eintopf ist wirklich lecker«, beharrte Sven, »nun hör schon auf, beleidigt zu sein.«

»Das ... ist es ... nicht«, brachte ich mühsam hervor. »Mir ist ... so ... *schlecht.*«

»Oh. Ach so«, sagte Sven sachlich. Der Geruch des Eintopfes entfernte sich.

»Ich sterbe«, flüsterte ich. »Ich spüre es genau. Ihr werdet mich in ein Leintuch wickeln und über Bord werfen müssen. So macht man es doch bei einer Seebestattung, nicht?«

»Keine Ahnung«, sagte Sven irgendwo in der Dunkelheit. »Du bist jedenfalls bloß seekrank. Das kann schon mal passieren, wenn man die erste große Schaukelei erlebt.« Er kam mit einem Eimer wieder.

»Falls du spucken musst«, sagte er. »Mehr kann ich nicht für dich tun.«

»Lass mich ruhig alleine hier sterben«, wisperte ich.

»Ich könnte dir höchstens eine Geschichte erzählen«, sagte Sven nachdenklich. »Eine Geschichte, die dich ablenkt.«

»Erzähl mir, was du willst«, sagte ich matt. »Ich sterbe sowieso.«

»Es ist keine gewöhnliche Geschichte«, meinte Sven. Es schien ihn nicht im Geringsten zu beeindrucken, dass ich starb. »Um ehrlich zu sein: Ich habe den ganzen Nachmittag darüber nachgedacht, ob ich sie dir erzählen soll. Vielleicht ist es gefährlich, sie zu kennen.«

»Gefährlich?«, fragte ich und vergaß meinen rumorenden Magen beinahe. Was konnte an einer Geschichte gefährlich sein?

»Willst du sie trotzdem hören?«, fragte Sven.

»Logo«, flüsterte ich.

»Geschichten«, sagte Sven, »erzählen sich prima im Dunkeln.«

Eine Weile vernahm ich nur sein Atmen neben mir. Als müsste er sich erst sammeln, ehe er die Geschichte erzählen konnte. Ich rückte ein wenig näher zu ihm.

»Hör zu«, begann Sven schließlich leise. »Es war einmal ein Schiff, das fuhr über die sieben Weltmeere. Jahraus, jahrein, in den Frühjahrsstürmen, in der Sommerbrise und im Herbstgewitter und sogar im Winter irgendwo in den lauen Winden des Südens. Die Menschen, die auf dem Schiff über die sieben Weltmeere fuhren, hatten kein anderes Heim: Das Schiff war ihr Zuhause. Auf dem Schiff wurden ihre Kinder geboren, und auf dem Schiff gingen sie zur Schule. Manchmal kam jemand von Land aufs Schiff und blieb dort, oder jemand verließ das Schiff, um an Land zu wohnen, aber eigentlich änderte sich wenig. Es war ein glückliches Leben, das die Leute auf dem Schiff führten. Oft war es abenteuerlich, und manchmal gab es zu viel Zwieback, aber meistens war es recht gemütlich auf dem Schiff. Die Kinder spielten an Deck Verstecken und angelten Quallen und zählten nachts die Sterne über dem stillen Wasser. Bis das Schiff eines Tages an einer Küste anlegte, die in keiner der uralten Seekarten verzeichnet war. Zuerst dachten die Leute auf dem Schiff, sie hätten sich geirrt. Sie drehten die Karten so herum und so herum – aber die Küste, an der sie ankerten, gab es nicht auf dem Papier. Natürlich waren die Karten nicht die neuesten, wie gesagt. Die eine oder andere Stadt war inzwischen an Land gewachsen, die eine oder andere Steilküste abgebrochen, der eine oder andere Hafen neu erbaut worden. Aber die Küstenlinien sollten doch, so sagte die Kapitänin, im Großen und Ganzen die gleichen bleiben.

Es gab nur eine einzige Lösung für das Rätsel: Die Leute auf dem Schiff hatten einen neuen Kontinent entdeckt. Einen Kontinent, der bislang von niemandem vermessen und angemeldet worden war. Sie nannten ihn den *12. Kontinent*, denn elf hatten sie auf ihren Reisen schon entdeckt, und langsam fielen ihnen keine Namen mehr ein.

Der 12. Kontinent war ein hübscher Kontinent. An seiner felsigen Küste flogen die Schwalben ein und aus, die dort ihre Löcher hatten. Zur einen Seite hin bedeckte ein Laubwald das Land, dessen Bäume sich raunend im Wind wiegten. Zur anderen Seite hin breitete sich ein Teppich aus Gras und Heide aus, in der ein paar herrenlose Schafe grasten und weideten. Die Besatzung des Schiffs ging an Land, und dort fanden sich eine Menge Beeren, aus denen man Marmelade kochen und Kompott machen konnte, Nüsse, die zum Kuchenbacken einluden, und Bucheckern, die sich an regnerischen Tagen im Ofen rösten ließen. Die Seeleute ankerten fünf Tage vor der Küste, wo das Wasser türkisblau an einen Strand voller Muscheln schwappte, und stockten ihre Vorräte auf. Im angespülten Seetang fanden sie goldgelbe Bernsteine, so groß wie ihre Fäuste, und versteinerte Seeigel, die sich bequem als Tische benutzen ließen. Es war schon beinahe Herbst, und der Wind wurde kühler. Die Leute auf dem Schiff überlegten ernsthaft, ob sie nicht zu dem neuen Kontinent zurückkehren sollten, wenn später im Jahr der Winter hereinbräche, um an jener schönen, steilen Felsenküste die kalte Jahreszeit abzuwarten. Bis auf einmal etwas Unerwartetes geschah.

Es war ein warmer Tag, an dem der Sommer noch einmal zurückgekehrt war, und die 32 großen und kleinen Kinder des

Schiffs hatten beschlossen, eine Nachtwanderung zu unternehmen.

Sie packten Proviant und Kerzen und Pullover in ihre Rucksäcke und zogen los. Vom Schiff aus, wo die Erwachsenen bei einem Glas Holunderbeerwein zusammensaßen, konnte man noch eine Weile den weißen Schein der vielen Taschenlampen sehen, der den Pfad zwischen den Bäumen an der Küste hinaufwanderte. Die Bäume raunten im Abendwind, wie sie es stets taten. Die Erwachsenen seufzten und sagten zueinander: ›Wäre es nicht schön, wenn wir noch Kinder wären und auch eine Nachtwanderung machen könnten?‹

Und: ›Wisst ihr noch, wie aufregend damals alles war?‹

Und: ›Ich erinnere mich noch genau, wie ich mich jedes Mal an meine große Schwester klammerte, wenn ein Käuzchen schrie.‹

Und sie sahen dem Schein der Taschenlampen nach, wie er zwischen den Bäumen verschwand, und wandten sich wieder ihrem Holunderbeerwein zu.

Als sie schließlich in ihre Kojen fielen, müde vom Wein und dem langen Sommerabend, sagte die Kapitänin zu ihrem Mann, dem Schiffskoch: ›Morgen musst du ein großes Frühstück zubereiten. Unsere Nachtwanderer sind noch immer nicht zurückgekehrt, und morgen früh werden sie sehr, sehr hungrig sein.‹

Und der Schiffskoch versprach, eine große Menge Pfannkuchen aus Schwalbeneiern zu backen.

Aber als die Erwachsenen am nächsten Tag aufwachten, war das Schiff merkwürdig still. Niemand rumorte in der Kombüse herum, weil er ein Frühbad nehmen wollte und seine Badehose nicht fand. Niemand quiekte unter der kalten Dusche. Niemand rief sich gegenseitig zu, er hätte in seinem Eimer den schönsten Seestern des Tages gefangen und würde eine Zucht aufmachen. Es war noch nicht einmal jemand dabei, mit den Vorratsäpfeln an Deck Fußball zu spielen.

Die Kinder waren nicht zurückgekehrt.

Die Erwachsenen frühstückten alleine Schwalbeneierpfannkuchen und warteten. Dann schrubbten sie das Deck und putzten die Kajüte und warteten. Dann legten sie noch mehr Beeren ein und warteten. Und schließlich gab es nichts mehr zu tun, und sie warteten nur noch.

Aber es geschah nichts.

Schließlich ging ein kleiner Trupp an Land, den Pfad zwischen den Bäumen hinauf, um die Kinder zu suchen. Als sie zurückkehrten, trugen sie die Rucksäcke und die Taschenlampen der Kinder. Die Kinder selbst aber blieben verschwunden. Ihre Spuren verloren sich in der sandigen Erde und führten nirgendwohin. Die Rucksäcke und die Taschenlampen hatten verstreut zwischen den Bäumen gelegen, als hätten die Kinder sie nicht mehr gebraucht und einfach dort gelassen.

Alle Pullover hatten da gelegen, bis auf einen. Der Pullover des allerkleinsten Mädchens fehlte.

Es hing eine seltsame Stimmung über dem Schiff an diesem Tag. Die Rufe der Schwalben, die in ihren Felsenlöchern aus- und einflogen, erschienen mit einem Mal durchdringender, schriller. Als wollten die Schwalben eine Warnung aussprechen. Und als die Bäume im Abendwind raunten, da schien es, als hätte ihr Raunen einen anderen Ton angenommen. Doch die Leute auf dem Schiff verstanden die Sprache der Schwalben nicht und konnten das Raunen der Bäume nicht deuten. Und so setzten sie sich zusammen und hielten einen großen Rat ab. Sie würden noch einen Suchtrupp losschicken. Sie würden den Kontinent von oben bis unten durchkämmen, und wenn sie jeden versteinerten Seeigel einzeln umdrehen müssten. Sie würden ihre Kinder wiederfinden. Egal, was geschah. Sie standen auf und fuchtelten mit den Armen in der Luft herum und wurden ganz aufgeregt. Sie würden sich nicht unterkriegen lassen. Obgleich sie nicht einmal wussten, von wem.

Während sie sich noch ereiferten, sammelten sich am Himmel über ihnen dichte dunkle Wolken. Und ehe ihr Plan nur halbwegs fertig war, hatte sich über ihnen ganz unbemerkt das gräulichste Gewitter zusammengeschmurgelt, das man sich nur vorstellen kann.

›Seht nur‹, sagte der Schiffskoch auf einmal und wies zu den Wolken empor. ›Es wird Sturm geben ...‹

Kaum hatte er das gesagt, da fegten schon die ersten Böen über das Deck und warfen die Teetassen auf dem Tisch durcheinander. Die Leute auf dem Schiff begannen, sie aufzusammeln, doch sie kamen nicht weit.

Ein ungeheurer Donner brach über ihnen los, als grollte der Himmel selbst aus tiefster Kehle, und dann peitschte der Sturm auch schon das Wasser über die Reling. Das Meer kochte rings um das kleine Schiff; es war, als bebte die See. Im nächsten Moment löste sich der Anker mit einem ungeheuren Ruck. Die Leute an Deck kugelten durcheinander, und eine gewaltige Welle hob das Schiff auf ihre Schultern – dort wurde es vom Sturm gepackt, und er nahm es in seine kräftige Faust und schleuderte es hoch in die Luft hinauf. So hoch, wie kein Sturm ein Schiff eigentlich schleudern kann, und sei es noch so winzig. Die Leute auf dem Schiff sahen von oben aus der Perspektive der Schwalben, wie der Sturm sie von dem seltsamen Kontinent wegtrug. Sie sahen auch, dass es ein sehr kleiner Kontinent war – eher vielleicht eine Insel. Dann trug der Sturm sie weiter, trug sie über ein anderes bekanntes Stück Erde, das der Karte nach Deutschland war, weiter und weiter ...

Als es wieder zu Boden stürzte, befand sich das Schiff viele, viele Meilen landeinwärts, weit weg von der See. Es stürzte in einen Fluss, und beim Aufprall schlug es leck und sank.

Die Besatzung konnte sich gerade noch retten und ein paar Kisten und Truhen an Land bringen.

Dann versank ihr geliebtes Zuhause für immer auf dem Grund des Flusses. Der Sturm hatte sich gelegt – als wäre er nur zu dem einzigen Zweck da gewesen, die Leute von dem kleinen, seltsamen Kontinent fortzutragen. Es regnete einen grauen windlosen Landregen.

Der einzige Schutz vor dem Regen, den die verstörte Besatzung finden konnte, war ein großes Huflattichblatt. Und so versammelten sie sich darunter, bibbernd und zitternd und erschreckt bis ins tiefste Knochenmark. Sie wussten nicht, was sie tun, wo sie leben oder wie sie nun ohne Schiff weiterkommen sollten. Nur eines wussten sie sicher: Sie mussten zurück ans Meer, zurück zu dem Kontinent mit den Schwalbennestern und den Bernsteinen und dem Wald, der im Abendwind raunte. Sie mussten ihre Kinder wiederfinden.«

Sven verstummte.

Und mir war, als hielte auch die Dunkelheit um uns herum den Atem an.

»Und dann?«, flüsterte ich. »Dann habe ich euch getroffen, nicht? Also ... also ist es eine wahre Geschichte?«

»Ja«, wisperte Sven.

Ich lag eine Weile nur so da und lauschte den Wellen, die draußen an die Planken der *Maria* schlugen. Wir fuhren noch immer mit voller Geschwindigkeit. Offenbar hatte es die *Ariadne*, die uns zog, eilig, und so glitten wir unbemerkt hinter ihr durch die Nacht, stetig flussabwärts. Ich stellte erstaunt fest, dass mir gar nicht mehr schlecht war.

»Aber eines ... eines verstehe ich nicht«, flüsterte ich schließlich. »Du hast gesagt, alle Kinder wären verschwunden. Was ist mir dir? Du bist doch hier.«

»Ja«, antwortete Sven einfach.

»Warst du nicht mit auf der Nachtwanderung?«

»Erraten«, sagte Sven. »Mit einem Holzbein kann man keine Nachtwanderung an einer Felsenküste machen. Man kann zwar laufen, aber nachtwandern kann man nicht. Sagen Fred und Alma.«

Ich hörte aus seinen Worten heraus, dass er nicht dieser Meinung war.

»Wir hatten einen Streit deswegen«, erklärte Sven. »Schon komisch, wenn man es so bedenkt. Ich habe mich damals genauso wütend in meine Koje verzogen wie du heute. Sogar die

Allerkleinste durfte mitgehen: Wanja, die erst fünf Jahre alt war. Nur ich nicht.«

»Wanja«, murmelte ich, »die Allerkleinste ... deren Pullover sie nicht gefunden haben. – Und jetzt?«, sagte ich dann. »Jetzt bist du wohl heilfroh, dass sie dich nicht haben mitgehen lassen, was?«

»Hm«, machte Sven nachdenklich. »Ich weiß ja nicht, wo die anderen Kinder sind. Oder was mit ihnen passiert ist.«

»Wenn du willst«, sagte ich, »helfe ich dir, es herauszufinden. Ich bin stark. Falls jemand Böses auf dem Kontinent ist, schlage ich ihn einfach nieder.«

Sven lachte. »Das ist eine gute Idee«, meinte er, »aber ich fürchte, so einfach wird es nicht. Ich fürchte ... es steckt noch eine ganze Menge mehr dahinter, weißt du. Mehr, als irgendeiner von uns ahnt.«

3. *Kapitel,*

in welchem ein Kontinent zum zweiten Mal entdeckt wird. Eine Marzipantorte bekommt Fußspuren, und nur ich sehe den Mann in den Schatten.

Nun wird jeder von mir erwarten, dass ich von der Reise erzähle und davon, wie wir den Kontinent wiederfanden. Aber über diese Reise gibt es eigentlich nicht so viel zu erzählen.

Ich gewöhnte mich an das Schlingern und Schaukeln des Schiffes und konnte mich nach einer Weile beinahe so sicher an Deck bewegen wie Sven. Mir wurde auch nicht mehr schlecht. Nur der Sauerkrauteintopf hing uns allen irgendwann zum Hals heraus.

Wir erreichten das Meer vier Tage, nachdem wir die *Ariadne* mit den Plastiksaugnäpfen geentert hatten.

Es fiel wohl niemandem an Bord der *Ariadne* auf, als wir unsere Seile kappten. Womöglich wunderte sich später jemand über die Saugnäpfe am stählernen Heck des riesigen Schiffs – vielleicht jemand, der es säuberte. Aber das werde ich wohl nie erfahren.

Die Wege der *Ariadne* und der *Maria* trennten sich im Hafen einer Stadt, deren Name keine Bedeutung für diese Geschichte hat, und in einem der Hafengeschäfte stockten wir unsere Vorräte noch einmal auf. Es gab dort ein angelehntes Kellerfenster, wo man hineinkriechen konnte, wenn man so klein war wie wir.

Da Sven und ich die Kleinsten waren, schickten sie uns durch die Kellerfensterritze. Wir hatten eine Strickleiter mitgebracht und kletterten daran auf den Boden hinab.

Es war sehr dunkel.

Ich nahm alles, was Sven mir reichte, und kletterte ein paar Mal die Strickleiter hinauf und wieder hinunter – und zum Schluss trug ich ein wirklich großes Paket, das ich selbst im Regal gefunden hatte und auf das ich sehr stolz war.

Ich musste es ein wenig quetschen, und Sven musste vom Fenstersims aus ziehen, um es durch die Fensterritze hindurchzubekommen, aber schließlich gelang es uns.

Draußen warteten die anderen, um unsere Beute zum Schiff zu tragen.

»Sieh mal«, sagte ich zu Sven, als wir im Vorratsraum unter Deck standen, und wies auf das große Paket, »was wir Tolles ergattert haben. Es fühlte sich so eckig an ... ich glaube, es ist ein Schokoriegel. Ein Glück, dass ich so stark bin. Sonst hätte ich ihn gar nicht die Strickleiter hinauftragen können.«

Sven las im Licht seiner Taschenlampe die Aufschrift auf der Verpackung meines Pakets. Dann stöhnte er.

»Was ist?«, fragte ich.

»Du bist schon phä-no-me-nal, Karl«, sagte Sven. »Es ist ein Zwieback. Ein großer, einzeln abgepackter Zwieback.«

Am nächsten Morgen fuhren wir aufs offene Meer hinaus, gerade als die Sonne aufging. Die großen Leute auf den großen Booten schliefen alle noch, und das Meer war überhaupt nicht blau, wie ich es mir immer vorgestellt hatte. Es war zuerst blassgelb und dann rötlich vom Sonnenaufgang, und dann wurde es graugrün. Ich stand am Heck an der Reling und sah das Land kleiner werden und dachte: Nun fahre ich also zur See.

Es war ein komisches Gefühl. Beinahe gab es mir einen Stich ins Herz, dass ich dem Land Lebewohl sagen musste. Aber natürlich war das Unsinn. Natürlich konnte ich jederzeit wiederkommen. Andererseits ... wenn wir tatsächlich jenen merkwürdigen neuen Kontinent wiederfänden, dachte ich, und wenn dort etwas geschehen würde ... etwas, das mich hinderte, dieses Land jemals wiederzusehen ... ja, dann war es wohl besser, ich guckte es mir noch einmal gut an.

Das tat ich, und ich war eben fertig damit, als es sich vor meinen Blicken zurückzog. Der Horizont bügelte es zu einer flachen Linie, und danach schluckte er auch diese Linie.

Um uns herum war nichts als Meer: grüngraues, endloses Meer.

»Und?«, fragte Sven, der hinter mich getreten war, ohne dass ich ihn bemerkt hatte. »Gefällt es dir?«

»Ich weiß nicht«, antwortete ich. »Es ist ... seltsam. Man kann so weit sehen, aber man sieht gar nichts.«

»Ja-ha«, sagte Sven und lachte, »da hast du wohl recht.«

Ich drehte mich zu ihm um und sah ihn an. Der Wind, der jetzt nach Salz und nach der Ferne schmeckte, hatte sein helles Haar zerzaust, und ein Tropfen Seewasser glitzerte auf seiner Nasenspitze. In seinen Augen jedoch war so ein Leuchten – ein Leuchten heller als alle Sonnenaufgänge der Welt.

Erst jetzt fiel mir auf, dass seine Augen die Farbe des Meeres hatten. Und da wusste ich, dass dies Svens Zuhause war: die endlose, weite graue Fläche, auf der man alles sah und auf der es nichts zu sehen gab.

Und ich wusste, dass es auch das Zuhause der anderen winzigen Kinder war – all jener verschwundenen Kinder. Wie sehr, dachte ich, wie sehr mussten sie sich danach sehnen.

Nie werde ich den Tag vergessen, an dem wir unser Ziel erreichten.

Es war ein blauer Tag, blau von oben bis unten. Selbst das Meer war an diesem Tag nicht mehr graugrün, sondern von einem durchscheinenden, gläsernen, beinahe unwirklichen Blau. Dann wurde es türkis, und ich erinnerte mich an Svens Geschichte: die Geschichte von der Küste, wo das Wasser türkisblau an einen Strand voller Muscheln schwappte.

Da lehnte ich mich über die Reling und sah in das türkisblaue Wasser hinab und dachte: Jetzt müssen wir ihm ganz nahe sein, dem 12. Kontinent. Jetzt beginnt das Abenteuer.

Mir wurde etwas schwummerig innen drin. Um mich zu beruhigen, spannte ich meine Armmuskeln an und sah zu, wie sie schwollen. »Ich bin stark«, sagte ich leise zu mir selbst. »Ich kann jedes Abenteuer bestehen. Kein Problem.«

»Land!«, rief es da über mir, vom Krähennest her. »Laaand in Sicht!«

Ich blickte hinauf und sah Jorgen, und er winkte mir zu.

»Laaaaand!«, rief er dann zum dritten Mal, und danach: »Das ist er! Ich kann den Wald sehen und die Felsenküste! Wir sind daaa!«

Kurz darauf sah ich es ebenfalls.

Wir näherten uns einer grünen Linie, die langsam, aber sicher in die Breite wuchs. Als wir ganz nahe waren, sah ich auch den Wald über der Steilküste. Die Bäume bogen sich alle zum Meer hin, als hätten sie ein inneres Verlangen, eins zu werden mit der See. Ihre Äste streckten sich sehnsüchtig nach dem Wasser aus, und das Rauschen ihrer Blätter vereinigte sich mit dem Rauschen der Wellen.

Ich drehte mich um, und da standen hinter mir alle anderen winzigen Seeleute. Sie alle blickten gebannt dem 12. Kontinent entgegen. Es lag ein seltsames Schweigen über der *Maria*. Als wäre es gefährlich, etwas zu sagen.

Wir ankerten in einer geschützten Bucht zwischen hohen Felsen, und damit wir nicht noch einmal weggeweht wurden, setzten wir drei Anker. Ich hatte nicht gewusst, dass die *Maria* zwei Ersatzanker besaß. Ich hatte nicht einmal gewusst, dass sie überhaupt einen einzigen Anker besaß. Aber es gab so vieles, was ich über die *Maria* nicht gewusst hatte, dass es mich nicht wunderte.

Wenn eines Tages jemand kommt, dachte ich, und mir mitteilt, ich müsste Gebühren für meinen Filmvorführraum zahlen – ich werde ihm unbesehen glauben, dass mein Schiff einen Filmvorführraum hat.

»Wir teilen uns in zwei Gruppen auf«, sagte Alma. »Eine Gruppe geht Vorräte besorgen, denn wir haben mal wieder nichts übrig außer Zwieback.« Ein allgemeines Stöhnen lief durch die Reihen der Seeleute.

»Die zweite Gruppe«, fuhr Alma fort, »beginnt damit, den Wald abzusuchen. Ehe es dunkel wird, sind alle wieder da. Niemand, wirklich niemand«, und sie warf einen strengen Blick in die Runde, »läuft auf diesem verflixten Kontinent herum, nachdem die Sonne untergegangen ist. Wir wissen nicht, was dort passiert, wenn es Nacht ist.«

Alle nickten, denn Alma war der Kapitän, und der Kapitän hat das Sagen.

Aber ich sah genau, wie mulmig den Seeleuten wurde bei ihren Worten.

Die ganze Zeit über waren wir unterwegs gewesen, um genau das zu tun: den Kontinent abzusuchen. Doch auf eine merkwürdige Weise war unser Ziel unwirklich und weit weg erschienen, wie ein Märchen, das jemand uns erzählt hatte.

Hier und jetzt aber begann die Wirklichkeit. Es war kein Märchen mehr. Die Kinder der Winzigen waren wirklich verschwunden, und wir würden wirklich nach ihnen suchen.

Alma teilte die Männer und Frauen in Gruppen auf.

Merten, der älteste unter den Seeleuten, sollte als Wache auf dem Schiff zurückbleiben.

»Das tu ich doch gerne für euch«, sagte Merten mit einem Grinsen und zwirbelte das Ende seines weißen Barts. »Ich lege hier an Deck die Beine hoch, und ihr sucht den Wald ab. Und ab und zu gönne ich mir genüsslich einen Zwieback zu meinem Kaffee.«

Wir lachten – erleichtert darüber, dass es etwas zu lachen gab.

»Zu welcher Gruppe gehören wir?«, fragte Sven seine Mutter. »Du hast Karl und mich nicht eingeteilt.«

Alma musterte ihn. Dann musterte sie mich. Und dann sagte sie bedächtig: »Ihr gehört zu keiner Gruppe.«

»Wie?«, fragte ich.

»Ihr bleibt bei Merten auf dem Schiff«, sagte Alma. »Glaubt ihr, ich möchte noch mehr Kinder verlieren?«

»Es ist heller Tag!«, rief Sven und stampfte mit seinem Holzfuß auf: ein komisches, dumpfes Geräusch. »Warum sollen wir hier herumsitzen und die Decksplanken zählen? Das ist doch Unsinn! Das ist ungerecht! Das ist ...«

Ich sagte nichts, weil Alma für mich keine Mutter war, sondern der Kapitän, und dem Kapitän darf man nicht widersprechen. Aber ich fand, dass Sven recht hatte.

Doch Alma schüttelte den Kopf. »Tut mir leid, Sven«, sagte sie. »Berichte mir, wie viele Decksplanken es sind, wenn wir wieder da sind.« Damit stieg sie zu den anderen in das Beiboot der *Maria*, ein kleines quietschgelbes Gummigefährt, und sie ließen das Boot mit einer Winde hinab aufs Wasser.

Wir blickten ihnen nach, wie sie davonpaddelten, auf das Ufer zu: Alma und Fred und Jorgen und Ingeborg und all die anderen, deren Namen ich hier nicht aufzählen werde, weil es zu viele sind. Sie zogen das quietschgelbe Gummiboot auf den weißen Strand, winkten noch einmal und machten sich auf den Weg, die Felsenküste hinauf, in den Wald.

Der Wind fuhr durch die Blätter der Bäume, und sie neigten ihre Äste und rauschten mit ihrem Laub, und dann sahen wir nichts mehr von den winzigen Leuten.

Merten seufzte und zündete sich eine Zigarre an.

»Tja, dann«, sagte er, »dann gehe ich wohl mal die Beine hochlegen und die Decksplanken zählen.«

Und er drehte sich um und verschwand, um sich einen Liegestuhl zu holen.

Sven sah mich an und machte seine Augen ganz schmal.

»Hat die *Maria* nur ein Beiboot?«, fragte er leise.

Ich zuckte die Schultern. »Keine Ahnung«, gestand ich. »Wenn sie einen Filmvorführraum hat, kann es gut sein, dass sie auch ein zweites Beiboot hat.«

»Filmvorführraum?«, fragte Sven verwirrt.

»Ach, vergiss es«, sagte ich. »Lass uns nachsehen. Wo bewahrt man Beiboote im Allgemeinen auf?«

»Dieses war in einer großen Extrakiste neben der Kajüte«, meinte Sven.

Wir fanden in der Extrakiste noch drei Rollen Tau, eine Luftpumpe und zehn Schwimmwesten. Darunter lag das zweite Beiboot. Es war klein zusammengefaltet und so quietschblau, wie das erste Beiboot quietschgelb war.

»Wir müssen warten, bis Merten in seinem Liegestuhl eingeschlafen ist«, flüsterte Sven.

Ich nickte.

Ich wusste nicht, ob es *wirklich* eine gute Idee war, heimlich an Land zu gehen.

Aber ich wusste, dass ich *fand*, dass es eine gute Idee war.

Immerhin war ich stark. Wenn etwas Unvorhergesehenes passierte, würde ich meine Fäuste ballen und das Unvorhergesehene aus dem Weg boxen. So leicht konnte mir keiner was.

Vielleicht würden Sven und ich eine Spur finden.

Vielleicht sogar noch mehr.

Wenn es uns gelänge, ... wenn es uns nur irgendwie gelänge, das Rätsel des 12. Kontinents zu lösen, dann wären die Winzigen sicher beeindruckt. Von Sven *und von mir.* Womöglich würden sie mich dann bei sich behalten. Und ich könnte mit ihnen zur See fahren, für immer und ewig. Und mein Vater, der Kapitän, den Maria bloß erfunden hatte – der wäre nicht mehr wichtig.

»Er schläft«, flüsterte Sven und stieß mich an. »He? Wovon träumst du?«

»Ach, von nichts«, sagte ich. »Lass uns das blaue Boot aufpumpen.«

Merten schnarchte ein bisschen, als wir uns mit dem Boot an ihm vorbeischlichen. Sein weißer Bart wippte bei jedem Atemzug auf und ab, und auf seiner Brust lag ein aufgeklappter Atlas. Logo, wenn ich so einen langweiligen Atlas lesen würde, dachte ich, würde ich auch einschlafen.

Sven zeigte mir, wie man das Boot an den Seilen der Winde befestigen musste, und dann ließen wir uns selbst hinab. Es war wie in einem Fahrstuhl, nur ohne Haus drum herum. Unten lösten wir die Seile und paddelten an Land: Sven paddelte auf der einen Seite und ich auf der anderen Seite. Wir fuhren nur ein ganz kleines *bisschen* in Schlangenlinien, eigentlich nicht der Rede wert, und erreichten den Strand ohne Probleme.

Wir versteckten das Boot in einem Gebüsch aus graugrünem Strandgras, das ich früher mit einem Fuß hätte platt treten können.

»Wenn sie mit dem Fernglas von irgendwo dort oben nachgucken, ob das gelbe Boot noch da ist«, sagte Sven, »brauchen sie ja nicht gleich zu sehen, dass das blaue auch da liegt. Sonst machen sie sich nur unnötig Sorgen. Erwachsene machen sich *immer* unnötig Sorgen.«

Ich nickte. »Und sie wollen, dass man alle möglichen unnötigen Dinge tut«, sagte ich. »Wie zur Schule gehen und sich mit allen vertragen und keine Wutanfälle bekommen.«

Sven warf mir einen fragenden Blick zu, fragte aber nicht.

Wir gingen am Strand entlang, weil die Erwachsenen in den Wald gegangen waren.

Ich schlenkerte mit meinen Turnschuhen, die ich in der Hand trug.

Der weiße Sand fühlte sich weich und gut an unter meinen bloßen Füßen, und der Wind strich durch mein Haar, als wollte er mich begrüßen. Hier und da glitzerten eine Muschel oder ein glatter Stein im seichten Wasser, und über uns flogen die Schwalben kreischend durch den hellblauen Himmel.

»Komisch«, sagte ich. »Es ist gar nicht unheimlich hier. Es ist hell und freundlich und wie in einem Ferienkatalog für Familienurlaub am Meer.«

»Ich weiß«, sagte Sven. »Das ist es ja gerade. Es ist nicht einmal *zu* hell und *zu* freundlich, sodass es einem falsch vorkäme oder verdächtig.« Er sah sich um, als wäre plötzlich doch etwas Verdächtiges aufgetaucht. Dann legte er den Finger an die Lippen und lauschte. Ich lauschte ebenfalls.

»Stimmen«, flüsterte Sven, »da sind Stimmen. Stimmen von Erwachsenen.«

Er hatte recht. Vor uns machte der Strand eine Biegung, und hinter dieser Biegung war ganz unzweifelhaft jemand unterwegs. Jemand, der auf uns zukam.

Sven zog mich hinter die verknorkelte Wurzel von einer der Kiefern, die hier am Rand des Strandes wuchsen.

Die Stimmen wurden lauter.

»... nur noch bis da vorne«, sagte eine von ihnen. »... bald zurück ... die Fähre erwischen.«

»Oh ja«, sagte die andere Stimme. »Wie spät es schon ist! Um sechs geht die einzige Fähre.«

Dann kamen die Leute um die Ecke, denen die Stimmen gehörten.

Zu meiner Überraschung waren es große Leute – dieselbe Sorte Leute, zu denen auch ich vor Kurzem noch gehört hatte. Es schien Lichtjahre her zu sein.

Die Leute waren ein junger Mann und eine Frau, und sie steckten in Jeans und Regenjacken, sie in einer blauweiß gestreiften und er in einer zitronengelben. Er hatte sich ein Fernglas umgehängt, und sie trug ein zerfranstes Halstuch und schlenkerte eine Tasche durch die Luft, die mit lauter kleinen Glitzerspiegeln besetzt war. Alles in allem sahen die beiden aus wie Touristen. Touristen, die einen Ausflug machten.

Genau vor unserer Kieferwurzel setzten sie sich in den Sand und tranken aus einer kleinen Flasche. Ich erwartete, dass nun etwas Merkwürdiges passieren würde – dass sie sich verwandelten oder so. Es passierte jedoch nichts.

»Ich habe gar keine Lust, zurück zum Hafen zu gehen«, sagte die Frau. »Schade, dass wir nicht einfach hier übernachten können.«

»Ja, schade«, stimmte der Mann zu, »aber es gibt eben nur dieses eine Café, und da haben sie nicht einmal Zimmer.«

»Wohnt überhaupt jemand hier?«, fragte die Frau. »Außer der Frau, die das Café betreibt?«

»Irgendwo im Reiseführer habe ich gelesen, dass es im Wald noch ein Haus gibt«, sagte der junge Mann. »Damit wären es zwei auf der ganzen Insel. Aber es ist ja auch eine kleine Insel.«

Es gab mir einen Stich, als er das sagte. Für die großen Leute war der 12. Kontinent nichts weiter als eine kleine Insel.

Mein ganzes Leben lang hatte ich einen Kontinent entdecken wollen, und nun, da ich ihn gefunden hatte, kam jemand und erklärte, es wäre eine einfache Insel. Die großen Leute hatten ja keine Ahnung.

»Wir sollten uns diesen Hafen ansehen«, wisperte Sven. »Los, komm!«

»Wohin?«, fragte ich. Doch Sven bedeutete mir nur stumm, ich sollte ihm folgen.

Gleich darauf huschten wir über den Sand wie zwei Mäuse. Sven rannte direkt auf die großen Leute zu – und dann ...

Dann schlüpfte er doch tatsächlich in die Tasche mit den vielen Glitzerspiegeln. Ich hechtete hinter ihm her, gerade rechtzeitig: Im nächsten Moment hob die junge Frau die Tasche hoch und hängte sie wieder um ihre Schulter. Wir saßen auf einem gestrickten Wollpullover, der etwas kratzte, und guckten oben aus der Tasche heraus.

Die jungen Leute gingen offenbar den Weg zurück, den sie gekommen waren.

»Prima Idee, was?«, wisperte Sven. »Sie machen viel längere Schritte als wir ...«

Ich nickte, aber mein Herz raste nur so.

Achim im Kinderheim hatte immer gesagt: »Karl, deine Körperteile sind alle verrückt. Du hast nicht nur bärenstarke Arme und einen Dickkopf, du bist auch noch wag*hals*ig.«

Na ja: Wenn *ich* waghalsig war, wollte ich nicht wissen, was dieser Sven war. Falls er so weitermachte, würde ich ihn demnächst retten müssen, damit er nicht noch mehr Arme oder Beine einbüßte.

Wer konnte denn voraussagen, was die großen Leute mit uns anstellten, wenn sie uns entdeckten? Da sie uns nicht entdeckten, erfuhren wir es nicht.

Leider unterhielten sie sich auch nicht mehr über die Insel, die ein Kontinent war, und ihre Bewohner. Sie wanderten gedankenversunken den Strand entlang und irgendwann einen Weg hinauf, der durch die weite Heide führte, in der nur vereinzelt niedrige Kiefern standen. Hier war der Kontinent ganz flach, ohne Steilküste oder Schwalben oder Wald.

Einmal kamen wir an einer Schafherde ohne Schäfer vorbei, und zweimal sahen wir andere große Leute, die auf Fahrrädern unterwegs waren. Auch sie mussten offenbar zurück zu dem Hafen, wo die Fähre anlegte.

War dieser Kontinent für die großen Leute eine ganz gewöhnliche Ausflugsinsel? Aber warum geschahen dann so merkwürdige Sachen hier? Warum verschwanden 32 Kinder spurlos?

Warum brachen hier aus heiterem Himmel Unwetter los, die ein winziges Schiff Meilen um Meilen landeinwärts schleudern konnten?

»Da ist er«, flüsterte Sven, »der Hafen.«

Ja, da war er. Es war ein kleiner Hafen mit einem kleinen Anleger und einer kleinen Fähre – klein für die Verhältnisse von großen Leuten. Direkt an jenem kleinen Hafen stand eines der beiden einzigen Häuser: ein einsames weißes Haus, über dessen Eingang jemand mit roter Farbe das Wort *CAFÉ* gepinselt hatte.

Daneben gab es einen Unterstand aus ein paar Metallstreben und einem mitgenommenen Wellblechdach, das ein paar Fahrräder vor dem Wetter schützte. *RÄDER ZU VERMIETEN*, war auf einem Schild zu lesen. Vor der blau gestrichenen Tür des Cafés standen zwei Tische mit bunten Tischdecken. Von den Zipfeln hingen an einer Konstruktion aus Wäscheklammern und Bindfäden schwarz-weiß gemusterte Steine, damit der Wind die Tischdecken nicht wegwehen konnte.

Ich fragte mich, wie es der Person, die die Steine dort hingehängt hatte, wohl gelungen war, Löcher in diese Steine zu bohren. Damals kam mir diese Frage allerdings nicht wichtig vor.

»Sven«, wisperte ich, »wir müssen irgendwie aus der Tasche raus, ehe unser Pärchen auf die Fähre steigt.«

»Hm«, sagte Sven.

Der Boden war ziemlich weit weg.

Einen Moment lang bekam ich Angst, die jungen Leute würden uns einfach mitnehmen, ohne es zu merken. Und wir würden mit der Großleutefähre über das Meer davonfahren, zum Festland, und es würde uns niemals gelingen, die Winzigen und die *Maria* und den 12. Kontinent wiederzufinden.

Doch genau in diesem Augenblick stellte die Frau ihre Tasche auf einem Poller ab, um etwas in ihren Hosentaschen zu suchen – vielleicht das Ticket für die Fähre.

»Jetzt!«, zischte Sven, und wir schlüpften durch das Gewirr aus Wollpulloverfäden und Glitzerspiegeln. Eben standen wir auf dem Holz des Pollers, da hob die junge Frau die Tasche auch schon wieder hoch, schlenkerte sie ein bisschen herum und hakte sich bei dem jungen Mann unter. Wir sahen zu, wie sie über eine rostige Gangway die Fähre betraten. Die Gangway der *Maria* war aus Holz, mit einem geschnitzten Geländer und viel schöner, fand ich.

»Das war knapp«, sagte ich. Ich wollte noch etwas sagen – über den Leichtsinn, einfach so in Taschen anderer Leute zu steigen, aber dann fiel mein Blick wieder auf die beiden Tische mit den bunten Decken. Dort sammelte ein Junge in meinem und Svens Alter gerade seine Buntstifte und ein ferngesteuertes Auto ein, um sie in einem großen grünen Rucksack zu verstauen. Seine Mutter sagte, er solle sich die Schuhe zubinden, und sie gerieten darüber in einen kleinen Streit, weil der Junge lieber mit offenen Schuhen herumlief. Schließlich bückte sich der Vater des Jungen, hob den Jungen hoch und wirbelte ihn durch die Luft, als wäre er so leicht wie eine Plastiktüte. Der Junge quietschte und schrie, er würde seine Schuhe verlieren.

»Dann musst du sie zubinden«, sagte der Vater und grinste, und dann gingen sie alle zur Fähre. In meinem Hals wuchs ein kleiner Felsen.

Der Junge an sich war nichts Besonderes. Es war einfach ein ganz normaler Junge mit einer ganz normalen Familie. Aber gerade das war es.

»Warum seufzst du?«, fragte Sven. Ich zuckte zusammen.

»Seufze ich?«, fragte ich. Das hatte ich gar nicht gemerkt.

Dafür bemerkte ich etwas anderes. In den Schatten des Fahrradunterstandes stand noch jemand ... jemand, den ich bisher nicht bemerkt hatte. Jemand, der nicht bemerkt werden wollte.

Ich kniff die Augen zusammen, um besser zu sehen. Es war ein bärtiger Mann, der dort stand. Ein Mann, dessen Alter sich schlecht einschätzen ließ. Vielleicht war er uralt, vielleicht noch mitteljung. Sein Gesicht war faltig und vom Wetter gezeichnet, wie das Gesicht der Felsen an einem Strand, an den an einem Herbsttag die Wellen schlagen.

Er trug ein fadenscheiniges, kariertes Hemd, eine alte, abgewetzte Kordweste und Arbeitshosen voller Farbspritzer. Seine Augen lagen tief unter buschigen, zusammengekniffenen Brauen – und mit diesen Augen verfolgte er jede Bewegung des Jungen mit dem grünen Rucksack.

Er beobachtete den Jungen genau wie ich.

»Guck mal«, raunte ich Sven zu, »der Mann da, bei den Fahrrädern. Wie der die Leute anstarrt. Irgendwie unheimlich. Er sollte sich besser beeilen, auf die Fähre zu kommen ...«

»Wo?«, fragte Sven. »Wer?«

»Na, bei den Rädern, die *ZU VERMIETEN* sind«, antwortete ich und zeigte hinüber.

Aber dort stand niemand mehr. Die Schatten waren leer.

Ich sah mich um. Nein, auf der Gangway zur Fähre war der bärtige Mann auch nicht zu entdecken.

»Ach, oh, äh, nichts«, sagte ich verwirrt. »Muss mir wohl was eingebildet haben.«

»Und weißt du auch, wieso?«, fragte Sven und grinste. »Dein Hirn hat eine Zwieback-Vergiftung. Wenn ein Hirn tagelang nichts zu sehen kriegt als Zwieback, morgens, mittags und abends, dann fängt es an, Leute in den Schatten zu sehen.«

»Ach so?«, fragte ich unsicher.

Sven hatte wohl recht. Die letzten Vorräte, die wir aus dem Hafengeschäft gemopst hatten, waren längst aufgebraucht, und mein Magen gab ein gequältes Geräusch von sich, als er das Wort »Zwieback« hörte.

»Und weißt du auch, was wir jetzt machen?«, sagte Sven. »Wir klettern von diesem verflixten Poller hinunter und sehen nach, was es in dem Café gibt. Ein Café ist dazu da, Kaffee und Kuchen und belegte Brötchen zu verkaufen, und ich verwette meinen rechten großen Zeh darauf, dass es irgendwo dort in dem weißen Haus mit der blauen Tür Kaffee und Kuchen und belegte Brötchen gibt.«

Erst nachdem wir am wetterzerklüfteten Holz des Pollers hinuntergeklettert waren, fiel mir auf, dass Sven leicht sagen konnte, er würde seinen rechten großen Zeh verwetten:

Er *hatte* gar keinen rechten großen Zeh.

Sein rechtes Bein war vom Knie abwärts aus guter, stabiler Buche.

Als wir durch die blaue Tür schlüpften, die nur angelehnt war, tutete die Fähre, und ich drehte mich um und beobachtete, wie sie ablegte. Am Heck stand die Familie. Der Vater des Jungen hatte einen Arm um seinen Sohn gelegt, und die Mutter hatte einen Arm um den Vater gelegt, und so standen sie und sahen den 12. Kontinent vermutlich irgendwann in der Ferne verschwinden.

»Komm schon«, drängelte Sven.

Ich folgte ihm durch die blaue Tür und ließ alle Fähren und Familien hinter mir.

In dem Café herrschte ein freundliches, schläfriges Dämmerlicht, das durch orangefarbene Vorhänge fiel. Es gab vier weitere Tische und noch eine Tür, die wohl zur Küche führte. Hinter dieser Tür dudelte ausländische Musik, spanisch oder italienisch oder sonst was, was ich nicht verstand. Aber es hörte sich nett an.

Jemand klapperte im Takt der Musik mit Geschirr und summte dabei.

Neben der Küchentür stand eine Kuchentheke.

»Guck mal, Sven«, sagte ich. »Da steht eine Kuchentheke.«

»Wow«, sagte Sven.

Wir liefen hinüber zu der Theke und legten unsere Köpfe in den Nacken, um daran emporzusehen, und staunten. Hinter dem Glas standen auf drei Stockwerken Kuchen und eine fabelhafte Torte, von der nur ein einziges Stück fehlte. Man konnte selbst von hier unten aus sehen, dass sie mit Marzipan überzogen war und innen eine Cremefüllung hatte. Mein Magen machte einen Satz.

Sven blinzelte mir zu und dirigierte mich um die Theke herum. Auf der anderen Seite war sie offen. Ich machte Sven eine Räuberleiter, und nachdem er das erste Stockwerk erreicht hatte, zog er mich hinauf. Er war beinahe so stark wie ich.

Die Torte stand ganz oben. Ich dachte, wir würden nie heil dort ankommen, aber Sven hatte Übung im Klettern, selbst mit Holzbein.

»Und so eine Kuchentheke«, sagte er herablassend, »ist ein lahmer Witz gegen den Großmast der *Maria.*«

»Du darfst doch gar nicht ins Krähennest am Großmast klettern«, sagte ich.

»Stimmt«, antwortete Sven und grinste. »Und du machst wohl immer nur das, was du darfst?«

Als wir endlich oben waren, brachen wir mit beiden Händen Stücke aus der Torte und stopften uns mit Cremefüllung und Biskuitteig voll. Kein einziger Krümel der Torte schmeckte nach Zwieback, und die Cremefüllung war so weich wie eine Wolke.

»Langfam, Karl«, sagte Sven mit vollem Mund und grinste. »Fonft wird unf fleft.«

Er griff in eine der vielen Cremeschichten und schmierte mir eine Handvoll weißer klebriger Masse ins Gesicht.

»Was wird uns?«, fragte ich und schmierte zurück.

»Flecht«, erklärte Sven. »Du fiefst auf wie ein Fwein.«

»Unb bu bie ein Fahnemomfter«, nuschelte ich und lachte.

Dann krabbelten wir auf die Torte, und eine Weile spielten wir *Spuren-im-Marzipan-machen*, bis Sven sagte: »Jetzt sollten wir aber wirklich zurückgehen. Das nächste Mal kommen wir mit einer Tasche wieder, um etwas für die anderen mitzunehmen.«

Genau in diesem Moment öffnete sich die Tür zur Küche mit einem leisen Knarren. Die spanische oder italienische Musik wurde lauter, und ein großer Schatten fiel auf uns.

Und da fielen mir auf einen Schlag tausend Dinge ein.

Es war wie im Märchen. Das hübsche Café, das freundliche Licht, die nette Musik, die fabelhafte Torte ... all das hatte uns hergelockt. Und plötzlich sah ich es wie in einem Film vor meinen Augen: Ärgerlich über den ständigen Schiffszwieback hatten die Kinder der Winzigen das Café am Hafen gefunden, waren durch die Tür gegangen, hatten gelauscht, vielleicht kurz innegehalten, die Musik gehört und die Torte gesehen. Dann waren sie an der Theke bis zum dritten Stockwerk hochgeklettert, dem Tortenstockwerk, und dann ...

Dann war etwas Schreckliches geschehen, etwas Unbeschreibliches, etwas Fürchterliches, für das es keine Worte gab. Aber was?

Der Mann in den Schatten fiel mir ein.

Sven fiel etwas anderes ein. Ihm fiel ein, den Schauplatz umgehend zu verlassen.

Er zerrte an meinem Arm, und da löste sich meine Schreckensstarre, und ich rutschte hinter ihm am Rand des Marzipanbezugs hinab. Gleich darauf kauerten wir keuchend im

Schatten der Torte. *Im Schatten der Torte*, dachte ich: Das wäre doch mal ein guter Titel, falls jemand ein Buch über uns schreiben wollte. Wenn man große Angst hat, kommen einem die unsinnigsten Ideen.

Jemand beugte sich über uns, und ich schloss die Augen.

»Hm«, sagte der Jemand. Es musste der gleiche Jemand sein, der in der Küche gesummt und abgewaschen hatte. »Fußspuren. Fußspuren von sehr, sehr kleinen Leuten. Eindeutig keine Mäuse. SEHR merkwürdig.«

Die Stimme war nicht die eines alten Mannes mit Bart und Arbeitshosen. Es war die Stimme einer Frau.

»Oh«, sagte sie. »Aber nein. Das gibt es doch nicht! Das kann es doch gar nicht geben!«

Ich öffnete ein Auge und sah in ein sommerbraunes Gesicht, umrahmt von krisseligen schwarzen Haaren. Zwei graue Augen blickten mich erstaunt an, und die Brauen darüber zogen sich zusammen.

»Seid ihr ... seid ihr wer?«, erkundigte sich die sommerbraune Frau unsicher. »Besser gesagt: Wer seid ihr?«

Ich wollte etwas erwidern, doch meine Stimme war ganz eingetrocknet von der Angst und von zu viel Biskuitteig.

»Ich bin Sven«, sagte Sven. »Und das ist Karl. Und wenn Sie uns etwas tun, werden Sie es bereuen.«

Er klang äußerst bestimmt und beinahe gefährlich, und ich bewunderte ihn in diesem Moment sehr.

»Ich ... äh«, sagte die Frau und strich sich verwirrt eine Haarsträhne aus der Stirn. »Ich hatte nicht vor, euch etwas zu tun. Ich hatte ÜBERHAUPT nichts mit euch vor. Ich wusste bis eben noch nicht einmal, dass es euch gibt. – Wobei ich mir da ...«, fügte sie nachdenklich hinzu, »... immer noch nicht ganz sicher bin. Vielleicht habe ich zu viel Rum in den Apfelkuchen getan? Vielleicht hätte ich nicht so viel von der Füllung probieren sollen?«

Sie musterte uns eingehend. »Ihr seht allerdings ziemlich echt aus«, gab sie schließlich zu.

»Wir *sind* echt«, sagte Sven. »Wie ich es hasse, für unecht gehalten zu werden! Die großen Leute sehen einen und schütteln den Kopf und reden sich ein, sie hätten sich nur eingebildet, man wäre da. Was glauben Sie, wie schwierig es ist, einen Brief in der Post aufzugeben? Oder ein Konto zu eröffnen? Unmöglich, das ist es, jawohl. Nur, weil alle einen für unecht halten!«

»Oh«, sagte die Frau. »Das tut mir leid. Ich wollte nicht … ist die Torte gut?«

»Sehr gut«, sagte Sven, und ich nickte verlegen.

Dass die Frau uns offenbar nichts antun wollte, brachte meine Gedanken vollkommen aus der Bahn. Vielleicht tat sie nur so erstaunt und freundlich?

Ich besah mir die schwarzen Krisselhaare, die von ihrem Kopf aus nach allen Seiten abstanden, und konnte mir nicht vorstellen, dass sie uns im nächsten Moment entführen und in ein Verlies werfen würde. Irgendwie sah sie nicht so aus, als könnte sie eine gute Entführung organisieren. Manche Leute haben einfach kein Talent für sowas.

»Ich bin übrigens Miriam«, sagte die Frau, als wäre der Name ihr gerade erst wieder eingefallen. »Würde es euch wohl etwas ausmachen, euch außerhalb dieser Kuchentheke mit mir zu unterhalten? Ich bekomme vom Gebücktstehen schon einen ganz steifen Hals.«

Sven und ich schüttelten die Köpfe. Da nahm Miriam uns aus dem dritten Kuchentheken-Stockwerk wie zwei Puppen und trug uns vorsichtig in die Küche. Sie machte die Musik leiser, setzte uns auf den Küchentisch und stellte einen Wasserkessel auf ihren altmodischen Gasherd.

Dann fragte sie uns, ob wir einen Tee mit ihr trinken würden.

Ich dachte, wir sollten vorsichtig sein, falls sie uns vergiften wollte. Doch Sven sagte höflich, wir würden gerne einen Tee trinken, und so ergab ich mich in mein Schicksal, vielleicht vergiftet zu werden.

Miriam goss den Tee in eine große Tasse und zwei kleine Puppentassen, die genau perfekt für uns waren. Ich fragte mich, wo sie die so schnell herhatte, sagte aber nichts. Sie wischte sich die Hände an der gelben Schürze ab, die sie über ihrem karierten Flanellhemd trug, und rührte zwei Stückchen Zucker in ihren Tee.

Sven und ich teilten uns eines.

»Dann erzählt mal«, sagte Miriam. »Wohnt ihr schon immer auf der Insel? Ich habe euch noch nie gesehen ...«

»Es ist ein Kontinent«, verbesserte ich sie. »Genau genommen der 12. Kontinent. Und wir haben ihn entdeckt. Vor Kurzem. Wir sind mit dem Schiff gekommen.«

»Ach«, sagte Miriam ernst und nahm einen Schluck Tee. »Dann gehöre ich wohl zu den Eingeborenen, die ihr dort entdeckt habt?«

»Wohl schon«, sagte ich und ergriff die Gelegenheit beim großen Zeh. »Gibt es denn noch mehr Einheimische?«

»Nun, einen«, antwortete Miriam ausweichend. »Vor allem gibt es Touristen. Sie kommen her und mieten Fahrräder und essen meine belegten Brötchen und meine Torten.«

»Schon seit immer und ewig?«, fragte ich.

»Jedenfalls seit fünf Jahren«, antwortete Miriam, »ich weiß nicht, wie es war, bevor ich hier war. Da gab es wohl nur einen, der hier wohnte.«

»Und es sind immer alle Touristen, die gekommen sind, wieder nach Hause gefahren?«, fragte ich weiter.

Sie sah mich verständnislos an. »Ja, natürlich«, sagte sie.

»Ich meine: Es sind nie welche ... verschwunden?«

Miriam schüttelte den Kopf. »Wohin sollten sie denn verschwinden?«, fragte sie.

Und da hatte sie recht. Wohin sollte jemand auf diesem winzigen, übersichtlichen Kontinent verschwinden? Es gab keine Möglichkeit, ihn zu verlassen, außer mit dem eigenen Schiff oder mit der Fähre der großen Leute. Die Fähre aber fuhr nachts nicht.

Und doch waren hier in einer Nacht vor nicht allzu langer Zeit 32 Kinder verschwunden, einfach so, ohne eine Spur zu hinterlassen. Es sei denn, man las ihre Pullover und Proviantrucksäcke als Spur. Sie waren irgendwohin gegangen, wo sie ihre Pullover und Proviantrucksäcke nicht brauchten ...

»Und wieso wohnen nur zwei Leute hier?«, fragte Sven.

Miriam sog die Luft scharf durch die Nase ein.

»Uuuff«, sagte sie. »Gute Frage. Ich glaube, es ist den Leuten zu klein hier und zu weitab vom Schlag. Und«, fügte sie hinzu, »es gibt eine Menge schlechtes Wetter hier. Nein, nicht eigentlich schlechtes Wetter. *Komisches* Wetter.«

»Komisches Wetter?«, fragte Sven.

»Plötzliche Stürme. Regen aus heiterem Himmel. Unerwartete Schneefälle im Winter. Solche Dinge.«

Ich stellte mir vor, wie die 32 winzigen Kinder eingeschneit waren. Doch dann sagte ich mir, dass das Unsinn war, weil es im Sommer nicht einmal auf einem 12. Kontinent schneite.

»Mir ist das Wetter gleich«, sagte Miriam. »Wenn es schlecht ist, mache ich mehr Kuchen und Torten und Eintöpfe und friere sie ein. Irgendwann kommt immer jemand vorbei, um sie zu essen. So wie ihr.«

Sie lächelte. »Früher habe ich hier und da im Landesinnern gearbeitet«, fuhr sie fort, »ich wollte alles sehen und habe alles ausprobiert. Aber nichts davon war das Wahre. Ich bin am Meer geboren, und nur wenn ich das Meer sehe, kann ich anständige Kuchen backen und anständige Dinge kochen. Es ist wie eine zusätzliche Zutat. Hier ist es überall: links und rechts und vorne und hinten, so klein ist die Insel. Verzeihung: der Kontinent. Der wievielte, sagtet ihr, war es?«

»Der 12.«, antwortete ich, nicht ohne eine gewisse, lehrerhafte Würde.

»Ach natürlich«, sagte Miriam.

Eine Weile saßen wir nur so da und tranken unseren Tee und schwiegen.

Dann begann Miriam vorsichtig: »Ja, und nun habe ich euch eine Menge Dinge erzählt, gerade wie eine alte Frau, die ihren Mund nicht halten kann. Aber über euch ... über euch weiß ich noch immer nichts ...«

Ich spürte, wie Sven mich ansah. Ich sah ihn auch an. Mit unseren Blicken fragten wir uns gegenseitig: Können wir ihr trauen? Sollen wir ihr die Wahrheit erzählen? Und was sollen wir ihr erzählen, wenn nicht die Wahrheit?

Es wäre, dachte ich, vorteilhaft gewesen, sich im Voraus auf eine gute, offizielle Lüge zu einigen.

Es ist nun mal unser Hobby, hörte ich mich im Geiste sagen, *Kontinente zu entdecken. Wir tun es ständig. Ich bin der Kapitän des Schiffs, und Sven hier ist mein erster Maat und Steuermann und Koch. Der letzte Kontinent, den wir entdeckt haben, war größer. Dort gab es Löwen und Tiger und ... und Eisbären ... was gibt es hier für gefährliche Tiere?* Nein. Niemand würde uns die Eisbären glauben.

Wie wäre es damit: *Wir machen hier Urlaub mit unseren Eltern. Es ist einer dieser modernen Abenteuerurläube, bei dem man bucht, ohne zu wissen, wo man hinfährt. Wenn man in zwei Wochen möglichst viel über den Urlaubsort herausgefunden hat, bekommt man sein Geld zurück. Deshalb brauchen wir so viel Informationen, wie wir kriegen können ...* Unsinn. Außerdem war ich mir über die Mehrzahl von »Urlaub« im Unklaren.

Wir sind die jüngsten Mitglieder eines Forschungsteams. Wir untersuchen Gesteinsproben, um herauszufinden, ob die große graugrüne Miesmuschel früher an Land lebte und Beine hatte ...

Ich musste mich zusammenreißen, um nicht zu kichern.

Sven warf mir einen irritierten Blick zu. Dann sagte er: »Unsere ist eine der Geschichten, die niemand glaubt. Deshalb ist es sinnlos, sie zu erzählen. Man kann jedenfalls so viel sagen: Wir haben etwas verloren. Etwas sehr Wichtiges. Als wir den Kontinent zum ersten Mal betraten, ist es uns abhanden gekommen, und wir sind zurückgekehrt, um es wiederzufinden. Aber um das zu tun«, hier legte er eine kleine Kunstpause ein und warf einen sehnsüchtigen Blick in seine leere Teetasse, »um das zu tun, müssen wir alles wissen, was man über den 12. Kontinent wissen kann.«

Miriam goss uns Tee nach und sah nachdenklich aus. Dabei zog sie ihre Nase kraus und machte kleine Falten zwischen ihren Augenbrauen. Das sah hübsch aus, fand ich. Hoffentlich war sie eine von den Guten in dieser geheimnisvollen Sache. Es ist irgendwie einfacher, die Dinge auseinanderzuhalten, wenn die Guten hübsch und die Bösen hässlich sind.

»Seid ihr denn ganz alleine?«, fragte Miriam, während wir unseren Tee austranken.

Sven schüttelte den Kopf. »Wir haben unsere Eltern dabei«, erklärte er fest. Wohl, damit niemand auf die Idee käme, wir wären schutzlos jedem ausgeliefert. »Und eine ganze Schiffsmannschaft Erwachsene.«

»Das ist gut«, meinte Miriam und entkrauste ihre Nase. Sie sah erleichtert aus. Was natürlich auch Tarnung sein konnte.

»Wenn man wirklich etwas über die Insel wissen will«, sagte sie, »ist es am besten, man fragt Henk Olafsen. Olafsen wohnt oben auf dem Berg. Dem Krallenkopf. Wenn einer etwas weiß, dann ist er es. Er war schon lange hier, ehe ich kam. Er lebt mit der Insel wie ein Taucher mit dem Wasser.«

Sie machte wieder eine steile Falte zwischen ihren Brauen. »Es ist allerdings nicht ganz leicht, mit ihm zu sprechen. Er ist ein wenig eigen. Wenn ihr versteht, was ich meine.«

»Sicher«, sagte ich, obwohl ich überhaupt nichts verstand.

»Euer 12. Kontinent ist sehr klein«, sagte Miriam nachdenklich. »Für einen Kontinent. Trotzdem dürfte es schwierig sein, ihn zu erforschen, wenn man zu Fuß über eine Marzipantorte gehen kann. Mir fällt da etwas ein ... wisst ihr, ich habe noch immer meine alte Puppenstube im Schrank. Ich habe es nie übers Herz gebracht, sie wegzugeben. Wenn ich mich alleine fühle, erzähle ich den Puppen Geschichten, so, wie ich es als kleines Mädchen getan habe. Jetzt ist die Puppenstube vielleicht endlich mal wieder zu etwas anderem gut.«

Sie stand auf und ging zu einem großen, alten Küchenschrank. Als sie ihn öffnete, verstand ich, woher Miriams winzige Teetassen gekommen waren. Denn in dem Schrank standen eine Menge winziger Möbel, die im Dunkel des Schranks auf winzigen Teppichen standen. Aber sie waren gar nicht winzig. Für uns waren sie genau richtig. Die Betten sahen so bequem aus, dass man sich direkt hineinlegen wollte, und die winzigen Bücher auf den winzigen Regalen riefen beinahe danach, sich mit ihnen bäuchlings auf eines der winzigen Sofas zu legen und darin zu blättern.

Doch jetzt war nicht die Zeit dafür, auf Sofas herumzuliegen und in bequemen Betten zu schlafen. Ich befand mich mitten in einem Abenteuer, und ich wohnte auf einem Schiff und schlief in einer Koje. Ich verbot mir zu seufzen.

Miriam jedoch griff in das unterste Schrankfach und holte das winzigste, perfekteste Fahrrad heraus, das ich je gesehen hatte.

Sie stellte es vor uns auf den Küchentisch ins gelbe Licht, das durch die Vorhänge fiel, und da glänzte der Lack so hell, als wäre er frisch für uns poliert worden. Das Fahrrad war rot und hatte einen gelben Streifen wie ein Rennauto. Sven und ich besahen es uns von Kopf bis Fuß – oder eher: vom Lenker bis zu den Reifenventilen, und wir waren uns einig, dass wir noch nie etwas Wunderbareres gesehen hatten.

In Svens Welt hatte es bisher überhaupt keine Fahrräder gegeben.

Hier aber gab es eines! Komplett mit Pedalen und Kette und Klingel und Katzenaugen – ob es in diesem Fall wohl Mauseaugen waren? – und Gepäckträger und Vorder- und Rücklicht.

»Ich weiß natürlich nicht, ob es funktioniert«, sagte Miriam, »oder ob es einfach nur hübsch aussieht.«

Da stieg ich auf den schwarzledernen Sattel und fuhr eine Runde auf dem Tisch, um Miriams Teetasse herum, und

Miriam und Sven klatschten, denn das Fahrrad funktionierte ganz hervorragend.

Miriam konnte sich nicht genug darüber wundern, als ich ihr erklärte, dass sich sogar die Gangschaltung und die Handbremse einwandfrei bedienen ließen.

Es war wie bei meinem Schiff, der *Maria*: Wenn man groß ist, merkte man wohl nicht, was es an den kleinen Dingen alles zu sehen gibt.

»Ihr könnt es haben«, sagte Miriam, »aber fahrt mir damit nicht kopfüber die Steilküste hinunter, denn sonst bekomme ich Ärger mit euren Eltern.«

Wir versprachen, nicht kopfüber die Steilküste hinunterzufahren.

Dann trug uns Miriam mitsamt dem roten Fahrrad vor die Tür des Cafés. Sven setzte sich auf den Gepäckträger, und ich klingelte zum Abschied. Als wir losfuhren, stand Miriam in der Tür und winkte.

»Kommt bald wieder!«, rief sie. »Und bringt eure Eltern mit, um Marzipantorte zu essen! Und erzählt mir, ob ihr gefunden habt, was euch verloren gegangen ist!«

Aber so schnell würde es nicht gehen.

Das wussten wir beide genau: ich auf dem schwarzledernen Sattel und Sven mit seinem Holzbein auf dem rot lackierten Gepäckträger.

4. Kapitel,

in welchem wir Henk Olafsen nicht persönlich kennen lernen. Wir machen einen Fehler, und im Dunkeln ist es gut, dass ich so stark bin.

Wir fuhren einen Weg zwischen hohem Gras und violetter Heide entlang, über uns nichts als das endlose Blau des Himmels und ein paar weiße Möwen.

Miriam hatte uns erklärt, wie wir am besten zum Haus von Henk Olafsen kamen – was nicht schwer war, da man nur geradeaus zu fahren brauchte: auf dem Weg, der mitten über die Insel führte. Nur ganz zum Schluss, hatte Miriam gesagt, durften wir nicht dem großen Weg nach rechts folgen, denn das war der Rundweg um die Bergkuppe, der für die Touristen.

Wir fuhren also brav geradeaus, und nach einer ganzen Weile eintöniger, endloser Dünenheidegraslandschaft erhob sich hoch vor uns der Berg, auf dem der Wald wuchs: schattig und grün. Noch war heller Tag, und die Schatten, in die der Weg nun eintauchte, beunruhigten mich nicht.

Der Wald duftete nach Kiefernnadeln und frühem Herbstlaub, nach schwerer, feuchter Erde und säuerlichen Vogelbeeren. Zwischen den Blättern tropfte das Sonnenlicht hindurch wie flüssiges Gold und malte helle Kringel auf unseren Pfad.

»Der Krallenkopf«, flüsterte Sven hinten auf dem Gepäckträger. »Sie nennen den Berg den Krallenkopf.«

Da vergaß ich das Sonnenlicht und den Kiefernnadelduft, und mir wurde kalt und ängstlich zumute, ganz so wie einem Igel, der in die Scheinwerfer eines Autos blickt. Der Wald schien sich zu verdunkeln, die Bäume ihre Äste um uns zu schließen und der erdige Weg die Räder am Vorwärtskommen zu hindern.

Ich trat heftiger in die Pedale.

Einen Augenblick später merkte ich, dass es einfach nur bergauf ging und dass es ganz logisch war, dass ich schwerer treten musste.

»Ach was«, keuchte ich, »ein Name sagt gar nichts.«

Und die Sonnenstrahlen tanzten wieder hell auf dem Boden.

Die Stämme der Bäume glänzten im Nachmittagslicht wie reines Silber. Ein- oder zweimal sah ich zwischen ihnen einen Baum, dessen Stamm golden zu leuchten schien. Es musste wohl eine andere Sorte sein, und natürlich gab es in Wirklichkeit weder silberne noch goldene Bäume. Aber wenn man anfängt, Abenteuer auf merkwürdigen Kontinenten zu erleben, sieht man die Dinge manchmal eben etwas märchenhaft.

»Die goldenen Bäume sehen irgendwie einsam aus«, sagte ich, als ich wieder etwas zu Atem gekommen war. »Aber hübsch.«

»Welche goldenen Bäume?«, fragte Sven.

»Ach, egal«, sagte ich, denn bei »einsam« fiel mir etwas anderes ein. »Hör mal, Sven. Zu dieser Miriam hast du gesagt, wir wären mit unseren Eltern hier.«

»Ja?«, fragte Sven unschuldig.

»Nun ja«, meinte ich, »das stimmt nicht ganz. *Du* bist mit *deinen* Eltern hier. Ich habe keine Eltern.«

»Fang nicht schon wieder damit an«, sagte Sven – als würde ich die ganze Zeit von nichts anderem sprechen. Ich hatte ihm meine Geschichte einmal erzählt, na gut.

»Rede ich vielleicht dauernd davon, dass ich kein rechtes Bein habe? Na also. Und außerdem ist das Unsinn. Jeder Mensch hat Eltern.«

Da hatte er recht. Meinen Vater, den Kapitän, gab es nicht. Doch das hieß nicht, das ich überhaupt keinen Vater hatte. Irgendwie war mir der Gedanke bisher noch nicht gekommen.

»Und wenn sie beide tot sind?«, meinte ich.

»Beide? Unwahrscheinlich«, sagte Sven.

Aber während ich weiter bergauf strampelte, fragte ich mich zum ersten Mal, wo mein Vater, der Kapitän, war, wenn er kein Kapitän war. Und ob ich ihn, in dem Fall, dass er kein Kapitän war, finden könnte. Und ob ich ihn, in dem Fall, dass er kein Kapitän war, finden wollte. Ich war mir nicht sicher.

Der Weg wand sich schier endlos den Berg hinauf, und wenn ich nicht so stark gewesen wäre, hätten wir das rot lackierte Fahrrad sicher zwischendurch schieben müssen.

Schließlich fuhren wir wieder am Abhang entlang, der jetzt schroff und felsig war. Zur Linken ging es gefährlich steil hinunter, und ich war froh, dass jemand einen Zaun dort angebracht hatte. Ob das Olafsen gewesen war?

Der große Weg bog nach rechts, zurück in den Wald, genauso, wie Miriam es beschrieben hatte, und ein großes, schönes Schild mit einem Wanderer darauf zeigte ebenfalls nach rechts. An dem kleinen Weg, der geradeaus führte, stand ein kleines Schild, das jemand aus einer plattgeklopften Dose gemacht hatte. Darauf stand:

PRIWATGURNDSTÜCK!!!

Ich dachte an Miriams Worte – und obwohl mir etwas mulmig dabei war, nahm ich den kleinen Weg, der weiter am Steilufer entlangführte.

Draußen auf dem Meer lag das Nachmittagslicht träge und blau auf den Wellen herum. Beinahe war es mir, als müsste man bis hinter den Horizont sehen können, so weit reichte der Blick. Der Krallenkopf blickte mit seiner Kuppe über die See hinaus wie ein richtiger Kopf. Vielleicht konnte *er* über den Horizont hinaussehen.

»Und Krallen«, sagte Sven, »hat er nämlich auch. Sieh nur, all die Dornensträucher hier am Abhang.«

»Oh, und sieh nur«, sagte ich, »was wir *hier* haben.«

Mit diesen Worten hielt ich das rote Fahrrad an und half Sven beim Absteigen.

Denn vor uns, am Ende des Weges, am Ende des Kontinents, am Ende des Nachmittags – vor uns stand das einzige zweite Haus, das es hier gab: Henk Olafsens Haus. Es war weder besonders groß noch besonders schön, aber man sah gleich, dass es ein besonderes Haus war.

Alles an dem Haus lehnte sich zur See hinaus – es lehnte sich über die Klippen, wie jemand, der sich so weit aus einem Fenster lehnt, wie er irgend kann, ohne hinauszufallen. Selbst die Wände schienen in sich nicht ganz gerade zu sein, sondern sich nach dem Meer zu neigen. Als wäre das Haus lieber gar nicht hier, auf dem 12. Kontinent. Als wäre es am liebsten fortgeschwommen. Aber vielleicht war es auch nur die Macht des Windes, die die Mauern mit den Jahren gebeugt hatte, wie sie die Bäume beugte.

»Wenn die Dornensträucher es nicht hielten«, sagte Sven, »wetten, das ganze Haus würde ins Meer stürzen?«

»Ja«, sagte ich, »es sieht beinahe so aus, als wären die Sträucher den Abhang hinaufgekrochen, nur um mit ihren Krallen das Haus festzuhalten.«

Und das taten sie tatsächlich. Sie wucherten an den schiefen Wänden empor, griffen in Fensteröffnungen und Mauerritzen und ließen ihre Herbstbeeren im Wind baumeln wie rote Lampionketten. Olafsen schien sich nicht darum zu scheren, wohin die Krallensträucher wuchsen. Sie bedeckten das Haus so vollkommen, dass es eine Weile dauerte, bis ich die Tür fand. – Und da war noch irgendetwas Seltsames an dem Haus, aber zunächst konnte ich nicht sagen, was.

»Er ist da«, meinte Sven. »Seine Schuhe stehen vor der Tür.«

»Na, ein Glück«, sagte ich. Aber ich war mir nicht so sicher, ob es wirklich ein Glück war, dass Henk Olafsen zu Hause war. Denn es sah nicht so aus, als wollte er besucht werden. An einem Baum neben dem Haus war ein weiteres rostiges Metallschild angenagelt:

PRIWAT
BETERTEN VERBOOTEN

Ich war nie gut in Rechtschreibung gewesen, aber Henk Olafsen war offenbar noch schlechter.

Wir lehnten das Fahrrad an den Baum und legten ein großes gelbes Ahornblatt darüber, sodass man das Rad nicht sah, wenn man einer von den großen Leuten war.

»Es hat kein Schloss«, sagte ich besorgt.

Sven lachte. »Du musst dich erst daran gewöhnen, einer von uns Winzigen zu sein«, sagte er. »Wer, glaubst du, stiehlt ein so kleines Fahrrad? Eine sportliche Haselmaus, die hier im Fußballtrikot entlanggejoggt kommt?«

Die Tür zu dem schiefen Haus war zu, aber eines der Fenster stand offen. Die Krallensträucher bildeten eine schöne Leiter, und ich kletterte Sven nach. Von unten sah ich in seinem einen Hosenbein das polierte Holz glänzen und erinnerte mich verwundert daran, dass er ja nur ein Bein hatte. Es war wirklich erstaunlich, wie er all diese Kletterei auf Schiffen, Ästen und Kuchentheken bewältigte.

Drinnen hockten wir eine Weile auf dem Fensterbrett und blinzelten ins Dämmerlicht. Wir blickten in ein großes Wohnzimmer. Vor allen Fenstern hingen blaue Vorhänge, durch deren Stoff das Licht in gedämpften Wellen hereindrang wie tiefe Seufzer. Mitten in den blauen Licht-Seufzern saß an einem Schreibtisch ein Mann. Der Schreibtisch bestand aus einem ziemlich verwitterten grauen Brett, das über zwei Kisten lag.

Sven und ich sahen uns an, und Sven legte den Finger an den Mund. Ich nickte. Fürs Erste war es besser, nicht bemerkt zu werden. Vielleicht ließ sich genug herausfinden, indem wir einfach nur unsere Ohren und Augen offen hielten und uns ansahen, was dieser Olafsen so trieb.

Denn der Mann am Schreibtisch, das musste wohl Olafsen sein. Er saß tief über ein großes Stück Papier gebeugt und hatte einen Zirkel und ein Geodreieck in der Hand. Jemand sollte ihm sagen, dachte ich, dass er besser sehen würde, wenn er die Vorhänge zurückzöge.

»34 Nord, 56 Ost«, murmelte Olafsen, »34,5 Nord ...« Er kritzelte mit einem Bleistift etwas auf das Papier und stellte seinen Zirkel nach. »34,6 ... oder eher Komma 7 ...?«

Dann nahm er einen Schluck aus einer Blechtasse und kritzelte weiter.

Leider konnte man von dem Mann nichts sehen als seinen gebeugten Rücken. Er trug ein einfaches, leicht schmuddeliges Hemd mit ungebügeltem Kragen.

Als er sich eine Weile nicht geregt hatte, nickte Sven mir zu, und wir kletterten auf das Regal, das unter dem Fensterbrett stand. Auf dem Regal gab es eine Menge Bücher. Enttäuscht stellte ich fest, dass die meisten davon langweilige Titel wie *Enzyklopädie europäischer Vögel* oder *Die Flora und Fauna der ostdeutschen Inseln* hatten. Ich hätte gerne eines der Bücher durchgeblättert, um nachzusehen, ob sich etwas Geheimes darin verbarg. Aber ich war gerade halb so groß wie die Buchdeckel, und so begnügte ich mich damit, die Seiten an einer Ecke auseinanderzubiegen. »... weshalb die Haus- und Gartenrotwende erst im Sommer nach Europa zurückkehrt«, las ich in Buchstaben, die so groß waren wie meine Handfläche.

»Kein geheimer Inhalt«, teilte ich Sven wispernd mit. »Die Bücher sind innen so öde wie außen. Schade.«

Wir durchsuchten in einer abenteuerlichen Kletterpartie das ganze Regal von oben bis unten, ohne etwas Interessantes zu finden. Jedes Mal, wenn Olafsen mit seinem Stuhl rückte oder etwas lauter »45 Grad Nord« murmelte, duckten wir uns schnell zwischen zwei Bücher, doch er drehte sich kein einziges Mal um.

Schließlich huschten wir wie zwei Mäuse über den Boden, der aus groben Holzbohlen bestand, und erklommen eine Schrankwand.

»Man muss systematisch vorgehen«, wisperte Sven.

»Guck mal«, wisperte ich, »hier liegt systematisch lauter komisches Zeug. Was will dieser Olafsen wohl mit all den Steinen? Und warum hat er Löcher hineingebohrt?«

»Vielleicht will er eine Tischdecke damit beschweren«, vermutete Sven, »so wie die Tischdecken in dem Café.«

Ich sah mir die Löcher in den Steinen genauer an, und da sahen sie auf einmal gar nicht mehr gebohrt aus. Sondern so, als wären sie schon immer in den Steinen gewesen.

Ich wollte etwas darüber sagen, doch da pfiff Sven ganz, ganz leise durch die Zähne.

»Ein Schekel!«, flüsterte er.

Ein Schekel, das wusste ich inzwischen, war etwas, womit man Dinge auf Schiffen befestigt. So wie ein Karabinerhaken, nur anders. Aber dies hier war kein Schiff.

Wieso hatte Olafsen einen Schekel auf seinem Regal herumliegen?

Wir fanden nach und nach eine Sammlung Bernsteine, eine Rolle rotes Bändsel – diese Sorte, mit der man an Bord Dinge befestigt und die man mit dem Feuerzeug abkokeln kann –, verschiedene Stücke verwittertes Holz, drei braun gesprenkelte Vogelfedern, ein Stück Würfelzucker, einen klebrigen Kaffeelöffel, ein Gummiband und einen Kompass.

Der Kompass hatte ein Band zum Umhängen, war verstaubt und erstaunlich winzig. Er lag hinter einem Buch.

»Den braucht dieser Olafsen sicher nicht mehr«, flüsterte Sven. Ich sah zu, wie er einen Knoten machte, um das Band zu kürzen, und dann hängte er ihn sich um wie eine Handtasche.

»Meinst du, das ist eine gute Idee?«, fragte ich. »Was, wenn er merkt, dass sein Kompass weg ist?«

»Ach was«, sagte Sven, »der hat das Ding seit Jahren nicht benutzt, wetten? Aber wenn wir uns in diesem Wald verirren, können wir es verflixt gut brauchen.«

In diesem Moment blies ein Windstoß die blauen Vorhänge nach innen, und Olafsens Blechtasse fiel scheppernd um.

Ich machte vor Schreck einen Satz vorwärts und stieß in einer besonders dunklen Ecke der Schrankwand mit jemandem zusammen, der in etwa so groß war wie ich. Ich sah in der Dunkelheit zwei Knopfaugen glänzen, erschrak noch mehr und sprang zurück. Derjenige, mit dem ich zusammengestoßen war, machte auch einen Satz, wankte und fing sich dann wieder. Mein Herz raste. Ich hob beide Fäuste, um mich zu verteidigen – und starrte dem Unbekannten entgegen. Zwischen den dunklen Knopfaugen ragte ein scharfer Schnabel hervor, und weiße Rauchschwaden hüllten den Körper des Wesens ein, als hätte es eben Feuer gespien. Mein Entsetzen wuchs.

»Na, na. Immer langsam«, flüsterte Sven und klopfte mir auf die Schulter. »Wer wird denn gleich auf die erstbeste hässliche Jagdtrophäe losgehen?«

Seine Worte brachen den Zauber des Merkwürdigen. Ich blickte in die toten Augen eines ausgestopften Vogels. Die Staubwolke, die sich aus seinem räudigen Gefieder erhoben hatte, legte sich langsam wieder.

Der Vogel stand etwas erhöht auf einer alten, ledernen Mappe mit rostigem Reißverschluss, von der ich ihn beinahe hinuntergeschubst hätte. Er sah mich irgendwie höhnisch von oben herab an. Ich schüttelte mich, und dann musste ich auf einmal furchtbar husten. Ich versuchte, es zu unterdrücken, doch es ging nicht. Der Staub hatte sich in meinen Lungen verfangen und wollte hinaus.

Olafsen schob seinen Stuhl zurück und sah sich suchend um. »Hallo?«, fragte er. »Ist da jemand?«

Und während wir uns auf den Boden der Schrankwand duckten, blies der Wind die Vorhänge abermals nach innen und ließ das Nachmittagslicht herein. Und da erkannte ich den Mann am Schreibtisch: Es war derselbe, der am Hafen in den Schatten des Fahrradschuppens gestanden hatte. Derselbe, der mit seinem düsteren Blick die glückliche Familie beobachtet hatte, die an Bord der Fähre ging. Ich hatte ihn mir nicht eingebildet.

Es gab ihn, ihn und seinen verwilderten Vollbart und seine buschigen Augenbrauen, und hier war er: Henk Olafsen, von dessen Haus das Verbotsschild jeden Wanderer entschieden fortwies.

Hier war er, und seine dunklen Augen suchten das Zimmer nach uns ab.

»Wer ist da?«, fragte Olafsen noch einmal, erhob sich und machte zwei Schritte ins Zimmer hinein. »Mich täuscht ihr nicht. Kommt heraus, wer immer ihr seid.«

Seine Stimme grollte ungehalten wie ferner Donner, und seine Augenbrauen zogen sich noch etwas dichter zusammen.

Wir machten uns so klein wir konnten, und ich drückte mich gegen Sven und spürte, wie auch er zitterte vor Angst. Wenn einer etwas mit dem Verschwinden der Kinder zu tun hatte, dachte ich, dann ist es dieser Mann.

Er ging in die Hocke und durchsuchte den Raum mit seinen zusammengekniffenen Augen, und ich wünschte mir, unsichtbar zu sein – so unsichtbar wie möglich.

Da fegte ein dritter Windstoß die Blechtasse vom Schreibtisch, und zwei Gläser, die auch dort gestanden hatten, fielen mit ihr zu Boden und gingen klirrend zu Bruch.

Olafsen sprang auf und fuhr herum.

»Wirst du mich wohl in Frieden lassen!«, rief er. »Stürm woanders, wenn du schon stürmen musst! Was soll das Ganze? Ist das ein neuer Trick von dir? Hast du gelernt, dich klein zu machen und in einer Ecke zu sitzen und zu husten? Wirst du verrückt? Werde ich verrückt? Los! Antworte mir!«

Als hätte ihn jemand im Sturm gehört, wirbelte der Wind die Papiere auf dem Schreibtisch auf und warf sie durch die Luft. Die Vorhänge tanzten mit ihren losen Enden einen wilden blauen Tanz im Zimmer. Draußen hatte der Himmel einen dicken grauen Schleier vor das Nachmittgsblau gezogen, und eine Art kränkliches gelbes Licht leuchtete hinter der Wolkenwand.

Henk Olafsen fluchte laut und jagte den Papieren nach. Er sammelte sie ein, griff über uns hinweg in die Schrankwand und holte eine Hand voll Steine mit Löchern hervor, um die Papiere zu beschweren. Sie waren groß und steif und etwas gebogen, als bewahrte er sie in gerolltem Zustand auf.

»Schatzkarten!«, zischte ich.

Sven warf mir einen zweifelnden Blick zu.

»Du liest zu viele Bücher«, wisperte er.

Dabei lese ich fast nie Bücher, höchstens mal so ein Sachbuch mit vielen Bildern, wie das über Columbus. Ich wollte Sven erklären, dass das Lesen nicht so meine Sache ist, aber da ...

Da legte der Sturm richtig los.

Nebenan klirrten noch mehr Gläser. Vielleicht war dort die Küche. Olafsen rannte hin und her und schloss hektisch alle Fenster, und dann tat er etwas Seltsames: Er öffnete eine Hintertür und trat hinaus auf eine Terrasse, mitten hinein in den Sturm.

Sven zerrte mich hoch.

»Wir müssen ihm folgen«, sagte er. Der Sturm heulte jetzt so laut, das man nicht mehr zu flüstern brauchte.

»Aber wir werden weggeweht!«, protestierte ich. Sven hörte natürlich nicht zu. Wir waren kaum in der Mitte des Wohnzimmers angekommen, da warf der Wind auch schon die Terrassentür auf, die Olafsen nicht gut genug geschlossen hatte, und schleuderte die Lochsteine von ihrem Platz. Da war ich doch froh, dass Sven mich fortgezerrt hatte, denn sonst hätte uns der Steinhagel mit Sicherheit am Fuße der Schrankwand erschlagen.

Sven nahm mich bei der Hand, und gemeinsam kämpften wir uns gegen den Sturm zur Tür vor, hinaus ins Durcheinander. Wäre da nicht ein gnädiger Blumentopf gewesen, in dessen Windschatten wir uns duckten, ich weiß nicht, was mit uns noch passiert wäre.

Hinter dem Haus rauschte der Wald mit allen seinen Ästen zugleich, und auf dem Meer überschlugen sich weiß die

Schaumkronen der Wellen. Über den Himmel zuckte ein greller Blitz, und der Donner rollte übers Wasser heran wie ein unsichtbares Kriegsschiff.

Olafsens Terrasse, die über die Klippen hinaus ins Nichts hing, lief vorne spitz zu, und an ihrer Spitze stand Olafsen und hielt sich am Geländer fest und lehnte sich hinaus in den Sturm wie Kate Winslet im Film *Titanic*. Er sah aber nicht halb so hübsch aus wie Kate Winslet.

Unheimlich sah er aus und wild und verrückt.

Ein Blitz zuckte.

»Gewittre du nur!«, schrie Olafsen, eine Hand am Mund wie ein Mikrofon. »Wirf mit meinen Gläsern und zerreiß meine Vorhänge! Bring meine Karten durcheinander und schlage mit den Ästen der Bäume um dich! Mich kriegst du nicht! Nie! Nie! Bilde dir ja nicht ein, Henk Olafsen wäre zu schwach für dich! Ha! Zwölf Jahre lang hast du mich nicht gekriegt, und jetzt bekommst du mich auch nicht! Irgendwann werde ich es dir heimzahlen, du wirst schon sehen! Komm nur, Uralter, komm, komm und leg dich an mit mir!«

Ich fragte mich, ob er wohl irgendwie sehr gläubig war und mit Gott sprach.

»Ich weiß zwar nicht, wie du aussiehst!«, schrie Olafsen und nahm auch die zweite Hand vom Geländer, um mit der Faust einem unbekannten Gegner zu drohen. »Aber ich werde dich finden, wo immer du dich auf dieser verdammten Insel versteckst! Und egal, wie mächtig du bist, dann gnade dir Gott!«

Also war es nicht Gott, mit dem Olafsen sprach. Aber wer war er dann – der Uralte, der Stürme machen konnte und dem Meer befahl und Gläser auf dem Boden zerschmetterte? Olafsen schien es selbst nicht zu wissen, und das machte die Sache noch merkwürdiger.

»Du glaubst, keiner kennt dich!«, schrie er. »Und keiner kann dir auf die Schliche kommen! Aber du täuschst dich. Oh, wie du dich täuschst! Mit jedem Gewitter komme ich dir näher! Mit jedem Sturm lerne ich mehr über dich! Wüte du nur!

Am Ende wird es dir nichts nützen! Du hast mir alles genommen, du hast mir das Wertvollste genommen, das ich hatte! So etwas kann keiner ungestraft tun!«

Als er das gesagt hatte, begann es zu regnen. Aber es regnete nicht irgendwie, es regnete einen ärgerlichen, peitschenden Regen voller Windstöße und Seitenhiebe. Das Wasser schoss vom Himmel wie aus Tausenden und Abertausenden von Gießkannen, und Sven und ich gingen in die Knie, so heftig prasselten die Tropfen auf uns nieder. In Sekunden waren wir durchnässt bis auf die Knochen. Wahrscheinlich war selbst in unserem Knochenmark Regenwasser.

»Warte nur!«, brüllte Olafsen. »Warte!«

Und dann bückte er sich, hob einen großen, leeren Blumentopf auf und schleuderte ihn von der Spitze der Terrasse hinaus in den Abgrund. Mitten im Heulen des Sturms und im Prasseln des Regens vernahmen wir tief unten das Krachen, mit dem der Topf auf den Felsen zerbarst, und ich drängte mich enger an Sven.

»Er ist wahnsinnig«, flüsterte ich.

Olafsen schleuderte einen zweiten Blumentopf. Ich hoffte inständig, dass er dort, wo er stand, einen ausreichenden Vorrat an Blumentöpfen hatte und nicht am Ende den nahm, hinter dem wir uns versteckten.

»Denkst du«, schrie Olafsen heiser, »ich gebe klein bei, nur weil du mein Wohnzimmer flutest?«

»Er sollte die Terrassentür zumachen«, sagte Sven, »wenn er nicht will, dass sein Wohnzimmer geflu...«

Weiter kam er nicht. In diesem nassen und gewitterdurchrüttelten Moment klingelte es an Olafsens Haustür.

Eine Weile erstarrten wir alle – Olafsen und Sven und ich –, selbst das Gewitter schien innezuhalten; lauschend, wartend.

Es klingelte noch einmal. Das Geräusch ging beinahe unter in der mächtigen, misstönenden Musik des Sturms, aber es war eindeutig die Haustürklingel.

Sie schien um etwas zu bitten.

Olafsen stellte den dritten Blumentopf zurück auf den Boden, knurrte, fluchte und ging mit nassen Schritten durch sein nasses Wohnzimmer zur Eingangstür. Sven zog mich mit sich hinter eine Sofaecke, wo es einigermaßen trocken war.

Als Olafsen das Licht in seinem winzigen Vorflur anknipste und die Tür öffnete, erwartete ich, der Uralte stünde davor. Der Uralte, von dem ich nicht wusste, wie er aussah und welche Sprache er sprach. Nun: Ich täuschte mich. Vor der Tür stand Miriam.

Auch sie war sehr nass.

Das kurze dunkle Haar klebte an ihrem Kopf wie eine Badekappe, und ihr Hemd sah jetzt aus wie ein langärmeliger Badeanzug. Im Licht der Flurlampe glänzten ihre Augen, und die Sommersprossen in ihrem regenglänzenden Gesicht strahlten wie kleine Sterne. Hinter ihr bogen sich die silbernen Stämme des Waldes heulend im Sturm.

Wie schön sie ist, dachte ich.

»Wie schön sie ist!«, wisperte Sven.

»Ich ... ich hatte mich gefragt, ob ich mich wohl bei dir unterstellen dürfte?«, fragte Miriam.

Olafsen nickte. Dann trat er einen Schritt zurück und schloss die Tür hinter Miriam.

»Ich war Pilze sammeln«, erklärte Miriam und schüttelte sich wie ein Hund. Die Tropfen flogen nur so aus ihrem Haar und malten ein wässriges Muster an die Wände. Um ihre Füße bildeten sich kleine Pfützen. Olafsen betrachtete all das mit einem leicht verwirrten Ausdruck in den Augen.

»Etwas früh im Jahr für Pilze«, knurrte er.

»Ich habe auch keine gefunden«, sagte Miriam und ging ins Wohnzimmer. Sie erfasste das dort herrschende Durcheinander mit einem einzigen Blick: die auf dem Boden verteilten durchweichten Zeitungen, Bücher und Bleistifte, die nass geregneten Sofakissen, die Blechtasse, die Glassplitter, Olafsens verstreute Steinsammlung – und die offene Terrassentür, durch die der Sturm noch immer Hände voller Regen hereinfegte.

»Du hast dich wieder mit dem Uralten angelegt«, stellte sie fest. »Wie viele Blumentöpfe hat er diesmal abbekommen?«

»Du hast da nichts mitzureden«, knurrte Olafsen.

»Weißt du, was ich manchmal glaube?«, fragte Miriam und nieste. »Manchmal glaube ich, es macht dir Spaß, Henk Olafsen. Es macht dir Spaß, ihm deine Flüche ins Gesicht zu schreien und Dinge nach ihm zu werfen und in dem Durcheinander herumzuwaten, das er in deinem Haus anrichtet.«

Olafsen machte stumm die Terrassentür zu. Dann stand er eine Weile mitten im Wohnzimmer, die Arme vor der Brust verschränkt, und starrte Miriam mit seinem düsteren Blick an. Ich dachte: Er wird sie in Grund und Boden starren, und wenn er mich so anstarren würde, hätte ich längst all meine Kraft vergessen und wäre weggelaufen.

Aber Miriam lief nicht weg. Sie stand ebenfalls mitten im Wohnzimmer, und ab und zu nieste sie.

»Ich könnte«, sagte Olafsen nach einer sehr langen Zeit nachdenklich, »Kakao machen.«

»Ja«, sagte Miriam.

»Brauchst du etwas Trockenes zum Anziehen?«, fragte Olafsen. Es war nicht ganz klar, ob er ärgerlich war und versuchte, freundlich zu klingen, oder ob er freundlich war und versuchte, ärgerlich zu klingen.

»Im Bad hängt ein Pullover«, knurrte er und wies mit dem Kopf auf eine weitere kleine Tür, die von dem winzigen Flur abging. Dann drehte er sich abrupt um und ging in seine Küche, und kurz darauf hörten wir ihn in einem Topf rühren.

Wir bahnten uns einen Weg durch die Unordnung, die der Wind auf dem Teppich hinterlassen hatte, und dabei stolperte ich über die Ecke eines großen, feuchten Stücks Papier. Es war das gleiche Papier, über das Olafsen gebeugt gesessen hatte, als wir durchs Fenster geklettert waren.

»Sven«, wisperte ich, »warte!«

Und ich lief über das Papier und rollte es auseinander.

Es war eine Karte.

Keine Karte, wie man sie sonst kennt – mit Bergen und Straßen und Städten und Flugplätzen. Auf der Karte war alles blau und weiß und blassgelb und voller sehr, sehr kleiner Zahlen und Zeichen, die ich nicht verstand.

»Es ist doch eine Schatzkarte«, flüsterte ich aufgeregt.

Sven beugte sich über mich. »Ich muss dich enttäuschen«, sagte er, »aber es ist keine. Es ist eine Seekarte.«

»Eine Seh-Karte?«, fragte ich. »Und was kann man darauf sehen?«

»Das Meer«, antwortete Sven. »Das Meer und die Bojen und die Leuchttürme. Und wie tief das Wasser an welcher Stelle ist. Und wo die Felsen lauern, die einem Schiff von unten den Rumpf aufschlitzen können.«

Dann sah er mich an. Sein Haar hing zerzaust um seinen Kopf, und die Kleider klebten genauso an ihm, wie sie an Miriam geklebt hatten. Aber seine Augen glänzten.

»Ich wette mit dir um mein linkes Bein«, sagte er langsam, »dieser Olafsen ist früher mal zur See gefahren.«

Wenig später saßen wir alle in der Küche und tranken heißen Kakao.

Die Küche war klein und unübersichtlich, aber vom Sturm weitgehend verschont geblieben.

Und natürlich wusste niemand, dass *wir* auch darin saßen und Kakao tranken.

Wir saßen auf dem Fensterbrett hinter einer Reihe zerbrochener Tassen, in denen Kräuter wuchsen. Offenbar hatte Olafsen schon länger Streit mit dem Uralten, und offenbar nutzte er die Überreste dieses Streits sehr sinnvoll. Es duftete nach Regen und nach Basilikum, nach Schnittlauch und nach dem fischigen, salzigen Parfüm des Meeres, das der Wind mitbrachte. Wir tranken unseren Kakao abwechselnd aus einem Schnapsglas. Olafsen hatte die Kanne zu voll gefüllt, und deshalb hatte er ein wenig Kakao in dieses Schnapsglas abgegossen, das gerade im Weg herumstand.

»Was für ein wunderbarer, wunderbarer Zufall«, flüsterte Sven. »Es ist doch erstaunlich, wie das Leben voll ist mit solchen Zufällen, nicht wahr?«

»Ja«, erwiderte ich, »aber wieso ist Salz im Kakao?«

»Ich werde mich nie an das Salz gewöhnen«, sagte Miriam in genau diesem Moment.

»Das brauchst du nicht«, knurrte Olafsen, »so oft trinkst du wohl keinen Kakao bei mir, nicht wahr.«

Dann goss er etwas Rum in ihre Tasse. »Aber den Rum musst du trinken«, sagte er streng, »damit du wieder warm wirst.«

Miriam wärmte ihre Hände an der Tasse und lächelte.

Sie steckte jetzt in einem riesigen Wollpullover, der auf der linken Schulter ein großes Loch hatte, und hatte sich ein großes, verwaschenes rosa Frotteehandtuch um die Hüften geschlungen.

»Ich werde den Pullover flicken«, sagte sie.

»Das wirst du schön bleiben lassen«, knurrte Olafsen und wischte sich etwas Kakao aus dem dichten Bart. Er selbst trug immer noch nasse Kleider, was er aber nicht zu merken schien.

»Dein Job ist es, einmal in der Woche hier zu putzen. Ich bezahle dich nicht dafür, dass du meine Kleider flickst.«

»Ich flicke sie auch, ohne dass du mich bezahlst«, sagte Miriam.

»Nein!« Olafsen schlug mit der flachen Hand auf den Tisch, und Sven und ich fuhren hinter unserem Basilikum zusammen.

»Meine Kleider gehen dich einen feuchten Kehricht an, und dass ich dich überhaupt hier etwas tun lasse, liegt nur daran, dass es niemand anderen auf der Insel gibt, der es tun könnte. Klar?«

»Aber sicher«, sagte Miriam unbeeindruckt und nahm einen großen Schluck Kakao.

»Wie geht's den Vögeln auf der Insel?«, fragte sie nach einer Weile.

»Wenn die Touristen nicht da sind, geht es ihnen gut«, sagte Olafsen. »Ich wünschte wirklich, ich müsste nicht alle paar

Tage diese Leute herumführen und ihnen erklären, wie herum man ein Fernglas hält. Pfft. Aber von nichts kann der Mensch ja auch nicht leben. Damals, als ich die Kisten aus dem Wasser gezogen hatte, das war eine schöne Zeit.«

»Na ja«, sagte Miriam zweifelnd. »Monatelang jeden Tag Milchreis mit Aprikosen und Kakao? Und alles voller Meeressalz ...?«

Olafsen verfiel in brütendes Schweigen. Offenbar dachte er an die schönen Zeiten des salzigen Milchreis zurück. Offenbar tat er nur wegen dieser Erinnerung Salz in den Kakao. Offenbar war er wirklich ziemlich verrückt.

»Hat der Uralte dir diesmal geantwortet?«, fragte Miriam schließlich in das Schweigen hinein.

Olafsen sah auf. »Warum willst du das wissen?«

»Ich lebe auf der Insel. Es geht mich etwas an, oder nicht? Ab und zu denke ich, ich sollte mich auch einmal hinausstellen in den Sturm und mit ihm sprechen.«

Olafsen griff so plötzlich über den Tisch, dass ich beinahe unser Kakao-Schnapsglas umgestoßen hätte. Er schnappte sich Miriams Hand, die dort lag, schloss seine Finger darum wie ein Schraubstock.

»Tu das nicht«, sagte er sehr leise und sehr entschlossen. »Schwöre mir, dass du das nicht tun wirst. Lass den Uralten in Ruhe. Es ist besser, sich nicht mit ihm anzulegen. Denk nicht einmal daran, herauszufinden, wo oder wer er ist. Vergiss ihn am besten. Verstanden?«

Miriam sah Olafsens Hand an und runzelte die Stirn. »Warum?«, fragte sie.

»Frag nicht so dumm«, sagte Olafsen. »Du weißt so gut wie ich, dass er gefährlich ist und unberechenbar.« Und er senkte seine Stimme noch weiter, bis sie als heiseres Flüstern seinen bartumwucherten Mund verließ.

»Damals«, flüsterte er, »als ich noch zur See fuhr, habe ich etwas verloren, das sehr viel wert war. Inzwischen bin ich mir fast sicher, dass der Uralte seine Finger dabei im Spiel hatte.«

Er ließ seinen Blick durch die Küche schweifen, und wir machten uns klein unter den überhängenden grünen Blätterlappen des Basilikums. »Er hat seine Augen und seine Ohren überall«, wisperte Olafsen.

Dann starrte er Miriams Hand an, als fiele ihm eben erst auf, dass er sie festhielt. Er ließ sie so plötzlich los, wie er sie gepackt hatte, trank mit einem Zug seinen Kakao aus und stand auf.

»Es hat aufgehört zu regnen«, sagte er schroff. »Zeit für dich zu gehen.«

Sven nickte mir zu. Auch für uns war es Zeit zu gehen.

Draußen dämmerte es schon.

Als Olafsen sich umdrehte, um die Tassen in die Spüle zu stellen, kletterten wir an einem Tischbein hinunter und huschten zur Ausgangstür. Miriam – noch immer in Olafsens zu großem Wollpullover und dem verblichenen rosa Handtuch – nahm uns mit nach draußen, ohne es zu merken.

Aber weshalb war sie gekommen? Hatte sie wirklich Pilze gesucht? Oder war sie uns am Ende nachgefahren?

5. Kapitel,

in welchem wir eine kleine Naturkatastrophe erleben. Der Krallenkopf ist nachts kein Ort, an dem man sich gerne aufhält. Dann machen wir Bekanntschaft mit den goldenen Bäumen.

Das Fahrrad lehnte noch genau so an dem Baumstamm, wie wir es verlassen hatten. Nur das Ahornblatt war jetzt nass und labberig.

Wir fuhren ein Stück die Steilküste entlang und machten schließlich eine Pause, um uns anzusehen, wie die Sonne hinter dem Meer versank, um irgendwo weit fort über anderen, noch unentdeckten Kontinenten aufzugehen.

Das Meer war spiegelblank, als hätte der Sturm es gebügelt und poliert, und nur ein einziger roter Streifen lief als Fußspur der Sonne darüber.

»Das«, sagte Sven, »war alles in allem der seltsamste Besuch, den ich je gemacht habe.«

»Ja, und wenn man bedenkt«, sagte ich, »dass derjenige, den wir besucht haben, es nicht einmal weiß.«

Ich schob das Rad ein wenig, denn wir mussten wichtige Dinge bereden, und wenn man in wilder Fahrt einen Berg hinabsaust, kann man wohl kaum wichtige Dinge bereden. Sven trug noch immer den Kompass um die Schulter wie eine merkwürdig geformte Umhängetasche. Die Kompassnadel zitterte bei jedem seiner Schritte unentschlossen.

»Was denkst du?«, fragte Sven. »Gibt es den Uralten?«

Auf diese Frage war ich nicht gefasst gewesen. »Ob es ihn gibt?«

»Ja, natürlich«, sagte Sven. »Vielleicht hat Olafsen ihn bloß erfunden. Oder er bildet ihn sich ein. Ich meine: Niemand scheint ihn je gesehen zu haben.«

»Da hast du recht«, sagte ich. Sven war nicht dumm.

Ich bin eher stark; ich bin nicht so der Denker.

»Und dann hat Olafsen die Kinder entführt?«, fragte ich.

»Keine Ahnung«, meinte Sven. »Wozu sollte er sie entführt haben?«

»Vielleicht *sammelt* er Kinder«, schlug ich vor. »So, wie er Steine mit Löchern sammelt und Seekarten und Bücher über Pflanzen, die möglicherweise auf dem 12. Kontinent wachsen. Er ist verrückt, das darf man nicht vergessen.«

Ich dachte an den ausgestopften Vogel, den Olafsen auch gesammelt hatte, und mir wurde etwas komisch zumute.

»Da ist einer«, sagte Sven und bückte sich. Im ersten Moment glaubte ich, er meinte, da wäre ein ausgestopfter Vogel, aber natürlich konnte Sven nicht wissen, was ich gedacht hatte.

Er richtete sich auf und hielt triumphierend einen kleinen Gegenstand ins schwindende Licht: Es war ein glänzendglatter, tief dunkelgrauer Stein – mit einem schönen, kreisrunden Loch. In dessen Öffnung sah man das weiße Innere des Steines. Jetzt fing sich ein Stück des Abendhimmels darin: ein kreisrundes Stück roten Himmels gleich einer kleinen Sonne.

»Ich frage mich, ob Olafsen die Dinger nur sammelt, weil sie interessant aussehen«, sagte Sven. »Steck mal ein. Meine Hosentaschen haben beide Löcher, und ich vergesse immer, es Alma zu sagen.«

So steckte ich den Stein mit dem Loch ein, und dann bog der Pfad von der Steilküste weg, und der Wald umfing uns wieder mit seinen grünen Armen. In den schrägen, tiefen Lichtstrahlen tanzten ein paar späte Sommermücken, und die silbernen

Stämme der Bäume warfen lange violette Schatten auf die regenfeuchte Erde. Es war schön, so durch den Abendwald zu gehen, und gleichzeitig wurde einem dabei ganz schwer ums Herz.

»Diese silbernen Bäume«, wisperte ich, »und diese Erde, die so duftet, waren das Letzte, was die Kinder gesehen haben, ehe sie verschwunden sind. All jene Kinder, die mit euch auf dem Schiff wohnten ...«

»Vielleicht sind sie noch hier«, sagte Sven. »Irgendwo hier in der Nähe.«

Ich sah mich um, aber da war nichts zu sehen außer dem Wald und dem Abendlicht und den Mücken. Die Schatten wuchsen jetzt rascher und wurden von Minute zu Minute tiefer und dichter, als zögen sie sich im Unterholz zusammen.

Und da war der Wald nicht mehr schön.

»Das Fahrrad«, flüsterte ich. »Geht eigentlich das Licht an unserem Fahrrad?«

Ich bog den Dynamo an den Reifen, und Sven hielt das Vorderrad hoch, damit ich es mit einer Hand drehen konnte. Tatsächlich, ein dünner, zaghafter Lichtstrahl tröpfelte aus der Vorderlampe auf den Weg.

»Los«, sagte ich, »steig auf. Wir sollten wirklich machen, dass wir nach Hause kommen. Sie sind sicher längst zurück und machen sich Sorgen um uns ...«

In Wirklichkeit wollte ich bloß so schnell wie möglich diesen Wald mit seinen wachsenden Schatten verlassen. Aber das behielt ich schön für mich.

Sven kletterte gehorsam auf den Gepäckträger, und ich schwang mich auf den Sattel.

Zuerst fuhr ich ganz vorsichtig, weil ich nicht wusste, wo der Weg sich plötzlich vor uns um die Kurve schlängeln würde und wo vielleicht ein Baum vom Sturm darübergefallen war. Aber je vorsichtiger ich fuhr, desto vorsichtiger leuchtete auch das Licht und desto unvorsichtiger krochen die Schatten aus dem Wald hervor, um uns zu umringen.

Sie schienen alle Angst verloren zu haben, die Schatten am Tage zurückhält, und nun war es beinahe, als könnte man sie knurren hören.

»Sven«, flüsterte ich und trat in die Pedale, »ich habe das Gefühl, jemand beobachtet uns.«

»Unsinn«, sagte Sven. Doch es klang nicht überzeugend.

»War der Hinweg auch so lang?«, fragte er nach einer Weile.

»Ich glaube nicht«, antwortete ich und fügte hinzu: »Ich wünschte, wir würden am Meer entlangfahren. Dann könnten wir von oben die Lichter der *Maria* sehen, die irgendwo dort unten auf dem Wasser liegt.«

Bestimmt warteten sie schon mit dem Abendbrot, Alma und Fred und Jorgen und Ingeborg und der alte Merten und all die anderen winzigen Seeleute. Ich stellte mir vor, wie sie jetzt an dem großen Tisch in der Kombüse beisammensaßen und Sauerkrauteintopf aßen, und sogar der Sauerkrauteintopf erschien mir ganz wunderbar – verglichen mit der Dunkelheit und den Schatten hier im Wald auf dem Krallenkopf.

Die Sterne und der Mond hatten sich in dieser Nacht hinter eine dicke Masse aus Wolken verzogen, als ginge sie der 12. Kontinent nichts an.

»Hörst du den Wind in den Bäumen?«, fragte ich.

»Ich bin ja nicht taub«, sagte Sven schroff.

»Was ist, wenn es den Uralten doch gibt?«, fragte ich weiter. »Was ist, wenn er irgendwo auf einem Baum sitzt und wartet, dass wir vorbeikommen?«

»Ich glaube nicht, dass er von der Sorte ist, die auf Bäumen sitzt«, sagte Sven. Der Wind raschelte lauter in den Ästen, als stimmte er zu. In der Ferne rief ein Käuzchen, und irgendwo hinter der schwarzen Masse des Waldes rauschte das Meer.

»Ich glaube, er ist es, der mit der Stimme des Windes in den Bäumen singt«, sagte Sven. »Und er ist es, der ihre Äste beugt. Und er ist es, der die Schatten so dicht macht. Und der uns beobachtet.«

Dafür, dass Sven gesagt hatte, Olafsen hätte sich den Uralten bloß ausgedacht, war das eine ganze Menge.

»Ich fahre jetzt schneller«, sagte ich.

»Ja, tu das«, sagte Sven.

Und dann fuhr ich schneller.

Wir holperten über Steine und Wurzeln, rasten die Schlangenlinien des Weges entlang und gewannen und gewannen an Geschwindigkeit ... Hinter uns heulte der Wind auf, gleich einem wütenden Raubtier, das gemerkt hat, dass seine Beute im Begriff ist, ihm zu entkommen. Ich riss den Lenker des Fahrrads nur so um die Kurven – wie ein echter Rennfahrer. Aber ich fühlte mich gar nicht wie ein Rennfahrer. Ich fühlte mich wie ein gehetztes Kaninchen.

Die Blätter wirbelten links und rechts des Weges auf wie seltsames Fluggetier, und es kam mir so vor, als hörte ich hinter uns jemanden keuchen. Jemand Großes, der aus dem Unterholz aufgetaucht war und uns nun mit schnellen Schritten folgte.

»Sven! Dreh dich um«, flüsterte ich, »ist da etwas hinter uns?«

»Ich kann nichts erkennen«, flüsterte Sven und klammerte sich noch etwas fester an meinen Rücken. »Es ist so dunkel. Unser Rücklicht geht irgendwie nicht. Vorhin ging es doch noch ...«

Ich fragte mich, was geschehen würde, wenn auch das Vorderlicht ausginge. Dann bliebe uns nichts anderes übrig, als anzuhalten und zu schieben. Mitten zwischen den wispernden Büschen und den rauschenden Nachtbäumen hindurch ...

»Da rechts«, sagte Sven, »da sehe ich das Meer durch die Bäume.«

»Siehst du die Lichter der *Maria*?«, fragte ich.

Und in diesem Moment machte ich einen Fehler. Ich achtete nicht mehr gut genug darauf, wo der Weg hinführte. Ich dachte nur noch an die *Maria*, die wir erreichen mussten, ehe der Uralte uns einfing – wer auch immer er war.

Ich lenkte ein wenig zu weit nach rechts. Vielleicht, weil dort das Meer war.

Im nächsten Moment fühlte ich, dass nichts mehr unter dem Vorderreifen war. Aber es war zu spät. Wir hatten zu viel Schwung.

»Kaaaaaaaaaaaaaaaaaaaaaaaaaaaaaaaaaaaaaaaaaaaaarl!«, schrie Sven.

Ich schrie vor Schreck überhaupt nicht. Ich streckte meine Füße nach den Seiten aus und bremste, aber der Boden rutschte unter meinen Füßen weg, und die Bremsen nutzten uns nichts mehr. Und dann, während wir mit dem roten Fahrrad die Steilküste hinunterwirbelten, kam mir ein glasklarer, erstaunlicher Gedanke: Ich hatte gar nicht verkehrt gelenkt. Jemand hatte die Erde unter uns weggezogen. Als ich sie mit den Füßen berührt hatte, hatte sie gebebt. Wir wirbelten nicht alleine den Hang hinunter – wir wirbelten inmitten eines ausgewachsenen Erdrutschs, und die Bäume, deren Wurzeln ihren jahrelangen Halt verloren, stürzten krachend mit uns in die Tiefe.

Einen Moment lang schien mitten in der Luft alles stillzustehen – als hielte der 12. Kontinent den Atem an.

Dann barsten die Äste des Waldes mit kreischendem Krachen, Dutzende kleiner Vögel flatterten zu Tode erschrocken aus den Bäumen auf, und das Oben und das Unten drehte sich um uns. Einige Sekunden später landeten wir hart auf dem Boden.

Von oben kamen noch einige Erdschollen geschlittert – es klang, als würde der Berg mit den Zähnen knirschen. Dann kehrte wieder Ruhe ein auf dem 12. Kontinent.

Als wäre nichts gewesen. Nur die Wolken schwammen wissend über uns im Nachthimmel.

Sie hatten gesehen, wie der Hang abgerutscht war. Aber sie schwiegen teilnahmslos.

Ich lag eine Weile nur so da.

Meine Atemzüge gingen schnell und gehetzt, und ich zählte langsam bis hundert, bis sich mein Herz wieder beruhigt hatte. Ich lauschte angestrengt in die Dunkelheit.

Das Keuchen, das uns verfolgt hatte, war verschwunden. Wenn es das Keuchen je gegeben hatte. Mit einem Mal schien es mir sehr wahrscheinlich, dass ich es mir nur eingebildet hatte. Ich war einfach nur vor lauter Panik vom Weg abgekommen und hatte einen Erdrutsch ausgelöst. Ich Idiot. Ich fragte mich, wo sich das rote Fahrrad befand und wo Sven, und plötzlich machte ich mir Sorgen. War ihm wegen meiner Idiotie etwas passiert?

»Jetzt sind wir wohl tot«, sagte eine Stimme im Dunkeln. Es war Svens Stimme, und da wusste ich, dass er sehr lebendig war, und ich war so erleichtert, dass ich ihn ein bisschen anschreien musste.

»Hättest du mir nicht sagen können, dass wir auf den Abgrund zufahren?«, schrie ich. »Alles muss man selber machen – lenken und treten und auch noch auf den Weg achten ...«

Sven ließ mich schreien. Als ich fertig war, sagte er: »Ich weiß gar nicht, was du hast. Wir haben bloß eine Abkürzung genommen. Jetzt sind wir ein Stockwerk weiter unten auf diesem verflixten Berg. Freu dich doch.«

Ich rappelte mich auf und fand das Fahrrad neben mir – halb begraben unter einem Haufen Erde. Der Vorderreifen war verbogen und die Lampe zerbrochen. Das schönste winzigste aller roten Fahrräder – hier lag es im Dreck, kaputt und zerkratzt.

Was hatte Miriam gesagt? *Aber fahrt mir damit nicht die Steilküste kopfüber hinunter ...*

Ich zog die Nase hoch und hatte ein sehr, sehr schlechtes Gewissen.

»Karl?«, fragte Sven aus der Nacht. Er klang sehr unbehaglich. »Kannst du hier irgendwo mein Holzbein finden?«

»Du ... du hast es verloren?«

»Irgendwie ja«, meinte Sven »Das Hosenträgerband ist gerissen. Aber irgendwo hier muss das Bein ja sein ...«

So kam es, dass wir mitten in der Nacht irgendwo auf halber Höhe eines Berges namens Krallenkopf ein Holzbein suchten. Wir fanden es nicht.

Nach einer Ewigkeit des Tastens und Fluchens sagte Sven kleinlaut: »Es hat keinen Zweck. Wir müssen irgendwie so zur *Maria* zurückkommen.«

Da hob ich Sven auf meinen Rücken und ging mit ihm bergab, mitten durch den Wald hindurch, wo es keinen Weg gab. Das schönste, winzigste aller roten Fahrräder ließen wir liegen; es ging nicht anders.

»Was für ein Glück«, flüsterte Sven, »dass du so stark bist. Sonst müsste ich die ganze Nacht alleine hier herumliegen und warten, bis du Hilfe geholt hast.«

Er hatte die Arme um meinen Hals gelegt und fühlte sich an wie ein großer Rucksack.

»Was für ein Glück«, flüsterte ich, »dass du da bist. Sonst müsste ich den ganzen Weg alleine zurückgehen und würde sterben vor Angst.«

Bestimmt war es ein Fehler, zuzugeben, dass ich Angst hatte, aber ich hatte Angst, und außer Sven hörte es ja keiner. Oder doch? Hörte mich der Uralte?

Er war noch immer da – ich fühlte seine Augen auf mir ruhen.

Um uns flüsterte der Wind in den Blättern, als wollte er sagen: *Da kommen sie, die beiden Helden. Besiegt. Ohne Holzbein und ohne Fahrrad. So stolz sind sie losgezogen, und so kleinlaut kehren sie heim. Wahrlich, es ist ein Jammer mit den Helden dieser Tage. Wie wollen sie denn einen Uralten besiegen, der seine Augen und Ohren überall hat, wenn sie nicht einmal auf einem Fahrrad nach Hause fahren können?*

Ab und zu stolperte ich über eine Wurzel und schrie leise auf, weil ich dachte, jemand hätte mir ein Bein gestellt, und bisweilen streiften die tief hängenden Äste mein Gesicht wie große, suchende Hände. Wolken bedeckten nun den Mond und die Sterne, um uns waberte dicke, schwere Schwärze, und es war beinahe ein Wunder, dass wir nicht noch tiefer die Steilküste hinunterstürzten.

So, dachte ich, musste es gewesen sein, als die Kinder verschwunden waren. Sie waren durch denselben Wald gewandert, in derselben Dunkelheit, und dann war etwas geschehen – irgendetwas. Ich wünschte, ich hätte das einfach vergessen können, aber die Worte tönten mit jedem Schritt in meinem Kopf: Nur ihre Pullover und die Rucksäcke hatten sie gefunden, nur ihre Pullover, nur ihre Pullover ...

Nie werde ich den Moment vergessen, in dem die Wolken den Mond freigaben und ich zum ersten Mal in dieser Nacht die Bäume sah. Wir waren schon beinahe am Fuß des Krallenkopfs angekommen.

»Jeden Augenblick müssen die Lichter des Schiffs auftauchen«, flüsterte Sven auf meinem Rücken.

Genau da geschah es. Die Wolkenschicht riss ein, ihre Ränder rollten zurück; und das weiße, fahle Licht der Nacht ergoss sich in den Wald wie ein Wasserfall.

Ich blieb stehen.

»Schau nur«, flüsterte Sven, und ich schaute.

Bei Tag waren mir die Bäume ein wenig schief und windgebeugt vorgekommen. Aber jetzt, jetzt beugten sie sich wirklich und wahrhaftig mit aller Macht zum Abhang. Sie streckten ihre Äste aus, krümmten ihre schlanken Körper und wanden sich – als quälte sie eine unerfüllbare Sehnsucht: die Sehnsucht nach dem Meer. Eine leise Brise strich durch die Zweige, und auch die kleinsten jener Zweige schienen sich nach der See auszustrecken wie winzige Hände. Doch sie griffen ins Nichts.

Ich hörte ihre Stämme knarzen und ihre Blätter raunen, und es war, als würden sie von ihrer Sehnsucht singen.

»Sven«, flüsterte ich. »Was geschieht hier?«

»Ich weiß nicht«, flüsterte Sven zurück. Wie froh ich war, dass er da war, ganz nahe – ein atmendes Wesen, kein Baum. Alleine wäre ich verrückt geworden in dieser Nacht.

Ich sah mich um, und da merkte ich, dass nicht alle Bäume sich so sehnsuchtsvoll nach dem Meer hinstreckten. Es waren nur einige wenige, aber gerade vor uns stand eine ganze Gruppe.

»Geh weiter«, flüsterte Sven.

»Ich kann nicht«, flüsterte ich. »Ich kann unmöglich zwischen diesen Bäumen hindurchgehen. Sie sind so – lebendig. Sieh nur, ihre Arme ... Was, wenn sie nach uns greifen und uns festhalten und –?«

Vielleicht war es das? Vielleicht waren die Kinder auf diese Weise abhanden gekommen?

Wenn ich irgendwie außen um die Gruppe der sich windenden Bäume herumkäme ... nein. Es ging nicht. Der Abhang war zu steil, um ihn gerade hinunter- oder hinaufzuklettern.

»Los«, wisperte Sven. »Duck dich und lauf!«

»Du hast gut reden«, knurrte ich.

Aber ich duckte mich und lief los. Um mich bogen sich stöhnend die Stämme, ihre Rinde glänzte beinahe golden im Mondlicht, und im Vorbeirennen erschien es mir, als fächerten die Bäume ihre Hände aus Zweigen auf, um uns zu winken.

Keiner von ihnen griff nach uns.

Beinahe kam es mir so vor, als reckten sie ihre Äste sogar aus dem Weg, um uns durchzulassen. Schließlich hatte ich die Gruppe der gequälten Bäume hinter mir gelassen und blieb keuchend stehen, um zurückzublicken. Der Mond spiegelte sich noch immer auf ihren glatten Goldstämmen und ihren gekrümmten Ästen, die alle in eine Richtung wiesen – hinaus, hinaus auf das Meer. Da spürte ich auf einmal Mitleid mit den Bäumen, und ihre Verzweiflung stach in meiner Brust.

Womöglich wollten sie uns gar nichts Böses. Womöglich standen sie schon seit Anbeginn der Zeit auf dem 12. Kontinent und sehnten sich danach, den Horizont zu erreichen, und konnten ihre tief verwurzelten Körper nicht aus der Erde lösen.

Womöglich hatten sie weder mit dem Verschwinden der Kinder etwas zu tun noch mit dem Uralten.

»Aber ihr habt es gesehen, nicht wahr?«, rief ich. »Ihr habt gesehen, wie sie verschwunden sind. Sagt uns doch: Wo sind sie? Wo?«

Die goldenen Bäume erhoben ihre windigen Stimmen und raunten und raschelten eine Antwort, die geheimnisvoll in der Nacht verklang.

»Wenn wir euch doch nur verstehen könnten.« Sven seufzte. »Wenn ihr uns doch wenigstens ein Zeichen geben könntet.«

Ich wollte mich umdrehen und weiter den Hang hinabgehen, als ich eine Bewegung in den Ästen sah, weit oben in einem der Wipfel. Eine Bewegung, die nicht alleine davon kam, dass die Bäume ihre Zweige reckten. Etwas rührte sich dort, etwas Schwarzes wie ein großer Vogel ... es flog von Ast zu Ast abwärts ... Aber nein, es flog nicht, es fiel.

Gleich darauf segelte es zur Erde hinab und landete direkt vor meinen Füßen.

Ich sprang zurück.

Doch dann bückte ich mich, was mit Sven auf dem Rücken nicht einfach war, aber ich bin stark. Und ich hob das schwarze Etwas auf. Von Nahem betrachtet hatte es helle Streifen.

Es war ein Pullover.

Ein sehr kleiner Pullover wie für ein sehr kleines Kind.

»Wanjas Pullover«, flüsterte Sven. »Der einzige, den sie damals nicht gefunden haben.«

Oh, wie schnell wir den Rest des Weges zurücklegten!

Der raunende Wald sauste nur so an uns vorüber, und der Nachtwind kam kaum nach, so eilig hastete ich den Hang hinab. Wir mussten den Wald verlassen, ehe wir das Schicksal der anderen Kinder teilten, ehe nur noch unsere Pullover von uns übrig blieben, ehe etwas Schreckliches, Unaussprechliches, Undenkbares, Unvorstellbares mit uns geschah ...

»Wenn nur der Uralte uns nicht holt in dieser Nacht«, sagte Sven ein ums andere Mal, »wenn nur der Uralte uns nicht holt.«

Und wir waren uns einig, dass es ihn gab und dass es ein Leichtes für ihn wäre, uns ebenfalls spurlos verschwinden zu lassen.

Als wir aus dem Wald kamen und vor uns die Lichter der *Maria* auf dem Wasser glänzen sahen, wusste ich, ich hatte noch nie etwas so Schönes gesehen.

Ich kletterte quer über die scharfgrasigen Dünen hinunter zum Strand – zweimal fiel ich hin, und Sven musste wieder auf meinen Rücken klettern –, und dann, endlich, endlich, standen wir auf ebenem mondweißem Sand. Dort, wo es ans Ufer schwappte, bildete das Meer eine funkelnde Linie wie eine Perlenkette, und ein paar Perlen aus Schaum schwammen auf den seichten Wellen. Ich zerrte das Beiboot der *Maria* aus seinem Gebüsch und schob es ins Wasser. Sven bestand darauf, uns zurückzurudern.

Die Ruderblätter teilten das Meer in winzige glitzernde Wogen, und die Sternbilder brachen auf der spiegelnden Wasseroberfläche in tausend gleißende Scherben.

»Was für eine wunderbare Nacht«, flüsterte ich. »So außerhalb des Waldes.« Hinter uns aber erhob sich der Krallenkopf mit all seinen dornigen Krallen, wuchs stolz und schwarz in die Nacht empor und gab keines seiner Geheimnisse preis. Noch nicht.

Wir würden sie ihm schon entreißen, diese Geheimnisse, dachte ich, darauf konnte er sich gefasst machen.

Als Sven und ich längsseits an der *Maria* anlegten, zerstach oben an Deck ein Schrei die Stille.

Wir zuckten beiden zusammen, und einen Augenblick lang dachte ich, es wäre etwas Furchtbares passiert. Aber dann schrie die Stimme auf dem Schiff noch einmal.

Es war Almas Stimme, und sie schrie: »Sie sind zurück! Oh, bei allen verdammten Sternbildern und Himmelsrichtungen der Windrose, sie sind zurück!«

6. *Kapitel,*

in welchem wir eine Gartenparty auf einem Tisch feiern. Es werden viele geheimnisvolle Botschaften verschickt, und ich bekomme mal wieder einen Wutanfall. Am Ende mache ich eine ausgesprochen verblüffende Entdeckung.

Dutzende von Armen halfen, die Seile der Winde herunterzulassen. Als Sven und ich das Boot an dem Karabinerhaken befestigten, zitterten meine Hände auf einmal so sehr, dass ich kaum das Seil halten konnte.

Es war, als fiele eine große, unendliche Spannung von mir ab, und erst jetzt begriff ich wirklich, wie nahe wir daran gewesen waren, verloren zu gehen.

Wir wurden aus dem Beiboot gehoben, ehe wir überhaupt ganz oben waren. Überall an Deck flackerten die Flammen von Öllampen auf und tupften ihr gelbes Licht als kleine Kreise in die Nacht.

Das Öl, das in ihnen brannte, war das Öl von unzähligen Sonnenblumenkernen, die die Winzigen den ganzen Sommer über gesammelt hatten, und der Geruch nach Sommer und grünen Wiesen verbreitete sich kaum merklich in der Luft.

Ich dachte, dass ich diesen Geruch wohl nie mehr gerochen hätte, wenn der Uralte uns geholt hätte, und dass ich die gelben Kreise der Lichter nie mehr bewundert und all die Gesichter um mich herum nie wieder gesehen hätte, und mein Herz wurde ganz schwer im Nachhinein.

Sven stützte sich auf meine Schulter, und ich spürte, dass er dasselbe fühlte wie ich.

Alma schimpfte eine ganze Minute lang.

»Wie konntet ihr einfach fortlaufen?«, rief sie, stützte die Arme in die Seiten und blitzte uns mit ihren schönen, klaren Augen an. »Was habt ihr euch bloß dabei gedacht? Wir sind ganz krank geworden vor Sorge! Wir haben euch gesucht, aber schließlich haben wir es aufgegeben! Wir dachten, ihr hättet euch genauso in Luft aufgelöst wie all die anderen Kinder. Habt ihr denn zu zweit nicht einmal den Verstand von *einem* im Leib? Seid ihr denn so darauf aus, uns für immer alleine zu lassen? Ist es das, was man verdient, nachdem man sich jeden Tag abschuftet und euch mit Zwiebackauflauf vollstopft und darauf achtet, dass ihr warme Pullover anhabt und dass ihr sicher unter Deck seid, wenn es stürmt? Ist es das, was man verdient, wenn man dieses Schiff durch jede Welle steuert und sich abmüht, einen sicheren Ankerplatz zu finden? Ist es ...«

Danach fiel ihr nichts mehr ein. Sie stand nur so da und schnappte nach Luft und funkelte uns an, und der alte Merten stand neben ihr und sah schuldbewusst aus. Der Arme, er konnte ja nichts dafür, dass wir ihm entwischt waren.

»Ihr lebensmüden Idioten«, sagte Alma, und dann schloss sie Sven in die Arme und drückte ihn so fest an sich, dass ich dachte, er müsste ersticken. Ich stand ganz alleine da und sah zu, wie Fred die beiden zusammen umarmte, und da merkte ich, dass es gar nicht Sven war, der zu ersticken drohte. Ich war es. Meine Kehle war ganz zu, und hinter meinen Augen brannte es.

Ich drehte mich um und wollte unter Deck gehen, aber da legte mir Jorgen seine Hand auf die Schulter und sagte: »Karl, was ist mit dem Holzbein passiert? Und wie seid ihr hierhergekommen?«

»Ich habe Sven getragen«, sagte ich und sah auf meine Füße, weil ich Sven und Alma und Fred nicht noch einmal angucken wollte. Ich wusste genau, dass ich dann wieder wütend geworden wäre, und das wäre nicht gut gewesen.

»Du hast ihn getragen? Ganz allein?«, wunderte sich Jorgen. »Wie weit denn?«

»Weit«, sagte ich leise.

»Tz-tz«, machte Jorgen. »Das müsst ihr aber mal ausführlich erzählen. Wir haben nämlich so gut wie gar nichts herausgefunden, außer, dass die großen Leute hier zum Spazierengehen herkommen. Wie wäre es, wenn du mit in die Kombüse kommst und mir hilfst, den Eintopf in Schüsseln zu füllen?«

»Eintopf?«, fragte ich und merkte auf einmal, wie hungrig ich war. Es schien eine Ewigkeit her, seit wir bei Miriam Marzipantorte gegessen hatten.

Es *war* eine Ewigkeit her.

»O ja, Eintopf, und ganz ohne Zwieback«, sagte Jorgen, und als ich zu ihm aufsah, grinste er breit. »Wir haben eine Menge Gemüse gesammelt, während ihr damit beschäftigt wart, beinahe verloren zu gehen.«

Ehe wir jedoch die Kombüse erreichten, tippte mir eine kleine, schmächtige Frau auf die Schulter, mit der ich bis jetzt noch nie gesprochen hatte.

»Was ist das«, fragte sie, »was du um den Hals trägst?«

Ich tastete nach meinem Hals, und da war es der kleine Pullover, den wir gefunden hatten. Ich hatte ihn mir umgebunden, um die Arme frei zu haben, damit ich Sven besser tragen konnte.

Nun knotete ich die Ärmel los und hielt ihn ins Licht der Öllampe, die die schmächtige Frau trug. Ihre Augen waren groß und dunkel, und sie sah den Pullover an, als müsste ihr Herz zerbrechen.

»Er kam aus den Bäumen gesegelt«, erklärte ich. »Sven hat gesagt, er gehört ...«

Die Frau streckte ihre schmale Hand aus und berührte den Pullover, und da verstummte ich, weil ich plötzlich begriff.

Auch die kleine Wanja, der dieser Pullover gehörte, hatte eine Mutter gehabt.

Ich gab der Frau den Pullover, und sie drückte ihn ganz fest an sich – genauso fest, wie Alma ihren Sohn Sven an sich gedrückt hatte. Aber der Pullover konnte sie nicht zurückdrücken. Er hing schlaff und leblos in ihren Armen.

Auf einmal fror ich, als wäre die Nacht kälter geworden.

»Danke«, sagte die kleine Frau und blickte mich mit ihren dunklen, traurigen Augen an. »Ich bin Lina.«

Und sie nahm meine Hand und drückte sie einen kurzen Moment lang statt des Wollpullovers.

Dann löschte sie ihre Öllampe und verschwand in den Schatten der Schiffsaufbauten.

Jorgen seufzte schwer. »Friedrich«, sagte er. »*Unser* Sohn hieß Friedrich. Er war vierzehn. Wollte Tiefseetaucher werden. Ich habe ihm immer gesagt, für so winzige Leute wie uns ist die Tiefsee zu tief.«

Er seufzte noch einmal, und dann bugsierte er mich in die Kombüse.

Dort war es warm und behaglich. Die Kälte und die Seufzer wichen langsam in ihre Ecken zurück – und schließlich saßen Sven und ich mit Alma, Fred, Jorgen und Ingeborg an dem langen Tisch und löffelten »diesen ganz einmaligen Nachteintopf für Krisensituationen«, wie Fred sagte, der ihn gekocht hatte. Er bestand aus einer Menge Dinge, von denen ich nie geglaubt hätte, dass man sie essen kann – Hagebutten und Hundskamille und Heckenrosenblüten und weich gekochten Kieferzapfenkernen und Brennnesselspitzen und Moosblättchen –, aber man konnte sie vorzüglich essen.

Und zwischen den einzelnen Löffeln berichteten wir davon, was wir erlebt hatten.

Von den Leuten berichteten wir, die mit der Fähre weggefahren waren, und von Miriam, die ein Café betrieb und Marzipantorte machen konnte und in ihrem Schrank Puppenmöbel aufbewahrte. Von dem schönsten, winzigsten aller roten Fahrräder und davon, dass der Berg Krallenkopf hieß, und von Henk Olafsen in seinem seltsamen Haus auf den Klippen des Krallenkopfes – Henk Olafsen, der mit einem Zirkel Seekarten auf seinem Tisch ausmaß und Steine mit Löchern sammelte. Und davon, wie er Blumentöpfe von seiner Terrasse in den Sturm warf und wie wir seinen Kompass entliehen hatten.

Alma warf einen skeptischen Blick auf den Kompass, sagte aber nichts.

Zuletzt berichteten wir von dem Uralten, den niemand wirklich zu kennen schien und von dem Olafsen glaubte, er wäre schuld am Regen und am Gewitter und an einer ganzen Menge anderer Dinge, die offenbar in seinem Leben schief gegangen waren und über die er nicht sprechen wollte.

»Und dann kam die Dunkelheit und ein Erdrutsch«, sagte Sven schließlich, »und wir sind mit dem Fahrrad ein gutes Stück den Hang hinuntergerutscht, und ich habe mein Holzbein verloren, und das Fahrrad ist verbogen, und Karl hat mich den ganzen Weg nach Hause getragen. Es war furchtbar weit.«

Da richteten sich alle Augen auf mich, und es kann sein, dass ich rot wurde.

Aber beim Licht der Sonnenblumenkernöllampen sah man das ja vielleicht nicht so.

»Karl muss wirklich sehr, sehr stark sein«, sagte Ingeborg bewundernd.

»Ach was, das war gar nichts, das hätte ja wohl jeder gemacht«, sagte ich und löffelte schnell noch etwas Kriseneintopf in meinen Mund.

Aber Fred stand auf und hob seine Tasse mit Heidekrauttee und rief: »Auf den furchtlosen Lastenträger! Prost!«

»Auf den furchtlosen Lastenträger«, wiederholten alle und klongten und klingten ihre Teetassen aneinander, dass der Tee nur so darin schwappte. Ich sah mich vorsichtig um, ob sie mich auslachten, aber sie sahen alle komplett ernst aus. Nur Sven lächelte mir zu.

Und danach mussten wir Brombeerkuchen essen, und schließlich fielen wir in unsere Kojen und in einen tiefen, tiefen, erschöpften Schlaf ganz ohne Träume.

Am nächsten Tag erhielten wir vier Botschaften.

Eine davon war gut und drei waren schlecht.

Aber ich will der Reihe nach erzählen.

Die erste Botschaft kam, als wir beim Frühstück draußen in der Sonne saßen. Es war ein spätes Frühstück, und alle gähnten und tranken eine Menge Kaffee. Der Kaffee war aus Bucheckern, und daher half er nur gegen das Gähnen, wenn man sich ganz stark einbildete, es wäre richtiger Kaffee.

»Vor ein oder zwei Ewigkeiten«, erzählte Merten, »als ich noch ein junger Tunichtgut war ...«

»Jetzt bist du ein alter Tunichtgut«, warf Alma ein, die noch immer nicht vergessen konnte, dass er uns hatte entwischen lassen.

»... da waren wir in der Südsee unterwegs«, fuhr Merten fort. »Und wir konnten die Kaffeebohnen sammeln wie Sand. Die großen Leute legten sie zum Rösten in die Sonne, und wenn sie mittags zur heißesten Zeit im Schatten ausruhten, füllten wir unsere Säcke mit den dunklen Bohnen. Das war eine schöne Zeit. Das Wasser war warm und –«

»Und der Kaffee war kalt«, sagte Jorgen.

»Euch erzähl ich noch mal was«, brummelte Merten in seinen Bart und war beleidigt. »Die Kinder, die haben mir zugehört. Die kannten alle meine Geschichten auswendig, und trotzdem wollten sie sie immer wieder hören. Geschichten aus der Ferne ...«

Ich hätte auch gern ein paar Geschichten aus der Ferne gehört, von Südseewasser und Kaffeebohnen und sengender Hitze – und vielleicht hätte ich Merten danach gefragt, wenn ich geahnt hätte, dass dieses Gespräch etwas bedeutete. Aber zu diesem Zeitpunkt war es einfach ein Frühstücksgespräch ohne tieferen Sinn und Zweck. Erst später fiel mir auf, welche Rolle das für unser Abenteuer spielte.

Zunächst jedoch vergaß ich es gleich wieder, denn in diesem Augenblick sagte Lina, die kleine Frau mit dem traurigen, dunklen Blick: »Da ist etwas an Land. Etwas Weißes. Es war gestern noch nicht da.«

Sie zeigte mit ihrer schmalen Hand zum Strand.

Tatsächlich, da war etwas Weißes. Es sah aus, als hätte es jemand an einem der Baumstämme befestigt.

Jorgen hob sein Fernglas an die Augen.

»Es ist ein Zettel«, sagte er. »Ein ziemlich großer Zettel. Fast ein Plakat.«

»Außer«, sagte ich, »jemand Großes hat ihn geschrieben. Dann ist es ein kleiner Zettel.«

Jorgen nickte. »Das macht Sinn«, gab er zu. »Auf dem Zettel steht: KOMMT DOCH ... hmmm ... ah! KOMMT DOCH UM SECHS ZUM TEE IN MEIN CAFÉ. ALLE.

MIRIAM.«

»Oh!«, rief Sven und sprang auf. »Was für eine wunderbare Idee!«

Er trug jetzt sein Ersatzholzbein, deshalb konnte er wieder aufspringen.

»Und wenn sie etwas Böses vorhat?«, fragte ich lahm. Es war wirklich schwierig zu glauben, dass jemand etwas Böses vorhatte, der so einen Zettel schrieb und so gute Marzipantorte machen konnte.

»Wir gehen alle zusammen hin«, entschied Alma, weil sie der Kapitän war. »Niemand kann uns etwas anhaben, wenn wir alle zusammen sind. Nur einer muss hierbleiben, um die *Maria* zu bewachen.«

Niemand meldete sich. Alle wollten Teetrinken gehen, egal, ob es gefährlich war oder nicht.

Es hörte sich einfach zu nett an, in einem richtigen Café zum Tee eingeladen zu sein.

»Dann bleibe ich wohl hier«, sagte Alma.

»Aber sie ist doch der *Kapitän*«, flüsterte ich Sven zu.

»Umso besser«, flüsterte Sven und grinste, »da kann sie notfalls die *Maria* einen Kontinent weiter festmachen, wenn etwas passiert.«

Weil wir nicht mit leeren Händen zu einer Einladung zum Tee erscheinen wollten und weil der Brombeerkuchen aufgegessen war, angelten wir den ganzen Vormittag über Fische.

Ich angelte auch, allerdings keine Fische.

Sven zeigte mir, wie man Nudeln am Angelhaken befestigt. Es waren alte, gebrauchte Nudeln, die keiner mehr essen wollte, weil Regenwürmer für die Winzigen zu groß waren und weil sie Regenwürmer auch irgendwie mochten.

Dann angelte ich mit der Nudel der Reihe nach eine große grüne Alge, ein Stück von einer sehr verwitterten, blasslilafarbenen Plastiktüte mit dem Aufdruck IES BESTE WIND in einer Schrift, die vielleicht vor zehn Jahren modern gewesen war, und Svens Angelhaken.

Das Stück von der Plastiktüte bewahrte ich auf.

Vielleicht würde ich irgendwann herausfinden, was IES BESTE WIND bedeutete.

»Du bist ein hoffnungsloser Fall«, sagte Sven und befreite seinen Angelhaken von meinem.

Wir packten die Fische in einen Sack und ruderten in dem quietschgelben Beiboot zum Ufer.

Ingeborg und Jorgen trugen zusammen den Sack.

Wir waren noch nicht lange am Strand entlanggewandert, als etwas Merkwürdiges geschah: Ganz unerwartet regte sich der Sand. Ich stolperte und hielt mich an Sven fest. Unter unseren Füßen ruckelte und buckelte der Strand, als hätte er ein Eigenleben entwickelt, und es war schwierig, nicht hinzufallen.

»Ein ... ein richtiges Erdbeben«, keuchte Sven verblüfft. »Hoppla – oh – ich habe noch nie – hups – ein Erdbeben erlebt.«

»Ein ... ein *Strand*beben«, sagte ich, bemüht, mein Gleichgewicht zu halten.

Ich hörte Ingeborg fluchen und sah mich nach ihr um, und da war ihr ein Zipfel des Sacks mit den Fischen entglitten. Die schillernden, stromlinienförmigen Körper verteilten sich in einem Schwall über den bebenden Sand, wurden hin und her gerüttelt ...

Und dann lag der Strand wieder still.

Als wäre nichts gewesen.

Wir sahen uns verwundert an.

»Vielleicht gibt es einen unterirdischen Vulkan?«, vermutete Fred. »Einen Vulkan mit einer glühenden, wütenden Ader tief unter der Erde. Vielleicht *ist* der Krallenkopf ein Vulkan? Das würde erklären, weshalb ihr gestern in einen Erdrutsch geraten seid.«

Ingeborg bückte sich, um die Fische wieder einzusammeln, doch Jorgen hielt sie zurück.

»Warte mal«, sagte er langsam, »seht ihr das auch?«

»Was?«, fragten alle und rückten näher an Jorgen heran, »was denn?«

»Die Fische«, sagte Jorgen, »seht nur.«

Zuerst dachte ich, die Fische wären womöglich wieder lebendig geworden. Oder sie hätten sich in etwas Seltsames verwandelt. Aber es waren noch immer ganz normale, schillernde, tote Fische.

Das Seltsame war, wie sie da lagen.

Sie bildeten auf dem Sand ein Muster, ein Muster aus Kreisen und Schleifen – höchst ungewöhnlich für tote Fische, die zufällig irgendwie aus einem Sack plumpsen.

»Merkwürdig«, sagte ich zu Sven, »aber hübsch.«

»Ja, erkennst du es denn nicht?«, fragte Sven. »Erkennst du denn nicht, was es heißt?«

»... *heißt?*«, fragte ich verunsichert.

»Lies doch mal«, sagte Sven. Und da sah ich, dass die Kreise und Schleifen nichts anderes waren als Buchstaben. Buchstaben, geschrieben in einer krakeligen, schnörkeligen, ungelenken Schrift: GEHT WEG.

»Aber wie ...?«, fragte ich. »Aber was ...? Aber wer ...?«

Niemand antwortete. Es gab keine Antwort. Es gab nur eine Antwort. Doch die wollte niemand wahrhaben. Ingeborg, Jorgen, Sven und ich sammelten schnell die Fische wieder ein und stopften sie zurück in den Sack, und für den Rest des Weges waren alle sehr schweigsam.

Vor Miriams Café legte gerade die tägliche Fähre ab. Heute waren nur wenige Touristen an Bord. Die Saison schien zu enden.

Ich sah in den Schatten des Fahrradhäuschens nach, ob Henk Olafsen dort stand. Aber er war nirgendwo zu entdecken.

Fred hob Sven auf seine Schultern, und Sven klopfte mit einem Stein an die Tür, denn es ist höflicher, anzuklopfen, wenn man zum Tee eingeladen ist – selbst wenn die Tür ein wenig offen steht.

Miriam öffnete sie ganz, und als sie uns sah, lächelte sie glücklich.

Sie trug ein rotes Tuch mit weißem Muster in ihrem kurzen dunklen Haar und lange, baumelnde Ohrringe, die aussahen wie kleine Teekannen an silbernen Fäden.

Offenbar hatte sie sich für die Einladung zum Tee extra fein gemacht.

»Das ist aber schön, dass ihr gekommen seid!«, sagte sie und ging in die Hocke, um uns besser begrüßen zu können. »Oh, äh ... Sie gekommen sind. Ich habe den Tisch hinten im Garten gedeckt, wo die Sonne hinscheint.«

Jorgen deutete eine leichte Verbeugung an und schüttelte dann Miriams Zeigefinger, da ihre ganze Hand natürlich viel zu groß war.

»Jorgen«, sagte er. »Maschinist und erster Maat der *Maria*. Unser Kapitän ist leider verhindert. Aber es ist mir eine Ehre, in seinem Namen meinen Dank für die Einladung auszusprechen.«

»Mir ist es auch eine Ehre«, sagte Miriam. »Also, dass Sie hier sind. Ich habe nicht oft private Gäste zum Tee. Und danke schön für den Fisch!«

Der Garten lag hinter dem Café, und es war der schönste kleine Garten, den man sich vorstellen konnte. Er war voll mit Blumen, deren Namen ich nicht kannte, weil ich nicht gut mit Blumennamen bin. Aber sie waren sehr bunt und schäumten über die Ränder ihrer Beete hinaus wie der Schaum auf den Wellen des Meeres, und sie dufteten in alle Richtungen gleichzeitig. Zwischen den Beeten wuchsen Apfelbäume, durch deren Blätter die Sonne blinzelte, und ich dachte an die Apfelbäume im Garten des Kinderheims.

Wie weit es jetzt fort schien! Als hätte ich nie dort gelebt.

Mitten zwischen den Blumen und den Apfelbäumen stand in einem Sonnenfleck ein einziger runder Tisch, und an dem Tisch stand ein einziger grüner Klappstuhl.

Zuerst wunderte mich das, doch als Miriam uns der Reihe nach auf den Tisch hob, sah ich, dass auf dem Tisch eine ganze Menge Stühle zu kleinen Kreisen zusammengerückt waren. In deren Mitte lagen auf winzigen Tischen winzige Papierservietten – gerade passend für uns. Es sah aus wie eine richtige Gartenparty, nur eben eine Gartenparty auf einem Tisch. Sogar die Tischdecke war hell-grün – wie ein Gartenpartyrasen.

»Ich hoffe, die Stühle sind alle noch heil«, sagte Miriam. »Sie sind schon etwas alt inzwischen.«

Da hatte sie recht. Es waren lauter Stühle, die gar nicht zusammengehörten, und sogar ein paar Sessel, und die meisten hatten ein Loch in der Sitzfläche oder wackelten oder neigten sich bedenklich, wenn man sich darauf setzte. Aber wir versicherten Miriam höflich, sie wären beinahe ganz heil, und bemühten uns, sie nicht ganz kaputtzusitzen.

Es gab Schokoladenpudding und Haselnusskuchen, den Miriam extra in Puppengröße gebacken hatte. Die Verzierungen auf dem Zuckerguss sahen deshalb etwas komisch aus, weil man ja als großer Mensch so kleine Dinge gar nicht richtig sehen kann, aber der Kuchen schmeckte ganz hervorragend.

Der Pudding sah ganz normal aus und wabbelte in einer Schüssel auf der Mitte des Tisches herum. Der Schüsselrand reichte mir bis zur Brust, und es war ein komisches Gefühl, sich aus einer so großen Schüssel Pudding auf den Teller zu häufen.

»Wie lange fahren Sie denn schon zur See?«, erkundigte sich Miriam bei Jorgen.

»Ich bin auf einem Schiff geboren«, antwortete Jorgen würdevoll, obwohl ihm ein Sahneklecks auf der Nasenspitze etwas von seiner Würde nahm. »Wie die meisten von uns.«

»Ach«, sagte Miriam beeindruckt.

Sie saß auf dem grünen Stuhl und unterhielt sich mit jedem ein bisschen, und ihre Augen leuchteten dabei. Ich glaube, sie hatte immer schon davon geträumt, mit ihren Puppenmöbeln eine Gartenparty auf einem Tisch zu feiern.

Vielleicht haben alle Frauen als kleine Mädchen von so etwas geträumt. Bisher hatte ich das ziemlich schwachsinnig gefunden, Puppen und all den Kram, aber seit ich selbst so winzig war, schienen sich die Dinge zu ändern.

»Habt ihr das Wichtige wiedergefunden, das euch abhandengekommen ist?«, fragte sie Sven und mich nach einer Weile.

Wir schüttelten die Köpfe. »Noch nicht«, sagte Sven, »aber wir sind ihm auf der Spur.«

»Habt ihr denn mit Henk Olafsen gesprochen?«

Ich warf Sven einen bedeutungsvollen Blick zu. Tat sie nur so, als wüsste sie nichts davon, dass wir bei ihm gewesen waren? War sie uns wirklich gefolgt?

Sven zuckte kaum merklich die Achseln. Er wusste es auch nicht.

»Nein«, sagte ich langsam, »noch haben wir nicht mit ihm gesprochen.«

Was ja die Wahrheit war.

»Ihr solltet es tun«, sagte Miriam.

In diesem Moment fegte ein plötzlicher Windstoß durch die Apfelbäume, und eine Hand voll dünner Zweige und erster gelber Herbstblätter segelte auf den Gartentisch hinab wie Schnee.

Die Zweige blieben alle mitten in der großen Puddingschüssel liegen. Weil ich mir sowieso noch etwas Nachschlag holen wollte, stand ich auf, um sie abzusammeln.

Ich streckte meine Hand aus – und stockte.

»Sven«, sagte ich leise, »Sven, komm doch mal her.«

Aber ich hatte es nicht leise genug gesagt, und so umringten mit einem Mal alle winzigen Seeleute die Puddingschüssel.

Die Äste bildeten auf der noch unangetasteten Puddinghälfte ein Muster; höchst ungewöhnlich für Äste, die zufällig irgendwie aus der Luft angeweht kommen.

Und die Schleifen und Schnörkel des Musters waren nichts anderes als krakelige, ungelenke Schrift:

GEHT WEG, stand groß und deutlich auf dem Schokoladenpudding.

Es wurde sehr still auf dem Gartentisch.

»Das ... das kann doch nicht sein«, flüsterte Miriam in die Stille.

Sie war ganz weiß um die Nasenspitze.

»Das ist er«, flüsterte sie, »er ist das. Der Uralte. Henk hat immer gesagt, dass es ihn gibt und dass er seltsame Dinge tut, aber ich habe ihm nie recht geglaubt ...«

»Ich glaube«, sagte Jorgen steif, verschränkte die Arme und sah Miriam ins Gesicht, »es ist Zeit für ein paar Wahrheiten. Wer ist der Uralte? Wo sind wir hier? Was hat es mit dem 12. Kontinent auf sich?«

Miriam hielt seinem Blick stand, ohne das Gesicht zu verziehen.

»Ich weiß es nicht«, antwortete sie. »Ich weiß es wirklich nicht. Für mich war dies immer nur eine Insel wie jede andere auch. Aber sie ist nicht wie jede andere. Etwas stimmt nicht damit.«

»Jemand hier hat unsere Kinder gestohlen«, sagte Jorgen. »Alle bis auf diese beiden hier. 32 Kinder. Sie waren auf einer Nachtwanderung, und sie sind nicht zurückgekehrt. Alles, was wir gefunden haben, sind ihre Rucksäcke, ihre Taschenlampen und ihre Pullover.«

Miriam sog die Luft scharf durch die Nase ein.

»Wer immer sie geholt hat«, sagte sie sehr leise und sehr bestimmt, »er wird sie wohl oder übel zurückgeben müssen. Falls Sie etwas wissen, Herr Jorgen, sagen Sie mir Bescheid. Ich bin vielleicht zu groß, um nützlich zu sein, aber manchmal hilft gerade das.«

Jorgen neigte ernst den Kopf.

»Vielen Dank für den Kuchen. Gehen wir«, sagte er. Und niemand widersprach ihm.

Miriam hob uns einen nach dem anderen von ihrem Gartentisch.

Dann stand sie im Rahmen ihrer blauen Tür und blickte uns nach, wie wir den Sandweg entlanggingen. Ich wusste, dass Jorgen ihr keinen Teelöffel weit traute, und ich wusste, dass sie es ebenso wusste. Und das machte uns beide wohl gleich traurig.

Denn in dem Moment, als ich gesehen hatte, wie weiß sie um die Nase wurde, hatte ich für mich beschlossen, dass sie es ehrlich meinte.

Ich drehte mich einmal ganz schnell um und winkte ihr, und sie winkte zurück.

Aber ihr fröhliches Lächeln war verschwunden.

Nur das rote Haarband mit dem weißen Muster leuchtete noch lange in der Nachmittagssonne.

Die vierte und letzte Botschaft an diesem Tag erreichte uns nahe des Krallenkopfes.

Wir hatten beschlossen, das Holzbein und auch das Fahrrad zu suchen, denn der alte Merten sagte, er könnte es vielleicht reparieren. Damals in seiner Jugend, in der Südsee, hätte er Dutzende von Fahrrädern repariert.

Das erschien mir unwahrscheinlich. Aber in jedem Fall wäre es praktisch, es repariert wiederzuhaben.

Vor allem jedoch dachte ich, dass wir das Fahrrad wiederfinden mussten, weil es uns nicht gehörte.

Es gehörte Miriam, und irgendwann sollten wir es zurückgeben, nicht wahr? Auch wenn Jorgen glaubte, dass Miriam nicht die Wahrheit sagte.

»Hier irgendwo muss es sein«, sagte Sven nach einer Weile. »Oder doch nicht?«

Und ein wenig später sagte ich: »Genau da vorne, da ist der Erdrutsch gewesen, ganz bestimmt.«

Aber es war gar nicht so leicht, die Stelle zu finden. Bei Tag sah alles anders aus.

Wir wechselten uns eine Zeit lang darin ab zu erklären, jetzt wären wir uns wirklich sicher, die Stelle gefunden zu haben.

Einmal nahm ich Sven beiseite und sagte leise: »Irgendwo hier in der Nähe müssen auch die goldenen Bäume sein, Sven. Wir haben den Erwachsenen überhaupt nichts von den goldenen Bäumen erzählt.«

»Ja, und es ist auch besser, wir lassen es bleiben«, antwortete Sven genauso leise. »Sie würden uns sowieso für verrückt erklären.«

»Und wenn wir uns die ganze Sache überhaupt nur eingebildet haben?«, fragte ich. »Die Bäume und ... und *alles*? Vielleicht hat es nie einen Erdrutsch gegeben. Vielleicht waren wir nur müde und kaputt und ...«

»... und das Fahrrad hat sich in Luft aufgelöst«, sagte Sven. »Und wir sind den Abhang auf dem Rücken einer Uferschwalbe hinuntergeflogen. *Da!*«

Ja, und da standen wir vor dem Erdrutsch, endlich. Genau da, wo unser Schlittersturz geendet hatte. Die Stelle war übersät mit abgeknickten Ästen und Bäumen, und im Wald klaffte eine breite Schneise.

»Das Holzbein finden wir in diesem Durcheinander nie«, stellte Sven sachlich fest. »Bei all dem Holz, das hier herumliegt. Aber das rote Fahrrad müssten wir gleich haben.«

Das rote Fahrrad allerdings schien sich wirklich in Luft aufgelöst zu haben, genau, wie Sven es zuvor gesagt hatte. Wir suchten eine gute halbe Stunde, doch es war nicht die geringste Spur davon zu entdecken.

»Meinst du«, fragte ich Ingeborg, »einer von den großen Leuten, ein Tourist – meinst du, so einer nimmt ein kaputtes rotes Puppenfahrrad mit?«

»Unwahrscheinlich, dass er überhaupt hierherkommt«, sagte Ingeborg. »So fernab aller Wege.«

Sie bückte sich, um einen großen Ast beiseite zu zerren, unter dem aber ebenfalls kein Fahrrad zum Vorschein kam. Doch genau da geschah etwas anderes.

Ich sah zufällig nach oben, wo der Hang seit dem Erdrutsch ein wenig überstand. Und in dem Moment, als Ingeborg sich noch immer mit dem Ast abmühte, brach ohne jede Vorwarnung ein Stück der überhängenden Küste ab und schlitterte in die Tiefe. Ich stand eine Sekunde da wie versteinert und starrte dem Brocken aus Erde und Gestein entgegen, der Unterholz und Geröll mit sich riss. Genau so musste es gewesen sein, als wir nachts mit dem Rad ... Da wurde mir plötzlich bewusst, dass ich der Einzige war, der das Stück Hang hatte abbrechen sehen. Alle anderen waren tief gebückt mit der Suche beschäftigt.

»Voooooooorsiiiiiiiiiiiiicht!«, schrie ich und ruderte wild mit den Armen. Ein Stück Felsen sauste direkt auf Ingeborg zu. Ich stieß sie weg, und eine Sekunde später donnerte der Fels vorbei. Er hatte so viel Schwung, dass er nach dem Aufprall nicht einmal langsamer wurde, sondern den Berg weiter hinunterrollte, um irgendwo weit unter uns krachend im Gebüsch zu landen.

Der Rest des Erdrutsches ergoss sich staubend und blätterwirbelnd um uns herum, und wir husteten eine Weile, ehe sich der Staub legte.

Ich merkte, dass ich noch immer auf Ingeborg lag, und rappelte mich auf.

»Da... danke«, stotterte Ingeborg. »Ich glaube, das war eine gute Idee von dir, Karl.«

»Das glaube ich auch«, sagte ich mit zittriger Stimme.

Sven sammelte sich ein paar Blätter aus den Haaren. »Dieser Berg hat es in sich«, sagte er. »Wenn er weiter so unvorsichtig mit seinen Hängen umgeht, ist er bald nicht mehr da.«

»Stell dir bloß mal vor«, meinte ich, »eines Tages rutscht Henk Olafsens Haus mitsamt dem Balkon und all seinen Reserveblumentöpfen in die Tiefe ...«

Jorgen kam herüber und vergewisserte sich, dass seine Frau heil geblieben war, und dann sagte er plötzlich: »Seht mal«, und wies auf die erdige, baumlose Schneise vor uns.

Die kleineren Steine, die dort auf halber Höhe liegen geblieben waren, bildeten ein hübsches Muster aus Kringeln und Schleifen auf der dunklen Erde. Wenn man näher hinsah, war es nichts anderes als ungelenke Schrift.

GEHT WEG, las ich – zum dritten Mal an diesem Tage.

Und es schüttelte mich von oben bis unten und zurück.

»Ja«, sagte Jorgen. »Genau das tun wir jetzt. Für heute ist es genug mit Botschaften und Strandbeben und Erdrutschen und verschwundenen Fahrrädern. Wir kehren zurück zur *Maria*.«

»Willst du dich etwa geschlagen geben?«, fragte ich. »Willst du dich von dem da beeindrucken lassen?« Und ich deutete mit dem Daumen abfällig zu der Schrift auf dem Erdrutsch hin. In Wirklichkeit hatte ich genauso viel Angst wie alle anderen. Aber man konnte doch nicht einfach so klein beigeben!

»Nur für heute«, sagte Jorgen. »Wir sind alle müde. Morgen können wir weitersehen.«

»Ich will aber das Fahrrad finden«, sagte ich, und plötzlich stieg eine große, machtvolle Welle aus Trotz in mir auf. Ich wusste gar nicht, woher sie kam – sie war einfach auf einmal da. So wie mein Ärger in der Schule immer einfach auf einmal da gewesen war.

Man kann gegen so etwas nichts tun.

»Vergiss doch das verflixte Fahrrad!«, rief Jorgen, der langsam die Geduld verlor. »Ingeborg ist gerade fast von einem Felsen erschlagen worden!«

»Ja, und wer hat es verhindert?«, fragte ich und verschränkte die Arme vor der Brust.

»Du findest das Fahrrad sowieso nicht«, sagte Jorgen bemüht ruhig. »Es ist nicht da, Karl.«

»Ist es doch«, sagte ich.

»Es ist ein altes, kaputtes Fahrrad, und es *ist nicht da*«, wiederholte er. »Und diese Stelle ist zu gefährlich, um weiterzusuchen.«

»Hah! Aber ich bleibe doch hier und suche!«, rief ich. »Es ist Miriams Fahrrad, und ich werde es ihr zurückgeben! Egal, wie lange ich suche!«

»Das tust du nicht«, sagte Jorgen. »Ich lasse nicht zu, dass du alleine hier draußen bleibst und verschwindest. Du kommst jetzt mit. Ich bin der erste Maat der *Maria* und vertrete daher den Kapitän, und gegen das Wort des Kapitäns gibt es keine Widerrede.«

Damit nahm er mich beim Arm und versuchte, mich zum Gehen zu bewegen.

Aber ich bin nicht irgendwer, ich bin Karl. Ich bin stark. Und in meinem Bauch kochte die Wut jetzt empor und warf seit Langem zum ersten Mal wieder rote heiße Blasen.

»Ihr glaubt wohl, mit mir kann man machen, was man will, ja?«, schrie ich. »Kapitänswort! Dass ich nicht lache! Ihr glaubt wohl, nur weil ich keine Eltern habe, die Kapitän sind oder erster Maat oder sonst was Wichtiges – nur deshalb seid ihr alle besser als ich, was? Ihr glaubt, ich bin ein armes Waisenkind, und ihr seid sooo gut, weil ihr mich aufgenommen habt und mich durchfüttert, was? Aber da habt ihr euch geschnitten! Ich werd euch allen noch zeigen, wer Karl ist, das werd ich, jawohl!«

Ich befreite mich aus Jorgens Griff und funkelte ihn wütend an.

»Karl, Karl«, sagte Fred, der dazugetreten war, »das ist doch alles Quatsch. Nun komm schon. Sven geht doch auch mit zurück.«

Die Übrigen standen betroffen hinter Fred und Jorgen und warteten stumm.

»Du hast mir sowieso gar nichts zu sagen!«, schrie ich. Ich hörte, dass ich zu laut war, aber ich konnte nichts dagegen unternehmen. Es schrie einfach so aus mir heraus. »Deinem Sohn kannst du vielleicht was sagen. *Mir nicht!* Du bist nicht mein Vater! Niemand ist mein Vater! Mein Vater würde das Fahrrad finden und es reparieren, das würde er!« Ich holte tief Luft, weil die mir vom Schreien ausgegangen war. »Aber mein Vater ist irgendwo weit weg und hat mich vergessen!«, brüllte ich.

Und dann drehte ich mich um und rannte davon, irgendwohin, tauchte ins Gebüsch ein, kroch durch dornige Zweige, die mir das Gesicht zerkratzten, und scherte mich nicht darum.

Ich rannte, bis ich nicht mehr konnte, was nicht weit war, weil ich mich beim Schreien und Aufregen so verausgabt hatte. Schließlich blieb ich stehen und lauschte. Von den anderen war nichts mehr zu hören.

Also waren sie zurückgegangen, ohne mich. Gut so, sollten sie.

»Sie wollen mich sowieso nicht haben«, murmelte ich. »Bestimmt sind sie froh, dass ich endlich weg bin.«

Ich wanderte langsam zu der Stelle zurück, an der wir das Fahrrad nicht gefunden hatten. Ja, die anderen waren fort. Aber das rote Fahrrad fand ich auch nicht. Ich suchte, bis sich das Nachmittagslicht violett verfärbte, und am Ende gab ich erschöpft auf.

Jorgen hatte recht: Das Rad war verschwunden.

Es verschwand einfach zu viel von diesem Kontinent.

Ich zwickte mich in den Arm, um mich zu vergewissern, dass ich noch da war.

»Au«, sagte ich und wusste, ich war noch da.

Dann sagte ich zu mir selbst: »Du solltest nach Hause gehen«, und dann tat ich das.

Noch war es hell genug, um sich nicht zu Tode zu fürchten, aber die Dunkelheit würde bald kommen, das wusste ich, und mit der Dunkelheit kämen die schwarzen Schatten des Waldes, in denen es raschelte und wisperte, und mit den wispernden Schatten käme die Angst.

Und womöglich käme auch der Uralte, wer immer er war.

Nun musste ich wohl zugeben, dass ich auch nicht mutiger war als die anderen, und das ärgerte mich maßlos. Aber meine Angst vor der Angst war einfach zu groß.

Als ich die Bäume mit der beinahe goldenen Rinde erreichte, waren in der Dämmerung schon die ersten Sterne zu sehen. Diesmal schwiegen die goldenen Bäume.

Sie neigten sich genauso zum Meer und reckten ihre Arme genauso sehnsüchtig dem Horizont entgegen wie zuvor, aber sie taten es stumm, ohne zu raunen und zu rauschen und mit dem Holz ihrer goldenen Stämme zu stöhnen.

Als wären die Bäume mit etwas anderem beschäftigt.

Ich fühlte einen Stich im Herzen, als ich unter ihren Ästen hindurchwanderte, doch zu meiner eigenen Überraschung fürchtete ich mich nicht. Oh doch, ich fürchtete mich schon: Ich fürchtete mich vor dem Wald und der Nacht und den Schatten. Ich fürchtete mich vor dem verrückten Olafsen, der womöglich irgendwo hier draußen unterwegs war, und vor dem Uralten. Aber vor den goldenen Bäumen, die so verzweifelt ins Leere griffen, fürchtete ich mich nicht mehr.

Ich vergrub meine Hände tief in den Taschen und blieb eine Weile gedankenversunken zwischen ihren Stämmen stehen. Obwohl ich nicht ganz sicher war, in welche Gedanken ich versank.

Da fand ich tief in meiner linken Hosentasche etwas Kleines, Hartes und holte es hervor.

Das letzte bisschen Tageslicht malte auf meine Hand die Umrisse eines dunklen, glänzenden Steins mit einem kreisrunden Loch: der Stein, den Sven gefunden hatte.

Der Stein, der genauso aussah wie die Steine in Olafsens merkwürdigem Sammelsurium in seinem Wohnzimmer, nur ein bisschen kleiner.

Ich drehte ihn hin und her und befühlte seine glatte Oberfläche – und ich weiß auch nicht, weshalb, aber dann hielt ich ihn ans Ohr.

So wie eine Muschel. Es war natürlich Unsinn. In einer Muschel kann man das Meer rauschen hören, was aber das Blut von einem selber ist, und das Rauschen wird nur von dem Muschelkörper verstärkt.

In einem Loch kann man gar nichts hören.

Dachte ich.

Wie überrascht aber war ich, als ich doch etwas hörte. Ich hörte Stimmen. Kinderstimmen.

»Und dann haben sie die Kaffeebohnen in die Sonne gelegt, zum Trocknen«, sagte ein kleines Mädchen.

»Aber mittags machten sie immer Pause, im Schatten«, fügte ein Junge hinzu, der etwas älter klang. »Immerhin war es eine Insel in der Südsee. In der Südsee ist es heiß. So heiß, dass sich einem die Haare kräuseln, wenn man nur daran denkt.«

»Und wenn die großen Leute im Schatten dösten oder kalten Tee tranken«, fuhr eine dritte Kinderstimme fort, »kamen wir. Wir sammelten die Kaffeebohnen in unsere Säcke, mal hier eine, mal da eine, ganz unauffällig, und machten uns leise wieder davon. Damals hatten wir auf dem Schiff eine große, nein, eine rie-sen-haf-te Kaffeemühle. Sie war so riesig, dass tausendmal eine Million Kaffeebohnen hineinpassten.«

»Jetzt übertreibst du aber«, sagte eine vierte Stimme.

»Tu ich gar nicht!«, widersprach die erste Stimme. »Tausendmal mindestens eine Million!«

»Unsinn!«

»Selber Unsinn!«

»Dreimal Unsinn!«

»Hört auf damit«, mischte sich eine tiefe Stimme ein. Diese Stimme war ganz anders als die übrigen. Sie klang heiser, brüchig und alt. Nein, sie klang nicht nur einfach alt, sie klang richtig, richtig, *richtig* alt. Uralt.

»Erzählt weiter!«, drängelte die tiefe Stimme. Sie drängelte trotz ihres brüchigen, faltigen, knittrigen Alters wie ein ungeduldiges Kind. »Was war mit der Kaffeemühle?«

Ich nahm den Stein vom Ohr.

Eine Weile starrte ich ihn nur verblüfft an. Ich war zu verblüfft, um erschrocken zu sein. Es war wieder alles still um mich. Nur das ewige Rascheln im Geäst war zu hören, und ein paar Vögel tschilpten verschlafen in ihren Nestern.

Sonst war niemand da.

Ich sah mich um. Der Tag war jetzt ganz hinter dem Horizont versunken, und der Mond ließ die Stämme in einem noch unwirklicheren Gold schimmern. Die Sterne setzten sich in ihre Äste, und die blättrigen Kronen wiegten sich und neigten sich wie in einem Tanz, neigten sich zum Meer hin, als wollten sie die Horizontlinie zu fassen bekommen ...

Und da wurde mir mit einem Schlag alles klar.

Es war doch jemand da.

Die Bäume.

7. Kapitel,

in welchem ich jemanden finde, aber dafür geht jemand anderer verloren. Schließlich machen wir unerwartet enge Bekanntschaft mit einer Möwe, und ganz zum Schluss rettet uns ein Stück Streuselkuchen das Leben. Was aber auch nichts nützt.

»Wir mahlten in der Kaffeemühle so viel Kaffee, dass wir Vorräte anlegen konnten«, sagte eine der Stimmen. »Unter Deck stapelten sich die Säcke. Kaffee hält sich lange, nicht wahr, und wir sahen keinen Grund, die Kaffee-Insel so schnell wieder zu verlassen. Als schließlich nicht einmal mehr der kleinste, winzig kleinste Sack unter Deck passte, weil alles total komplett voll war, setzten wir die Segel und fuhren wieder aufs Meer hinaus.«

»Auf die Südsee«, fügte die tiefe, uralte Stimme hinzu.

»Ja, auf die Südsee. Und da geschah es. Wir hätten es ahnen sollen, aber irgendwie hatten wir nicht daran gedacht. Wir merkten erst, dass etwas nicht stimmte, als wir die Insel schon nicht mehr sehen konnten. Um uns herum war nur Meer, also: die Südsee. Weit und breit, bis zum Horizont, und dahinter auch, und unser Schiff schwamm ganz alleine auf den warmen Wellen.«

»Was geschah dann?«, drängelte die tiefe Stimme.

»Geduld, Geduld. Zunächst wurde es Abend, und wir saßen nach dem Essen um den großen Tisch und tranken noch eine Tasse Kaffee. Da fiel uns auf, dass der Kaffee in unseren

Tassen ganz schief stand. Wir rückten den Tisch zurecht, aber der Kaffee blieb schief. Das Schiff hatte Schlagseite.«

»Und es wurde immer schlagseitiger«, fuhr eine andere Stimme aufgeregt fort. »Wir hatten die Kaffeesäcke irgendwie falsch gelagert. Sie schienen unter Deck zu einer Seite zu rutschen. Wenn man denkt, alles sei komplett total voll, glaubt man nicht, dass etwas rutschen könnte, nicht wahr? Aber die Kaffeesäcke hatten irgendwie doch eine Lücke gefunden oder so, jedenfalls rutschten sie. Wenn wir nicht schnell handelten, würden wir sinken, ehe die Nacht hereinbrach. Wir also alle runter in die Lagerräume ...«

In diesem Moment spürte ich, wie mir jemand auf die Schulter tippte, ganz leicht. Ich fuhr erschrocken herum. Es war ein Ast, der sich zu mir herabgebeugt hatte. Der Ast eines schlanken, jungen Baums ganz am Rande der Gruppe. Beinahe war ich mir sicher, dass aus der Spitze dieses Baums der kleine Wollpullover herabgesegelt war.

»He, du«, flüsterte eine Stimme.

»... schwappte schon das Wasser über die Decksbalken ...«, erzählte eine der anderen Stimmen weiter.

»Ich?«, flüsterte ich.

Der Baum legte mir einen Zweig an die Lippen. »Pssst«, machte er. »Er darf uns nicht hören. Jetzt ist er abgelenkt von der Geschichte, aber wer weiß, wie lange ... Du bist mit den Winzigen gekommen, nicht wahr?«

Ich nickte.

»Und du weißt, wer wir sind. Jetzt weißt du es, nicht wahr?«

Ich nickte wieder.

Ja, ich wusste, wer die Bäume um mich waren. Die Bäume, deren Stämme so anders aussahen als die Stämme der übrigen Bäume. Die Bäume, deren Rinde beinahe so glänzte wie Gold und die ihre Äste nachts nach dem Meer ausstreckten und sich krümmten vor Sehnsucht.

»Ihr seid es«, wisperte ich ganz leise, »ihr, die Kinder der Winzigen.«

Sie waren nicht verschwunden. Sie waren die ganze Zeit über da gewesen. So groß war die Macht des Uralten, dass er sie verwandelt hatte, und natürlich brauchten sie ihre Rucksäcke und ihre Pullover und ihre Taschenlampen nun nicht mehr.

»Aber warum?«, wisperte ich. »Warum hat er das getan?«

»Er wollte, dass wir ihm Geschichten erzählen«, flüsterte die Stimme. »Geschichten aus der Ferne. Niemand, sagt er, kann besser Geschichten erzählen als Kinder. Manchmal erzählen wir ihm unsere eigenen Geschichten. Manchmal leihen wir uns Geschichten vom alten Merten und tun nur so, als wären wir dabei gewesen. Damit die Geschichten ausreichen für all die Nächte, in denen er uns besucht.«

»Er ist es, der mit der tiefen, uralten Stimme spricht, richtig?«

»Ja«, flüsterte der Baum. »Sag mir, wirst du uns helfen?«

»Dazu bin ich gekommen«, wisperte ich – obwohl das nicht ganz stimmte. Aber es hörte sich so schön an.

»Hast du ein Messer?«

»Ich habe nur den Stein, durch den ich euch höre. Aber er hat scharfe Kanten.«

»Nimm ihn und schneide ein Stück aus meiner Rinde. Wer ein Stück der goldenen Rinde bei sich trägt, den kann der Uralte nicht verwandeln. Hat er uns selbst verraten, der Dumme, als er dachte, unsere Eltern würden nicht wiederkommen. Er war es, der das Schiff fortgestürmt hat.«

»... als die Sonne aufging, schäumte die See braun von all dem Kaffee«, sagte laut eine andere Stimme. »Es war ein großartiges Schauspiel. Was wir nicht wussten, war, dass es gerade in diesem Teil der Südsee einen kaffeeliebenden Hai gibt, den sogenannten Bohnenhai. Später erzählte uns jemand, dass er so heißt. Er trinkt natürlich nicht nur Kaffee, sondern frisst gerne dazu auch den ein oder anderen fleischhaltigen Aperitif ... ehe wir uns freuen konnten, dass das Schiff wieder gerade im Wasser lag, erschienen auch schon die ersten dreieckigen Flossen im Meer, angelockt vom Kaffeeduft.«

»Sie machen die Geschichte länger und spannender«, flüsterte der Baum, »um dir Zeit zu geben. Doch irgendwann wird auch diese Geschichte enden. Los, schneide ein Stück aus meiner Rinde! Danach musst du es in Stücke brechen und unter den Winzigen verteilen ...«

»Aber – es wird dir wehtun!«, wisperte ich. »Die goldene Rinde ist deine Haut!«

»Ich weiß«, flüsterte der Baum. »Es wird mir wehtun. Dennoch musst du es tun. Beeil dich!«

Ich schluckte. Dann nahm ich den Stein mit dem Loch vom Ohr, und um mich war wieder nur das Rascheln der Blätter und das Rauschen der Brandung, das vom Strand heraufdrang. Keine Kinderstimmen mehr und kein alter, ungeduldiger, drängelnder Bass.

Ich setzte den Stein an und ritzte die Rinde des schlanken, jungen Baumes vor mir auf. Der Baum krümmte seine Äste, und ein wenig Saft drang aus der Wunde. Ich hasste es, dem Baum Schmerzen zuzufügen, und so schloss ich die Augen und schnitt aus der Rinde ein sehr kleines Rechteck heraus. So schnell ich konnte, damit es vorbei war. Ich steckte das Rechteck in meine Hosentasche und hielt den Stein wieder ans Ohr.

»Es tut mir leid«, wisperte ich.

»Ach«, sagte der Baum, »es war gar nicht so schlimm. Aber das Stück Rinde ist zu klein für alle Winzigen.«

»Dann muss es eben reichen, wenn ein paar von uns geschützt sind«, wisperte ich entschieden. »Wir schaffen das schon. Sag mir, wer ist der Uralte? Wie sieht er aus?«

»Ich höre jemanden flüstern«, sagte die tiefe Bassstimme in diesem Moment. »Warum flüstert da jemand?«

Die Kinder verstummten, und ich hielt den Atem an.

»Ich habe keinen gehört«, sagte ein älterer Junge. Ob das Friedrich war, Jorgens und Ingeborgs Sohn? »Vielleicht war es nur der Wind in unseren Kronen.«

»Oder vielleicht waren es die Haie in der Geschichte«, sagte ein Mädchen. »Die Haie flüsterten nämlich. Unter Wasser.

Aber wir konnten es trotzdem hören, wie von ganz fern. ›Was für ein wunderbarer Aperitif‹, flüsterten sie. ›Mmm, gerade so wie ein gutes Stückchen Gebäck zu diesem perfekten, frischen Bohnenkaffee, in dem wir schwimmen.‹ Man kann sich vorstellen, wie es uns eiskalt den Rücken hinunterlief!«

»Ich habe aber doch jemanden gehört«, sagte der Uralte. »Jemanden, der nicht in der Geschichte war. Jemanden *hier.* Es ist jemand da.«

Mir lief es jetzt auch eiskalt den Rücken hinunter.

Was, wenn der Uralte mich entdeckte? Wo war er? Stand er irgendwo in den Mondschatten der Bäume? Seine Stimme klang gleichzeitig nah und fern, laut und leise. Es war unmöglich zu sagen, wo er sich befand.

Ich stand ganz still, als wäre ich selbst zu einem Baum geworden, oder noch besser: zu einer Kaffeebohne.

»Na ja«, sagte der Uralte nach einer Weile. »Wir werden das beobachten, nicht wahr? In der Zwischenzeit erzählt weiter.«

Es war, als ginge ein allgemeines Aufatmen durch die Bäume. Ich hoffte inständig, dass der Uralte es nicht merkte.

»Die Haie bissen ein Loch in das Schiff«, sagte der große Junge, der vielleicht Friedrich war, »und es begann vollzulaufen. Wenn es sinken würde, gäbe es keine Rettung für uns. Wir mussten das Loch flicken, so schnell wie möglich, und gleichzeitig mussten wir die Haie loswerden, damit sie nicht einfach ein neues Loch in unseren Schiffsrumpf bissen. Aber wie sollten wir das anstellen ...?«

Ich erfuhr nicht, wie sie es anstellten. Womöglich nahmen sie Sekundenkleber und gossen ihn ins Meer, und er verklebte die Haie *und* das Loch – oder vielleicht gab es auch einfach nur den richtigen Zauberspruch, der jemandem plötzlich einfiel.

Es war mir komplett egal, was mit den kaffeetrinkenden Haien geschah. Die Geschichte war ohnehin immer verrückter geworden – es war beinahe ein Wunder, dass der Uralte nicht gemerkt hatte, wie die Kinder sie absichtlich und mit einer gewissen Verzweiflung in die Länge zogen.

Ich schlich mich von den goldenen Bäumen fort, so rasch und so leise ich konnte. Ich bemühte mich sogar, sanft aufzutreten, als könnte selbst der Boden meine Anwesenheit fühlen. Manchmal raschelte es hinter mir im Gebüsch, oder ich glaubte, aus dem Augenwinkel einen Schatten zu sehen. Dann schlug mein Herz jedes Mal so schnell, als wollte es einen Wettlauf gegen alle Herzen der Welt gewinnen, aber ich drehte mich nicht um. Vor mir lag irgendwo im nächtlichen Meer die *Maria*, und in meiner Tasche lagen der Stein mit dem Loch und das Stück goldene Rinde, und wenn der Uralte mir auf den Fersen war, konnte ich nichts dagegen tun – nichts, als zu hoffen und vorwärts zu gehen und meine Angst nicht zu zeigen.

Als ich den Strand erreichte, war er mit Mondschein übergossen wie mit Zuckerguss, und draußen auf dem Wasser wippte still und schlafend das Schiff auf den Wellen.

Ich atmete tief durch.

Dann fiel mir ein, dass ich kein Boot hatte.

Einen Moment lang hoffte ich, jemand hätte am Strand auf mich gewartet. Aber der Strand war leer. Natürlich war er leer.

Ich hatte Jorgen angeschrien und mich geweigert, mit nach Hause zu kommen, und ich war böse auf Fred geworden und in den Wald davongerannt.

Und wer sollte auf einen warten, der böse wird und schreit und in den Wald davonrennt? Und plötzlich tat es mir leid, dass ich wütend geworden war. Nur, weil ich unbedingt ein Fahrrad hatte suchen wollen, das ganz offensichtlich nicht zu finden war. Ich setzte mich in den Sand und stützte den Kopf in die Hände und fühlte mich zerknirscht. Wenn jetzt der Uralte aus dem Wald käme und mich schnappte und in einen Baum verwandelte, wäre es meine eigene Schuld.

Die Winzigen waren immer nett zu mir gewesen, und ich hatte sie angebrüllt und beschimpft und war weggelaufen.

Woher kam nur diese große rote Wut, die mich immer wieder packte? Eine Weile hatte ich geglaubt, ich hätte sie besiegt. Sie war richtig lange fortgeblieben. Aber dann hatte sie mich hinterrücks wieder angesprungen. Und hier saß ich nun und war allein und ohne Boot und unglücklich. Sollte der Uralte doch kommen.

In diesem Augenblick bewegten sich hinter mir im Wald die Blätter, und ich hörte Äste knacken – und da sprang ich auf und lief ins Meer. Es war mir doch lieber, entschied ich, dem Uralten *nicht* zu begegnen.

Das Meer war kalt. Immerhin war es jetzt schon Anfang Oktober, und es war die Ostsee, nicht die Südsee, und so konnte man kaum verlangen, dass das Wasser lauwarm war wie in einer Badewanne.

Ich hörte es hinter mir wieder rascheln und stürzte mich kopfüber ins Wasser.

Zuerst blieb mir die Luft weg, so eisig war es, und ich glaubte, ich müsste ersticken und erfrieren gleichzeitig. Aber dann bewegte ich meine Arme und Beine und schwamm, so schnell ich konnte, und nach einer Weile schwand die Kälte.

Beinahe war es schön, so im Mondschein durchs Wasser zu schwimmen. Die *Maria* lag als dunkler Umriss vor mir und schien geduldig auf mich zu warten.

Ich erreichte sie, ohne einen einzigen Bohnenhai zu treffen, und kletterte an den Seilen der Winde hoch, die eigentlich für die Beiboote da war. Danach hockte ich erst einmal eine Weile keuchend an Deck und war ziemlich beeindruckt von mir selbst.

Schließlich begann ich aber, in meinen nassen Sachen zu frieren.

Ich ging zu der Treppe, die nach unten zu den Kojen führte.

Neben der Treppe lehnte aus irgendeinem Grund Svens Holzbein. Ich wollte gerade daran vorübergehen, da passierte etwas Seltsames:

Auf einmal nämlich schwappte eine lautlose Welle über die Reling, benetzte meine Füße, floss bis zum Treppenabsatz und nahm das Holzbein mit. Sie zog sich zurück, das Holzbein in ihren nassen Fängen, und wollte es über Bord spülen.

Eine Sekunde lang stand ich wie erstarrt von der Unlogik des Ganzen: Das Meer war still und friedlich, der Wind blies nur leise vor sich hin, und nirgendwo gab es einen Grund für eine Welle. Dann hechtete ich dem Holzbein hinterher.

Ich bekam es gerade noch zu fassen, ehe die Welle es die Reling hinauftrug und mit sich ins Meer nahm. Atemlos vor Verwunderung stand ich da, das Holzbein in der Hand, und sah zu, wie sich die Welle wieder ins ruhige Meer zurückzog, sich darin auflöste und nichts zurückließ als eine hübsche, glatte, mondbeschienene Wasseroberfläche.

»Das ... das ist doch nicht möglich«, sagte ich laut.

»Was denn?«, fragte jemand hinter mir. Ich fuhr herum, das Holzbein erhoben wie eine Waffe.

Hinter mir stand Sven – auf einem Bein, an die Kajüte gelehnt, und runzelte die Stirn.

»Weshalb bedrohst du mich mitten in der Nacht mit meinem eigenen Bein?«, fragte er.

Ich ließ das Holzbein sinken.

»Sven«, sagte ich.

»Karl«, sagte Sven. »Ich habe draußen geschlafen, um auf dich zu warten. Aber dann wurde ich irgendwie nass, und davon bin ich aufgewacht.«

»Das war die Welle«, sagte ich dumpf. Jetzt verstand ich wenigstens, weshalb das Holzbein dort an der Treppe gelehnt hatte. Ein Glück, dass ich rechtzeitig zurückgekommen war! Sonst wäre es nun wohl für immer verloren – und ein weiteres Ersatzholzbein gab es nicht, das wusste ich. Es war, als hätte jemand absichtlich ... absichtlich versucht, Sven lahmzulegen ...

»Welle?«, fragte Sven. »Welche Welle? Und wo sind Merten und Lina?«

»Merten und Lina?«, fragte ich zurück.

»Na ja, sie haben doch auf dich gewartet, mit dem Beiboot, am Strand«, antwortete Sven. Das Stirnrunzeln auf seinem Gesicht wuchs. »Bist du denn ... bist du denn nicht mit ihnen gekommen?«

»Nein«, sagte ich. »Ich bin geschwommen.«

»Ge ...?«

»... schwommen, richtig. Da war niemand am Ufer, der wartete.«

»Oh«, machte Sven.

»Hör mal«, sagte ich, »wie wäre es, wenn wir nach unten gingen? Ich habe so das vage Gefühl, heute Nacht ist es keine gute Idee, an Deck im Freien zu schlafen. Ich ziehe mir etwas Trockenes an, und außerdem muss ich noch etwas erledigen, und dann erzähle ich dir alles, was ich erlebt habe. Es ist nämlich eine Menge.«

Sven nickte. Er schnallte sein Holzbein an, und wir krabbelten die steile Treppe hinunter zu den Kojen, wo die anderen winzigen Leute den Schlaf schliefen, den man nur im Bauch eines Schiffs schlafen kann – gewiegt vom sanften Hin und Her des Meeres und sicher vor Wind und Bohnenhaien.

Ich hängte meine tropfenden Kleider auf, und dann brach ich das Stück Rinde aus meiner Hosentasche in vier Teile. Es war zu klein, um es in noch mehr Teile zu brechen.

Ein Stück Rinde legte ich in Almas ausgestreckte Schlafhand, eines schob ich in Freds Kragen, eines behielt ich und eines gab ich Sven, der seine Stirn nun so sehr runzelte, dass es sicherlich anstrengend war.

»Also, das mit meinem Wutanfall tut mir leid«, begann ich.

»Kann mich an keinen Wutanfall erinnern«, sagte Sven betont großzügig.

»Aber es war doch gut, dass ich einen bekommen habe«, meinte ich, »denn wenn ich nicht alleine im Wald geblieben wäre, hätte ich den Stein nicht ans Ohr gelegt, und ich hätte nicht mit den Kindern gesprochen, und ...«

Und ich berichtete Sven von allem, was ich erlebt hatte, von Anfang bis Ende, sogar davon, wie viel Angst ich gehabt hatte, obwohl ich das ursprünglich hatte weglassen wollen.

»Aber wir wissen immer noch nicht«, schloss ich meinen Bericht, »wer der Uralte ist.«

»Das«, sagte Sven und gähnte, »finden wir morgen heraus. Und bestimmt finden wir auch Merten und Lina, die du am Ufer irgendwie verfehlt hast.«

Und dann sanken wir in den gleichen tiefen Schiffsschlaf wie alle anderen.

Wir fanden Merten und Lina nicht.

Stattdessen gingen noch mehr Winzige verloren.

Als ich am nächsten Morgen aufwachte, war es erstaunlich still auf dem Schiff.

Ich hörte in der Kombüse Töpfe klappern, und es roch nach Spiegeleiern und Kaffee, und einen Augenblick war ich mir unsicher, ob ich die Sache mit den Bohnenhaien erlebt hatte oder nicht. Ich hörte Fred etwas sagen und Sven antworten, und ich hörte Alma singen. Aber es war ein trauriges Lied.

Und mehr hörte ich nicht.

Die Geräusche einer ganzen Schiffsmannschaft fehlten.

Da waren keine Schritte von Dutzenden von Füßen, keine lauten Rufe an Deck, keine Dinge wurden irgendwo hin und her geräumt, keine Teller lärmend in die Spüle gestapelt.

Sie mussten alle bereits irgendwohin aufgebrochen sein. Ich sah auf Svens Wecker, der neben seiner Koje an der Wand hing. Nein, ich hatte nicht unglaublich lange geschlafen. Es war gerade mal halb neun.

Ich stand auf und ging in die Küche.

Dort gab es tatsächlich Spiegeleier, und Sven sagte: »Gut, dass du kommst. Ich wollte dich gerade wecken.« Ich sah von Sven zu Fred und von Fred zu Alma. Es hing etwas in der Luft.

»Es ist doch etwas passiert«, sagte ich. »*Was* ist los? *Wo* sind alle?«

»Das«, sagte Fred, »wüssten wir auch gern.«

»Alle sind weg«, sagte Sven, »außer uns vier. Und beide Beiboote sind weg. Das, das Lina und Merten hatten, und das andere auch.«

»Vielleicht fahren die anderen mit dem zweiten Beiboot um den Kontinent herum«, schlug ich vor, »und kommen bald wieder.«

Ich blickte in drei düstere Gesichter. Niemand antwortete.

Nach dem Frühstück hatten wir *beinahe* einen Streit mit Svens Eltern.

Sven sagte, es nütze nichts, auf dem Schiff herumzusitzen und nur zu warten. Ich sagte, er habe recht. Fred sagte, er säße nicht herum und warte, er zimmere ein neues Beiboot, und ob wir das nicht sehen würden. Alma sagte, wir sollten zusehen, dass wir nicht verschwänden, und mehr würde sie nicht von uns verlangen.

»Aber der Schlüssel zu der ganzen Sache liegt auf dem 12. Kontinent!«, rief Sven. »Nicht hier! Und schwimmen können wir ja wohl auch. Bis das Boot fertig ist, ist Weihnachten.«

»Wenn ihr mich fragt«, meinte ich, »liegt der Schlüssel in Henk Olafsens Haus. Und wir haben die goldene Rinde. Wer in der letzten Nacht nicht verschwunden ist, verschwindet jetzt auch nicht mehr.«

Da seufzte Alma, stützte den Kopf in die Hände und sah lange aufs Meer hinaus.

»In diesem Fall kann man wohl nichts daran ändern, dass ihr zu Henk Olafsens Haus geht«, sagte sie. »Auch wenn es schwer ist, seine Kinder fortgehen zu lassen. Vor allem, wenn es ein 12. Kontinent ist, zu dem sie gehen.«

Fred umarmte uns, erst Sven und danach mich. Er roch nach Sägemehl.

Ich kam mir etwas komisch vor. Es war ja nicht so, dass wir für immer fortgingen! Erwachsene sehen zu viele kitschige Filme. Aber mulmig war mir doch.

Das Meer war leider noch genauso kalt wie in der Nacht.

Sven konnte trotz seinem Holzbein erstaunlich gut schwimmen.

»Wieso nicht?«, fragte er fröhlich. »Holz schwimmt doch bekanntlich oben!«

Die Oktobersonne und der Wind trockneten unsere Kleider, und der 12. Kontinent sah an diesem späten Morgen ganz und gar harmlos aus. Wir sahen vom Strand aus eine Gruppe von großen Leuten, die mit Rucksäcken und Fotoapparaten oben am Rand der Klippen unterwegs waren.

Miriam hatte gesagt, von den großen Leuten wären noch nie welche verschwunden.

»Logo«, sagte Sven mit einem gewissen Stolz, »die können ja auch keine Geschichten aus der Ferne erzählen. Das kann nur ein seefahrendes Volk, so wie wir. Ein Volk, das sein Leben lang unterwegs ist.«

»Aber warum hat er die Erwachsenen auch geholt?«, fragte ich. »Reichten ihm die Kinder nicht mehr aus?«

»*Ich* glaube«, meinte Sven, »er hat die Erwachsenen geholt, weil er Angst hatte, dass wir ihm auf die Schliche kommen. Am liebsten hätte er dich und mich geholt, weil er weiß, dass wir ihm am gefährlichsten sind. Kinder haben immer am meisten Fantasie, und deshalb finden sie auch die Sachen heraus, von denen die Erwachsenen glauben, sie könnten gar nicht sein. Aber dich und mich konnte er nicht holen, weil wir die goldene Rinde haben. Also hat er wenigstens alle anderen mitgenommen, die er kriegen konnte.«

»Klingt logisch«, sagte ich.

»Und recht hat er, der Uralte«, sagte Sven. »Hah! Denn wir *werden* ihm auf die Schliche kommen, und wir werden die Kinder zurückholen.«

Allerdings wussten wir noch nicht, wie. Deshalb besuchten wir sie fürs Erste nur.

Sie standen da und winkten uns mit ihren Ästen. Die Sonne ließ ihre goldene Rinde glänzen, und das Laub in ihren Kronen verfärbte sich bereits rot und gelb.

Einer der Bäume hatte eine kleine, rechteckige Wunde, aus der in der Nacht duftendes Harz getropft war. Es tat mir weh, die Wunde anzusehen – aber sie hatte uns gerettet.

Ich gab Sven den Stein mit dem Loch, damit er ihn ans Ohr halten konnte.

Er lächelte.

»Sie sagen, der Uralte schläft«, erklärte er. »Er schläft oft tagsüber, das hat er ihnen selbst erklärt. Nur nachts schleicht er herum, im Schutz der Dunkelheit, und kommt her, um Geschichten aus der Ferne zu hören. –Aber wer ist er?«, fragte Sven die Kinder. »Wie sieht er aus?«

Er lauschte eine Weile.

»Sie wissen es nicht«, sagte er schließlich. »Denk dir nur, Karl, sie wissen es selber nicht. Vielleicht kommt er deshalb immer nur im Schutz der Dunkelheit. Damit sie ihn nicht sehen.«

»Können sie denn sehen?«, fragte ich, und Sven fragte die Kinder.

»Ein Baum«, übersetzte er gleich darauf ihre Antwort, »sieht mit seinen Blättern, mit jedem einzelnen. Im Winter, wenn alle Blätter ausfallen, schlafen die Bäume. Dann sind sie blind, und im Frühjahr erwachen sie wieder, um die ersten Blumen anzusehen.«

»Wie schön«, sagte ich. »Wie im Märchen.«

»Ja«, meinte Sven, »doch jetzt haben wir keine Zeit für Märchen. Wir müssen zu Olafsen. Die Kinder sagen, ihre Eltern sind keine Bäume. So viel hat ihnen der Uralte verraten, weil er stolz darauf ist, die Erwachsenen entführt zu haben. *Wenn ihr wissen wollt, wo eure Eltern sind,* hat der Uralte gesagt, *müsst ihr bloß zu Olafsens Haus gehen, oben auf den Klippen. Aber dort werdet ihr ja leider niemals hinkommen, denn ihr seid Bäume, und auch wenn eure Rinde beinahe golden ist, so könnt ihr doch eure Wurzeln nicht aus der Erde ziehen, um irgendwo hinzugehen.*«

»Aber wir«, sagte ich, »wir können das tun.«

Und so machten wir uns zum zweiten Mal auf den Weg zu Henk Olafsen, hinauf zu den Klippen des Krallenkopfs.

Wir nahmen den anderen Weg wegen der Touristen. Also waren eigentlich die Touristen schuld daran, dass wir fanden, was wir fanden. Aber ich erzähle schon wieder nicht der Reihenfolge nach:

Die Touristen kamen den Weg hinunter, den wir hinaufgehen wollten. Sie waren ziemlich laut, was aber vielleicht daran lag, dass sie große Leute waren.

»Lass uns denen mal lieber nicht begegnen«, sagte Sven.

»Wieso?«, fragte ich. »Die letzten Touristen haben uns in ihrer Tasche mitgenommen, und du hast gesagt, sie wären vollkommen harmlos.«

»Es gibt eben mehrere Sorten von großen Leuten«, beharrte Sven. »Wenn man schon immer winzig ist, spürt man so was.«

So gingen wir erst mal eine Weile am Strand entlang.

»Wir finden später schon einen Weg, um zu Olafsens Haus raufzuklettern«, sagte Sven zuversichtlich.

Zunächst fanden wir nur eine Menge Felsen. Sie lagen am Strand wie große graue Seekühe, die vergessen hatten, wie man sich ins Wasser zurückbewegt, und erst fand ich sie lustig.

Dann waren da immer mehr von ihnen, und schließlich gab es beinahe keinen Sand mehr dazwischen, sodass wir über die Felsen-Seekühe klettern mussten. Das war nicht mehr lustig, sondern sehr mühsam.

»Diese Felsenklopse hätten ruhig woanders herumliegen können«, sagte ich. »Wie wäre es, wenn wir langsam mal nach oben abbiegen würden?«

Wir blieben auf einem Felsen stehen und legten die Köpfe in den Nacken, um hinauf zum Krallenkopf zu blicken. Über uns erhob sich seine Steilküste weiß und beinahe glatt. Die Dornenbüsche wuchsen nur noch vereinzelt in den Ritzen der Klippen, als klammerten sie sich mit aller Kraft fest, um nicht in die Tiefe zu stürzen.

»Hm«, sagte Sven. »Das ist ... etwas steiler, als ich dachte.«

»Vielleicht ist es hinter der nächsten Ecke besser«, sagte ich.

Hinter der nächsten Ecke war es aber nicht besser.

Hinter der nächsten Ecke lag bloß sehr viel Müll.

Der Müll bestand aus großen, kaputten Holzbalken, die das Wasser mit der Zeit glitschig und dunkel gemacht hatte, aus geborstenen, halb vermoderten Brettern und Stücken von algenbewachsenem Tau. Ein halber Plastikeimer und ein kaputtes Paddel hatten sich zwischen den Felsen verklemmt, mehrere verrostete Metallrohre und etwas, das aussah, als wäre es vor sehr, sehr langer Zeit der Schiebegriff eines Kinderwagens gewesen.

Eine große Möwe, die dabei war, zwischen all diesen angespülten Gegenständen Muscheln zu suchen, beäugte uns interessiert von ferne.

»Hoffentlich weiß sie, dass man uns nicht essen kann«, sagte Sven laut, damit es die Möwe hörte. Ich glaubte nicht, dass sie ihn verstand.

»Ich glaube nicht, dass sie ... oh!«, sagte ich, bückte mich nach einer Tonscherbe und vergaß die Möwe. »Sven«, sagte ich feierlich, »wenn wir jetzt genau hier die Wand hinaufklettern, sind wir bei Olafsen vor der Tür. Wetten?«

»Wieso?«, fragte Sven abwesend.

Ich hielt ihm die Tonscherben entgegen. »Da in der Felsenritze liegen noch mehr davon«, sagte ich. »Rate mal, was das hier mal war?«

»Hmm ... was denn?«, murmelte Sven, ohne richtig hinzusehen. Er schien ganz in den Anblick eines glitschigen Balkens vertieft.

»Ein Blumentopf!«, rief ich triumphierend. »Einer der Blumentöpfe, die Olafsen dem Uralten entgegenwirft, wenn er wütend auf ihn ist!«

Ich pulte ein Stück Plastiktüte von der Blumentopfscherbe.

Es war von einem schmutzigen Helllila, und darauf stand: BAB.

Zuerst wollte ich es wegwerfen, aber dann steckte ich es in die Tasche. Ich hatte schon ein Stück Plastiktüte mit merkwürdigen Buchstaben darauf – das, das ich geangelt hatte. Die Farbe erschien mir ähnlich ... Ehe ich weiter darüber nachdenken konnte, sagte Sven langsam:

»Tontöpfe, ja. Aber weißt du, Karl, was das hier *überhaupt alles* ist?«

Ich sah mich um. »Müll?«

»Ja ... nein«, sagte Karl ungeduldig. »Guck doch mal hin! Balken, Taue, rostige Metallstücke ... das sind die Teile eines Wracks, Karl! Irgendwann muss hier an den Klippen ein Schiff zerschollen sein!«

»Zerschollen«, wiederholte ich ehrfürchtig. Und dann sah ich mir den Müll noch einmal genauer an. Sven hatte recht. Plötzlich ergab alles einen Sinn: Die geborstenen Bretter, die zerfaserten Seile ... ich entdeckte sogar ein Teil einer alten Metalltreppe. Nur der Kinderwagengriff passte nicht dazu. Aber vermutlich wurde hier auch anderer Müll angespült. Ich stellte mir vor, wie der Kapitän des zerschollenen Schiffes auf der Eisentreppe gestanden hatte, als alles noch heil gewesen war. Vielleicht hatte er die Hand über die Augen gelegt und übers Meer hinweggesehen und zu seinem ersten Maat gesagt: »Ich glaube, es wird Sturm geben ...«

Und dann hatte es Sturm gegeben, und das Schiff war an den Klippen leckgeschlagen und gesunken, und der Kapitän und der erste Maat und alle anderen Seeleute waren mit dem Namen des Schiffes in den Wogen des aufgewühlten Meeres verschwunden.

Mir wurde ganz schwer ums Herz, und ich musste schlucken.

Da sagte Sven: »Vorsicht!«, und schubste mich zur Seite, und im nächsten Moment streifte mich ein grau-braun gefleckter Flügel. Die Möwe! Ich hatte die Möwe komplett vergessen!

Sie musste uns die ganze Zeit über beobachtet und nun entschieden haben, dass wir doch essbar waren.

Ich sah einen federigen, grau gesprenkelten Wirbel in der Luft, ein grauer Schnabel kam auf uns zu ...

Diesmal duckte ich mich zu spät. Ich spürte, wie mich etwas am Hemdkragen packte und hochhob – im nächsten Moment hing ich in der Luft. Mir fiel ein, dass ich in irgendeinem Sachbuch mal gelesen hatte, die grau-braun gesprenkelten großen Möwen hießen *Raubmöwen.*

»Karl!«, schrie Sven und packte mein Hosenbein.

Und dann hing er auch in der Luft.

So trug uns die Möwe hinauf in den Wind. Meine Haare wehten mir ins Gesicht, und unter mir wurden die Felsen und die Reste des Wracks kleiner und kleiner.

»Kiiii!«, schrie die Möwe triumphierend. »Miii-kiiiiiiiiiee-ehiiiieeeee!«

Ich wusste nicht, was *Kii-mi-kiiie* bedeutete, aber ich konnte mir vorstellen, dass es in etwa hieß: »Was für ein wunderbares Mittagessen!«, und es behagte mir gar nicht.

An meinem Hosenbein hing noch immer Sven, ich spürte sein Gewicht.

Die Möwe flog eine Schleife, und ich fragte mich, ob ich ihre Krallen irgendwie von meinem Kragen lösen könnte. Unter uns erstreckte sich das Meer blau und weit bis zum Horizont, und ich sah die *Maria* als kleinen Punkt auf den Wellen schaukeln. Die Seekuh-Felsen ragten als kleine Punkte am Ufer auf, hart und tief, tief unten.

Da verwarf ich die Idee, mich aus den Krallen der Möwe zu lösen. Es nützt einem ja nichts, nicht gefressen zu werden, wenn man stattdessen auf einem Felsen aufschlägt, nicht wahr? Mein Magen klumpte sich zusammen vor Angst – Angst davor, dass die Möwe uns fallen ließe, und davor, dass sie es nicht täte –, während sie mit uns immer höher und höher in den blauen Himmel hinaufstieg.

»Sie muss irgendwo landen!«, schrie Sven. »Wenn sie uns fressen will, muss sie zuerst irgendwo landen!«

Die Möwe schien ihm Recht zu geben. Vielleicht verstand sie uns ja doch, denn eine Minute später landete sie auf ... ja: auf Olafsens Terrasse.

Sie ließ uns etwas unsanft auf den Steinfußboden fallen – zum Glück nicht aus großer Höhe, aber immerhin. Eine Weile blieb ich benommen liegen. Von irgendwo drinnen im Haus drang ausländische Musik, die mir bekannt vorkam. Dazu dröhnte etwas.

»Ein Staubsauger«, flüsterte Sven.

»Kiiiiiih!«, sagte die Möwe zurechtweisend. Ich wandte meinen Kopf und sah, dass sie vor uns saß und uns mit ihren kleinen schwarzen Knopfaugen kritisch beäugte.

Dann schien sie genug davon zu haben, uns zu beäugen, und ihr grauer Schnabel schoss nach vorne, um uns endlich zu verspeisen.

Aber es kam etwas dazwischen.

Die Terrassentür nämlich öffnete sich, und das Staubsaugergesauge wurde schlagartig lauter. Die Möwe ruckte erschrocken mit dem Kopf.

»He, du!«, rief eine Stimme, die mir genauso bekannt vorkam wie die Musik. »Ja, du, alte Möwe! Komm, komm!«

Und da hüpfte die große, graue, tödliche Möwe tatsächlich auf ihren großen, grauen, tödlichen Krallen zur Tür hinüber.

Ich setzte mich auf.

In der Terrassentür stand Miriam. Sie hielt in einer Hand den langen Rüssel des Staubsaugers, der jetzt hungrig ins Leere saugte, und mit der anderen griff sie in die Tasche ihrer Schürze, um der Möwe eine Hand voll Krümel hinzuwerfen.

»Alter Streuselkuchen«, erklärte Miriam der Möwe. »Man kann diesem Mann ja mitbringen, was immer man will, über seinen alten Seekarten vergisst er doch, es zu essen.«

Sven atmete hörbar aus.

»Das hättest du aber auch nicht gedacht, was«, sagte er. »Dass uns alter Streuselkuchen noch mal das Leben retten würde.«

Wir versteckten uns zwischen zwei leeren Blumentöpfen, von denen Olafsen einen großen Vorrat auf seiner Terrasse hatte, und warteten, bis die Raubmöwe ihren Streuselkuchen aufgepickt hatte. Zum Glück flog sie danach davon. Ihre großen grauen Flügelschläge sahen schwer und satt aus, und sie gab noch ein zufriedenes Kröööööhöö von sich, ehe sie mit einer letzten Schleife im blendend blauen Himmel verschwand.

Vermutlich fand sie, dass sie einen ganz guten Tausch gemacht hatte – zwei quirlige Dinger, die sich bewegten und Ärger machten und die man außerdem noch schälen musste, gegen vorzüglichen Streuselkuchen ...

Als die Möwe weg war, liefen Sven und ich zur Tür hinüber, die einen Spaltbreit offen stand, und zwängten uns hindurch. Eine Weile standen wir lauschend im Zwielicht von Olafsens unordentlichem Wohnzimmer. Das Staubsaugergeräusch war jetzt verstummt. Stattdessen klapperte Miriam in der Küche mit Geschirr und sang ein bisschen falsch zu der ausländischen Musik, die sie sich wohl mitgebracht hatte, damit ihr nicht so langweilig war, wenn sie einmal in der Woche für Olafsen putzte. Was für ein Glück, dachte ich, dass wir genau den Wochentag erwischt haben, an dem sie für ihn putzt. Und was für ein Glück, dass er selbst nicht da ist.

»Vielleicht ist es ja komplett unwichtig für unsere Geschichte«, sagte ich zu Sven, »aber wir sollten sie fragen. Ob sie etwas über das Schiffswrack weiß. Vielleicht hat sie eine Ahnung, seit wann es da liegt oder wem es gehörte, ehe es ein Wrack war.«

Da blieb Sven mitten auf Olafsens Wohnzimmerteppich stehen und drehte sich zu mir um.

»Ja, aber«, fragte er verwundert, »ja, aber bist du denn immer noch nicht draufgekommen?«

»Nein«, sagte ich und versuchte, schneller und schärfer zu denken. Wie gesagt, ich war noch nie ein großer Denker. Und dass man mich hundert Meter senkrecht durch die Luft trägt und versucht, mich aufzufressen, hilft mir auch nicht gerade beim Denken.

»Nein«, wiederholte ich, »auf was denn?«

Da zeigte Sven auf Olafsens Sofa, auf dem zwischen den fadenscheinigen Sofakissen große, aufgerollte Seekarten lagen. Dann zeigte er auf den Schrank, wo wir die Schekel und den Kompass gefunden hatten. Dann zeigte er auf das Bücherregal, wo ein dicker Atlas lag. Und schließlich zeigte er auf die Fenster mit den blauen Vorhängen.

»Ist dir mal aufgefallen«, fragte er, »dass sie rund sind?«

»Du meine Güte«, sagte ich. »Ich dachte die ganze Zeit über, dass irgendetwas komisch ist an diesem Haus. Aber ich war zu abgelenkt von all den anderen Dingen, die dauernd passiert sind. Ja, sie sind rund. Wie merkwürdig.«

»Und ist dir mal aufgefallen, dass die Terrasse vorne spitz zuläuft, wie bei einem ...?«

»Wie bei einem Schiff«, sagte ich. »Das ganze Haus sieht aus wie ein Schiff.« Und endlich, endlich begriff ich.

»Jemand hat es so gebaut wie ein Schiff«, fuhr ich leise fort. »Jemand, dessen eigenes Schiff nicht mehr existiert. Weil es an den Klippen des 12. Kontinents zerbrochen ist. Jemand, der es vermisst, auf einem Schiff zu sein.«

Sven nickte.

»Olafsen«, flüsterte er.

Und da wurde mir ganz schwummerig im Bauch, und ich wusste gar nicht, warum.

Olafsen war ein Seefahrer. Vielleicht war er sogar ein Kapitän. Der erste große Kapitän, den ich kennen lernte. Und ich hatte immer gedacht, alle Kapitäne wären freundlich und gut!

Ich dachte, für heute hätten wir nun wirklich genug Entdeckungen gemacht.

Aber wir machten noch eine Entdeckung.

Wir waren direkt auf dem Weg in die Küche, zu Miriam, und wir wären beinahe dort angekommen. Wenn Sven nicht die gläserne Kiste gesehen hätte, die auf dem Boden vor dem Bücherregal lag.

»Guck bloß mal«, sagte er, »was da liegt. Seemann oder nicht Seemann, dieser Olafsen wirft wirklich alles überall hin.«

Wir näherten uns der Kiste vorsichtig. Sie war so groß, dass man als Winziger bequem hineinkriechen konnte. An einem Ende befand sich ein kleiner, trockener, brauner Gegenstand.

Für winzige Leute wie uns war der Gegenstand natürlich eher mittelgroß.

»Es muss etwas Wertvolles sein«, sagte Sven und drückte sich die Nase an der Scheibe der milchig-durchsichtigen Box platt. »Sonst hätte er es wohl kaum in diese Schachtel getan, ehe er vergessen hat, dass es wertvoll ist, und es achtlos herumliegen ließ. Kannst du es erkennen?«

»Nein«, sagte ich und drückte mir die Nase an der anderen Seite der Schachtel platt. »Es ist flach und braun wie Papier. Aber etwas hockelig. Wie ein Stück Pflanze. Und es hat eine komische Form. So kringelig. Irgendwie ist das Glas zu dick und zu trübe.«

»Es ist gar kein Glas«, meinte Sven. »Es ist Plastik. Lass uns nachsehen, was das braune Ding ist.«

Die Schachtel war an einer Seite offen, und Sven krabbelte auf allen vieren hinein. Ich krabbelte ihm nach. Was wir wohl finden würden? Henk Olafsen schien ja die seltsamsten Dinge zu sammeln.

Sven kam an dem Ende der Schachtel an, wo das trockene braune Etwas lag, und pfiff durch die Zähne.

»So was«, sagte er. »Ob er das auf der Insel gefunden hat? Vielleicht hat er es auf seinem Schiff von weit her mitgebracht und bei dem Schiffbruch gerettet. Aber weshalb sollte er gerade so etwas bei einem Schiffbruch retten ...?«

»Was ist es denn?«, fragte ich. »Nun mach's doch nicht so spannend!«

Dann kam ich bei Sven an.

Das kleine, trockene braune Ding war an sich nichts Erstaunliches, doch es gehörte wirklich nicht auf einen Kontinent, der sich in der Ostsee befand – da hatte Sven recht.

»Ein Seepferdchen!«, sagte ich verwundert.

In diesem Moment knallte hinter uns etwas, und ich zuckte erschrocken zusammen.

Sven und ich drehten uns gleichzeitig um – nach dem Teil der Plastikschachtel, durch den wir hereingekrochen waren.

Wir blickten gegen eine Wand aus milchig-durchsichtigem Plastik.

Diese Wand war eben noch nicht da gewesen.

Aber nun verschloss sie die Plastikbox komplett. Da sah ich auch die Luftlöcher, die sich in der Wand befanden. Und ich sah den Mechanismus aus winzigen Metallfedern, der die Wand hatte zufallen lassen. Den Mechanismus, der es nur von außen erlaubte, sie wieder hochzuklappen. Erst jetzt kam mir das ganze Ding bekannt vor.

»Eine Mausefalle«, wisperte ich heiser. »Es ist eine Mausefalle. So eine, in der man Mäuse lebendig fängt. Wir hatten solche im Kinderheim.«

8. Kapitel,

in welchem wir keine Mäuse sind. Jemand macht Rührei, und der Uralte meldet sich zu Wort. Dann gibt es einen Herbststrauß und ein Seebeben.

Da saßen wir also in einer Mausefalle fest und konnten nicht vor und nicht zurück, und unsere einzige Gesellschaft bestand aus einem alten, vertrockneten Seepferdchen.

»Es ist unsinnig«, sagte Sven, »aber ich kann nicht aufhören, mir vorzustellen, wie das Seepferdchen vor uns in die Falle gegangen ist.«

Mir war nicht nach Lachen. »Und ich kann nicht aufhören, mir vorzustellen, wie Olafsen uns hier findet und was er wohl mit uns macht«, sagte ich.

Danach sagte eine Weile niemand mehr etwas.

Wir saßen nur so da und starrten durch die trübe Scheibe unseres Gefängnisses und brüteten und schwiegen.

Irgendwann hörten wir, wie Olafsen nach Hause kam und mit Miriam sprach.

Dann hörten wir, wie Miriam ging, was man daran merkte, dass die ausländische Musik verstummte und sich draußen ein etwas falsch gesummtes Lied entfernte.

Olafsen lärmte ein wenig in der Küche umher, und ich dachte: Jetzt bringt er alles wieder in Unordnung, was Miriam aufgeräumt hat. Und: Wieso bezahlt er sie fürs Aufräumen, wenn er keine Ordnung *mag*? Und: Vielleicht deswegen. *Damit* er wieder Unordnung machen kann.

Nachdem die Unordnung in der Küche fertig war, kam Olafsen ins Wohnzimmer, um sich nach neuen Feldern für seine Betätigung umzusehen.

»Hmpf«, sagte er und blieb mitten im Raum unschlüssig stehen. »Hmpf.« Dann, verwundert: »Sie geht einen Herbststrauß pflücken. Einen Herbststrauß für das Wohnzimmer. Wieso geht sie einen *Herbststrauß* für das *Wohnzimmer* pflücken?«

Es hörte sich an, als dächte er über ein wirklich wichtiges und unlösbares Problem nach, und beinahe hätte ich doch gelacht.

Doch in diesem Moment drehte sich Olafsen um und ließ seinen Blick über den Fußboden schweifen. Sein Blick war so finster wie immer, sein Bart ungekämmt und seine dichten Augenbrauen in einer Art unterschwelligem Ärger zusammengezogen.

An der Mausefalle blieb der Blick hängen.

»Aaaha«, murmelte Olafsen. »Da ist sie ja.«

Ich machte mich ganz klein und gab mir sehr viel Mühe, unsichtbar auszusehen. Ich dachte sogar darüber nach, die Augen zu schließen, wie man es tut, wenn man vier Jahre alt ist und glaubt, dann würde einen keiner mehr sehen. Doch ehe ich die Augen schließen konnte, sagte Olafsen: »Und was ist *das*?«

Und da wusste ich, dass wir verloren waren.

Eine große Hand kam auf uns zu – groß und mit ziemlich dreckigen Fingernägeln –, und Olafsen hob die Mausefalle hoch, um sie vor sein Gesicht zu halten.

Von Nahem sah sein Gesicht nicht freundlicher aus als von Weitem. Aber unter dem wirren Bart erinnerte es mich an irgendetwas, das mir nicht einfiel. Kannte ich jemanden, der Olafsen ähnlich sah?

»Das sind aber *keine Mäuse*«, sagte Olafsen langsam.

Er stellte die Falle auf den Schreibtisch, setzte sich davor und starrte uns mit einem verwirrten Ausdruck in den Augen an.

»Das sind *überhaupt* keine Mäuse«, wiederholte er.

Sven räusperte sich. »Nein«, bestätigte er.

Olafsen zuckte leicht zusammen. »Die keinen Mäuse können sogar reden«, sagte er verwundert.

»Sicher«, sagte ich schnell – vielleicht ließ er uns vor lauter Verwirrung frei? – »Und wir können noch eine ganze Menge mehr. Und wir sitzen sehr ungerne in Fallen.«

»Ach was«, machte Olafsen, der sich zu fassen schien. »Aber Kompasse klauen, das tut ihr wohl gern, wie? Und anderen Leuten nachspionieren, das gefällt euch wohl auch?«

»Ich, ähm, hm«, sagte ich.

»Hab ich mir doch gedacht, dass man etwas so Neugieriges mit einem dummen trockenen Seepferdchen fangen kann«, sagte Olafsen und sah zufrieden aus.

»Und was haben Sie jetzt mit uns vor?«, erkundigte sich Sven ausgesprochen ruhig und höflich – als säßen wir zusammen beim Tee. Dabei sah ich, wie viel Angst er in Wirklichkeit hatte.

»Das«, sagte Olafsen, lehnte sich zurück und begann, seine Pfeife zu stopfen, »überlege ich mir noch.«

Er stopfte die Pfeife fertig, ohne uns aus den Augen zu lassen.

»Wir, äh, könnten den Kompass zurückgeben«, schlug Sven vor.

Olafsen knurrte.

»Ach, vergiss doch den Kompass«, brummte er. »Was soll ich denn mit einem alten Mini-Kompass? Ich fahre schon seit fast zwölf Jahren nicht mehr zur See.«

»Ich bin auch fast zwölf Jahre nicht zur See gefahren«, sagte ich. »Weil ich nämlich zwölf bin. Aber seit ein paar Wochen fahre ich doch.«

Olafsen nahm einen tiefen Zug aus seiner Pfeife und blies eine eher unordentlich geformte Rauchwolke in die Luft.

»Es interessiert mich herzlich wenig, wie alt du bist«, brummte er. »Allerdings wüsste ich zu gern, was ihr hier auf der Insel tut.«

»Es ist ein Kontinent«, sagten Sven und ich im Chor.

»Ach was«, meinte Olafsen, ungläubig paffend. »Und wie heißt er, bitte?«

»Wir nennen ihn den 12.«, erklärte Sven. »Den 12. Kontinent. Ganz einfach zu merken. Falls man vergesslich ist. Und wir haben«, fügte er bedeutsam hinzu, »hier eine Rechnung zu begleichen.«

»Was du nicht sagst.« Olafsen musterte uns prüfend. »Ihr auch? Ich ... hm ... ich hatte schon beinahe gedacht, ihr wärt eine besonders *kleine* Art von Touristen.«

»Touristen?«

»Oh, man weiß nie – bei Touristen. Es gibt sie in jeder Ausführung. Groß, klein, dick, dünn, dumm, ganz dumm ... ich muss es wissen. Ich führe sie über die Insel.«

»Den Kontinent«, verbesserten Sven und ich automatisch. Meine Angst war beinahe weg. Zumindest schien uns Olafsen nicht direkt den Hals umdrehen zu wollen. Sonst hätte er sich wohl kaum die Mühe zu machen brauchen, sich vorher mit uns zu unterhalten.

»Bitte, führe ich sie eben über den *Kontinent*«, knurrte er, an seiner Pfeife kauend. »Das macht es auch nicht besser. Die meisten können eine Heckenbraunüle nicht von einem Sanddornbusch unterscheiden und halten einen Bernstein für einen Hühnergott.«

»Einen *was*?«, fragte ich.

»Hühnergott. Die Steine mit dem Loch. Ich sammle sie. Früher taten die Leute auf diesen Inseln sie ihren Hühnern ins Nest. Damit sie mehr Eier legten.«

»Die Steine, durch die man den Uralten sprechen hört«, fügte ich unvorsichtig hinzu und erhielt einen kräftigen Tritt mit dem Holzbein.

Olafsen blies einen beinahe runden Kringel und kniff die Augen zusammen wie eine Katze auf der Lauer.

»Ihr habt schon eine Menge herausgefunden«, sagte er. »Wo wir bei Steinen sind – habt *ihr* die neuen Steine in meine

Sammlung gelegt? Die Steine, die nichts sind? Keine Hühnergötter, keine Bernsteine, keine Versteinerungen ...«

»Wieso sollten wir Steine in irgendjemandes Sammlung legen?«, fragte Sven.

»Ja, hm, richtig. Wieso. Im Grunde sind die Steine auch größer als ihr. Aber woher kommen sie?«

Woher, dachte ich, sollten wir das wissen? Doch ich hielt meinen Mund.

»Und was«, fuhr Olafsen fort, »tut ihr hier? Ich meine: in meinem Haus? Ich meine: *außer* Kompasse klauen, Fußspuren hinterlassen und sich aus lauter Dummheit in Mausefallen fangen lassen?«

»Miriam hat gesagt, wenn wir etwas über den 12. Kontinent wissen wollen, sollen wir Olafsen besuchen«, antwortete Sven.

Olafsen blies eine irgendwie verwirrte Wolke – zickzackförmig.

»Soso, Miriam«, meinte er. »Erst hetzt sie mir daumengroße kleine Jungen auf den Hals, und dann geht sie einen Herbststrauß für das Wohnzimmer pflücken.« Er schüttelte den Kopf. »Wieso geht sie einen Herbststrauß für das Wohnzimmer pflücken?«

»Damit das Wohnzimmer schöner wird?«, versuchte Sven.

»Himmel«, Olafsen warf hilflos die Arme in die Luft und verteilte dabei etwas Pfeifenasche auf dem Teppich. »Was interessiert es sie, ob das Wohnzimmer schön ist? Es ist *mein* Wohnzimmer. Es geht sie *überhaupt* nichts an, wie mein Wohnzimmer aussieht. Sie hat es staubzusaugen, das ist alles. Was –«

In diesem Moment unterbrach ihn jemand.

Jemand im Schrank, hinter den Türen im untersten Fach.

»Ihr glaubt wirklich, ihr könnt hier alles besprechen, ohne dass ich es höre«, sagte der Jemand. »Aber da habt ihr euch getäuscht. Ich höre alles, jedes Wort, von Hühnergöttern und Herbststräußen und ... ääh ... und auch Dinge ohne H vorne.«

Die Stimme war tief und grollend – so wie die von Olafsen, nur noch viel, viel tiefer und grollender –, und obgleich die Sache mit dem H lustig war, lachte keiner von uns. Wir starrten alle den Schrank an.

»Ja-haa-ha, wundert euch nur, ihr lächerlichen, kurzlebigen, zweibeinigen Gestalten«, grollte es aus dem Schrank. »Denn ich brauche keine dummen Hühnergötter, um zu euch zu sprechen. Wenn ich es wirklich will, könnt ihr mich immer hören. Nur meistens will ich es nicht.«

»Der Uralte«, wisperte Sven. Aber so weit war ich auch schon.

»Ihr könnt hier nichts tun, ohne dass ich euch lasse. Selbst das Seepferdchen gehört mir.«

»Was gelogen ist«, sagte Olafsen laut und hieb mit der Faust auf den Schreibtisch, dass die Mausefalle mit uns darin einen Sprung machte. »Ich habe es am Strand gefunden. Vor vier Jahren im April.«

»Was wiederum nicht heißt, dass es nicht mir gehört.« Die Stimme wurde ebenfalls etwas lauter, und der Schrank wackelte. Einige Bücher fielen um.

»Hast du es am Strand verloren?«, erkundigte ich mich, damit beide recht haben konnten und es keinen Streit gab.

»Das nun nicht gerade«, grollte der Uralte aus Olafsens Schrank. »Ich habe es vor langer Zeit von weit, weit her mitgebracht und *nie* verloren.«

Es seufzte aus dem Schrank heraus. »Das waren noch Zeiten. Aber so was kann keiner von euch beschränkten Menschen verstehen.«

»Also, jetzt reicht es!« Olafsen war aufgesprungen und ging zum Schrank hinüber.

Ich duckte mich unwillkürlich, als er mit einem Ruck die unteren Türen aufriss.

»Komm raus, wenn du mir mir sprechen willst«, rief er in den Schrank. »Komm raus und zeig dich endlich! Seit zwölf Jahren spielst du Versteck mit mir, und nun ist es genug! Ein für alle Mal!«

Er trat einen Schritt zurück und wartete, die Pfeife im Mundwinkel, die Arme in die Seiten gestemmt.

Doch es gab nichts zu warten. Wir konnten es alle sehen: Der Schrank war leer.

Bis auf ein paar unordentlich darin verteilte Vasen, Löffel und anderes Durcheinander. Ich bezweifelte ernsthaft, dass der Uralte eine Vase war.

»*Wo* bist du?«, rief Olafsen aufgebracht.

»Überall«, antwortete es von draußen. Und: »Nirgendwo«, von unter dem Dielenboden. »Du kannst mich nicht finden, alter Seemann, weil du mich schon gefunden hast. Vor zwölf Jahren.«

»*Was*?«, polterte Olafsen und nahm ein Buch vom Regal, um es zu werfen. Wohin?, fragte ich mich. Nach wem?

»Ich bin deine ewigen Rätsel leid! Zeig mir dein Gesicht, und wir werden sehen, wer der Stärkere ist! Ein bisschen Wetter-Magie und Erdbeben-Hokuspokus schüchtern mich nicht ein!«

»Du kennst mein Gesicht«, erwiderte der Uralte. »So gut, wie ich deines kenne. Jede Falte meines Gesichtes kennst du, dummer alter Seemann. Und ich rate dir eines: Behalte für dich, was du weißt. Schmeiß diese Winzlinge über die Felskante, dorthin, wo die Tontöpfe liegen. Brich ihnen das Genick. Versenke die Mausefalle im Meer. Lass sie im Keller verhungern und verdursten. Zertritt sie unter deinen Schuhsohlen zu Staub. Das ist das Beste, was du tun kannst, falls du willst, dass ich dich hier weiter dulde. Und ich dulde nicht viele, wie du weißt. Ich kann auch dich im Meer versenken.«

Und damit war es plötzlich still. Still auf eine unangenehme Art und Weise.

Wir warteten alle darauf, dass der Uralte noch etwas sagen würde.

Doch es kam nichts mehr.

Ich sah Henk Olafsen an und fragte mich, ob er nun eines der schrecklichen Dinge mit uns anstellen würde, die der Uralte von ihm verlangt hatte. Persönlich hätte ich das Im-Meer-Versenken vorgezogen, um als richtiger Seemann zu sterben.

Na ja – eigentlich würde ich lieber überhaupt nicht sterben. Nicht gleich jetzt. Man soll nichts überstürzen.

Olafsen paffte eine formlose Pfeifenwolke und öffnete die Mausefalle.

Dann beugte er sich zu uns hinunter und sagte durch die Öffnung: »Und jetzt koche ich uns Rührei. Ihr mögt doch Rührei?«

Mein Magen knurrte.

»Sicher«, sagte ich. »Aber – Sie brechen uns nicht das Genick und zertreten uns nicht zu Staub?«

Olafsen grinste durch seinen zerzausten Bart hindurch.

»Ihr glaubt wohl nicht im Ernst, ich würde tun, was der Uralte mir befiehlt?«, flüsterte er. »Da tue ich doch eher das Gegenteil. Und außerdem habe ich Hunger. Guckt nicht so verschreckt. Ich esse keine daumengroßen Kinder. – Außer«, fügte er nach einer Pause hinzu, »ganz selten.«

Aber Sven stieß mich an und wisperte mir zu, das wäre ein Witz und ich sollte es nicht glauben. Ich persönlich war mir nicht so sicher.

Olafsen ging voraus in die Küche, wo er gleich darauf zu pfeifen begann – noch etwas falscher, als Miriam sang. Er pfiff *Wir lagen vor Madagaskar*, was ich erst erkannte, nachdem wir schon lange am Schreibtischbein hinunter auf den Fußboden geklettert waren. Vielleicht irrte ich mich auch, und es war *Yellow submarine* oder die südostwestafrikanische Nationalhymne.

Mit dem Pfeifen drang aus der Küche jetzt der Geruch nach gebratenem Ei.

Als wir dort ankamen, roch es außerdem nach Schnittlauch und nach Oregano und nach Basilikum und nach Pfefferminz und nach Waldmeister.

Olafsen hob uns auf den Tisch, wo das Rührei auf einem großen Teller dampfte.

»Wie riecht es?«, fragte er.

»Ungewöhnlich«, antwortete Sven, was ich sehr diplomatisch fand.

»Ja, es ist ein spezielles Rührei«, erklärte Olafsen zufrieden. »Nämlich eines mit allen Kräutern, die ich auf meiner Fensterbank finden konnte.«

Und er wies stolz auf das grüne Durcheinander aus Töpfen, hinter dem wir uns letztes Mal versteckt hatten.

»Ihr müsst wohl mit den Fingern essen«, meinte er. »Denn ich habe keine Gabeln, die *so* klein sind. Miriam – die hat welche, wetten? Sie hat einen kompletten Schrank voll mit Puppenmöbeln. Verrückt, was?«

Er brummelte noch etwas über Miriam in seinen Bart, das ich nicht verstand, und dann begannen wir, mit den Fingern Rührei mit Küchenkräutern zu essen.

Einerseits machte das großen Spaß, und es schmeckte nicht mal schlecht. Andererseits konnte man sich nicht sicher sein, ob Olafsen uns nicht vergiftete, und sein dunkler Blick unter den dichten Augenbrauen half nicht gerade, diesen Verdacht loszuwerden.

Woran erinnerte mich bloß dieser Blick ...?

Ich wurde nicht schlau aus Henk Olafsen. Einen Moment lang war er freundlich, im nächsten knurrte und blaffte er wie ein böser Hund, und dann tat er wieder Dinge, wie Rührei für einen zu machen.

Als das Ei aufgegessen war – bis auf die Krümel in Olafsens Bart –, flog die Haustür auf, und Miriam wurde mit einem Windstoß hereingepustet.

Sie trug einen gelben Regenmantel und einen riesigen Strauß aus gold- und rotblättrigen Zweigen. Durch den Strauß hindurch sagte sie: »Aber wen haben wir denn *da*?«, und danach kickte sie ihre orangefarbenen Gummistiefel im Flur von den Füßen und kam zu uns in die Küche.

Ich dachte: Wie hübsch sie aussieht mit den vielen bunten Blättern im Arm und ihren strahlenden Herbstaugen, mit dem kurzen zerstrubbelten Haar und sogar in dem unförmigen gelben Regenmantel. Henk Olafsen sah sie ebenfalls so komisch an, und ich überlegte, ob er das Gleiche dachte.

Aber dann räusperte er sich plötzlich und blaffte: »Du brauchst gar nicht so unschuldig zu tun. Ich weiß genau, dass du mir diese beiden hungrigen Mäuler auf den Hals gehetzt hast. Und das«, er nickte zu dem schönen Herbststrauß hin, »ist ein ausgesprochen sinnloses Ding von einem Herbststrauß. Was soll ich damit? Was soll irgend*wer* damit? Draußen im Wald sieht man jeden Tag genug von dem Zeug, ohne dass man es abrupft und ins Haus schleppt.«

Ich fand, dass das eine ausgesprochen unnette Art war, jemanden zu begrüßen, der so hübsch aussah, und ich an Miriams Stelle hätte Olafsen den Strauß ins Gesicht geklatscht und wäre gegangen.

Miriam jedoch lächelte und sagte: »Ich wusste, Sven und Karl und du, ihr würdet euch verstehen. Und ich brauche eine Vase.«

Olafsen verschränkte die Arme vor der breiten Brust.

»Ich habe keine Vasen«, sagte er.

»Doch!«, rief ich. »Ganz unten im Schrank! Wo vorhin die Stimme des Uralten herkam!«

»Pssst«, machten Olafsen und Miriam gleichzeitig. Sie beugten sich über den Tisch wie Verschwörer.

»Hast du ihnen etwas über den Uralten erzählt?«, flüsterte Miriam. »Und über die Insel?«

»Den *Kontinent*«, verbesserte Olafsen. Beinahe konnte man sich einbilden, es lachte ein wenig um seine Augen herum. Aber nur beinahe.

»Nein, noch nicht«, sagte er. »Aber der Uralte war hier ... nun ja, seine Stimme war hier, und er hat mir verboten, irgend*etwas* zu erzählen. Und daher werde ich es tun.«

Er räusperte sich.

»Es ist so«, begann er leise, noch immer verschwörerisch über die Tischplatte gebeugt. »Niemand hat den Uralten je gesehen. Und wenn ich sage niemand, dann meine ich niemand. Nicht einmal ich.

Als ich vor zwölf Jahren hier ankam – ähm, ich kam nicht vollkommen absichtlich hier an. Hört gut zu, denn ich erzähle dies nur einmal.

Mein Schiff geriet in einen fürchterlichen Sturm, mitten im Sommer. Ganz in der Nähe der In..., des 12. Kontinents. Ich hatte schon vieles erlebt, nie jedoch einen so fürchterlichen Sturm. Das Schiff zerbrach an den Klippen, und ich wurde über Bord gespült. Ja, guckt ihr nur. Dies ist keine Abenteuergeschichte, die gut ausgeht und bei der der Held zum Schluss einen Schatz findet.

Ich lag eine Weile am Strand wie eine tote Makrele – einige Tage vermutlich. Als ich aufwachte, war von meinem Schiff nichts mehr übrig als ein paar Planken. Aus den Planken zimmerte ich meine erste Hütte. Zu dieser Zeit begann auch der Uralte, mit mir zu sprechen: Er verlangte Geschichten aus der Ferne. Ich, als Seemann, sagte er, sollte genügend davon kennen. Also erzählte ich ihm meine Geschichten aus der Ferne. Zu Anfang hatte ich große Angst vor ihm und hätte alles getan, was er wollte. Denn wenn ich mich weigerte zu erzählen, gab es einen Sturm oder ein Gewitter oder Dauerregen, oder ein Erdrutsch zerstörte meine Hütte.

Das ist es, was der Uralte tut. Er dreht das Wetter um und macht den Kontinent verrückt. Später fand ich heraus, dass man den Uralten durch die Löcher in den Hühnergöttern belauschen kann, auch wenn er es nicht ahnt. Manchmal, wenn es Abend wird, murmelt er vor sich hin. Führt Selbstgespräche. Wie alle Leute, die zu lange allein waren. Von der Ferne spricht er, und wie er einst dort war. Das Seepferdchen ist nicht das Einzige, was ich gefunden habe.«

Olafsen flüsterte jetzt. »Ich besitze ein paar Versteinerungen, die auch nicht annähernd aus der Nähe kommen können. Pflanzen, die es nur in Australien gibt, zum Beispiel. Ich habe sogar einen Knochen gefunden, von einem Känguru.«

Er sah triumphierend in die Runde.
»Vielleicht war es ein Touristen-Känguru?«, schlug ich vor.
»Unsinn!«, rief Olafsen, vergaß sein verschwörerisches Geflüstere und hieb schon wieder mit der Faust auf den Tisch. »Der Uralte verliert diese Dinge auf dem Krallenkopf und am Strand! Er geht dort spazieren, wenn keiner es sieht! Früher muss er zur See gefahren sein, weiter fort als irgendeiner von uns. Ich kann ihm schon lange keine Geschichten mehr erzählen. Meine Geschichten sind alle. Sie waren zu begrenzt, um ihn auf die Dauer zu unterhalten. Seitdem zerschlägt er meine Gläser. Und ich sage euch eines: Er hat auch mein Schiff zerschmissen. Um mich zu sich auf den Krallenkopf zu holen. Ich würde meine gesamten Seekarten darauf verwetten.«
»Warum ziehen Sie nicht weg?«, fragte Sven. »Aufs Festland?«
»Ich ziehe nicht weg«, antwortete Olafsen mit einem Anflug von Feierlichkeit in der Stimme, »bis ich ihn habe. Bis ich ihn in den Fingern habe und die Erdbeben und Stürme und Gewitter mit bloßen Händen aus ihm herausquetsche. Für alles, was er in meinem Leben kaputtgemacht hat.«
Und er zerquetschte die Luft in seinen Fingern, dass es mich grauste.
»Vielleicht können wir ihn zusammen fangen«, sagte Sven vorsichtig. »Er hat auch unsere Leute geholt, damit sie ihm Geschichten erzählen. Er hat die Kinder in Bäume verwandelt, und die Erwachsenen sind einfach verschwunden ...«
In diesem Moment erscholl draußen ein lautes Grollen, und ein ungutes Gefühl machte sich in mir breit.
»Man sollte aus dem Fenster sehen«, sagte ich. »Aus einem Fenster, das aufs Meer hinaus geht.«
Das Küchenfenster zeigte nur den Wald und seine errötenden Blätter, und so stürzten wir alle ins Wohnzimmer. Das heißt: Miriam pflückte uns vom Tisch und trug uns zu der großen Terrassentür, und Olafsen folgte.
Auf dem Meer tobte das Grollen, das wir gehört hatten.

»Du meine Güte«, sagte Miriam.

Das ganze Meer um den 12. Kontinent herum hatte sich in eine einzige, zerklüftete Wellenlandschlaft verwandelt.

Und während wir noch starrten, griff das Grollen aufs Land über. Der Wohnzimmerfußboden zitterte unter uns. Eine Teetasse fiel vom Schreibtisch und zerbrach.

»Das war die letzte!«, schrie Olafsen und fuchtelte wild in der Luft herum. »Die letzte Teetasse! Das wirst du mir büßen! Extrabüßen wirst du mir das!«

»Ich habe dich gewarnt«, sagte die tiefe Stimme des Uralten aus den Resten der zerbrochenen Tasse heraus. »Sag nicht, ich hätte dich nicht gewarnt.«

Danach sagte die Stimme nichts mehr, und es gab nur noch das Zittern und Beben um uns.

Im nahen Wald hörte ich einen Baum brechen und fallen.

Eine Vogelfamilie flog ängstlich kreischend aus den Ästen auf und suchte Schutz in der blauen Luft.

Miriam hielt sich an Olafsen fest, um nicht von den Füßen gerissen zu werden, und Olafsen hielt sich in Ermangelung einer anderen greifbaren Sache an Miriam fest.

Ich schrie.

Sven schrie auch. Aber Sven schrie etwas Sinnvolles: »Das Schiff!«, schrie er. »Die Wellen – es wird sich losreißen und an den Klippen leckschlagen! Das können die Taue nicht aushalten!«

Da landeten Miriam und Olafsen beide auf dem Teppich – man sollte sich bei Erdbeben besser nicht *aneinander* festhalten. Wir landeten auf Miriam, und der Uralte schüttelte uns gemeinsam fürchterlich durcheinander. Schließlich rappelte Miriam sich mühsam auf, sammelte Sven und mich ein und hangelte sich am Regal entlang zur Tür. Das Regal war zum Glück an der Wand festgeschraubt, verlor jedoch seine Bücher.

»Wo willst du hin?«, schrie Olafsen vom Teppich aus.

»Erstens: ins Freie, falls das Haus umfällt«, antwortete Miriam. »Wohin du übrigens auch gehen solltest. Zweitens: das Schiff retten.«

»Das Schiff? Welches Schiff?«

Olafsen kam auf die Beine und tastete sich hinter Miriam durch seine Vordertür.

Die Erde hörte allmählich auf zu beben. Sie zitterte noch einmal und schwieg.

»Svens und Karls Schiff«, sagte Miriam, stieg in ihre orangefarbenen Gummistiefel und hob ihr Rad vom Boden auf. »Falls die Taue gerissen sind.«

»Du ... du bist verrückt!«, rief Olafsen, als Miriam sich auf den Sattel schwang. »Es kann jeden Augenblick wieder anfangen! Ich ... ich spüre es förmlich! Der Uralte ist noch nicht zufrieden!«

»Umso mehr sollten wir uns beeilen«, verkündete Miriam. Und dann begann die wildeste Fahrradfahrt meines Lebens – nicht im Entferntesten zu vergleichen mit unserer nächtlichen Fahrt auf dem roten Puppenfahrrad.

Denn kaum hatten wir an Geschwindigkeit gewonnen, da fing der 12. Kontinent tatsächlich abermals an zu zittern – genau, wie Olafsen es vorausgesagt hatte. Sven und ich saßen links und rechts in den Taschen von Miriams gelber Windjacke, wo sie uns in der Eile hineingestopft hatte. Ich hielt mich oben am Rand der Tasche fest und steckte meinen Kopf hinaus – und einmal konnte ich um Miriams Rücken herum sehen, dass Sven das Gleiche tat. Am Rand der Tasche war ein schwarzes Gummiband zum Zuziehen angenäht, das etwas störte, aber na ja.

Henk Olafsen stand noch eine Weile vor seinem Haus und fuchtelte wild in der Luft herum und schrie, dass Miriam wahnsinnig wäre und dass er das schon immer gewusst habe, und wer denn sein Haus staubsaugen sollte, wenn sie sich im Wald von einem umfallenden Baum erschlagen ließe. Und zum Schluss, als wir ihn schon kaum mehr hörten, schrie er, dass sie doch zum Teufel gehen solle, wohin sie offenbar sowieso unterwegs war. Und dass es ihm überhaupt ganz und gar egal wäre, was ... und den Rest hörten wir wirklich nicht mehr.

Es war ein Wunder, wie Miriam auf dem Fahrrad das Gleichgewicht hielt. Die Erde benahm sich wie die Oberfläche eines schrecklich ängstlichen Wackelpuddings. Sie schüttelte sich nicht mehr so, wie sie es beim ersten Beben getan hatte, aber sie hielt auch nicht still. Es war, als liefe es dem gesamten Krallenkopf kalt den Nacken hinunter.

Das Rad geriet immer wieder ins Schleudern, und jedes Mal dachte ich: Jetzt fallen wir, und schloss vorsichtshalber die Augen. Doch wenn ich sie wieder öffnete, fuhren wir noch genauso aufrecht den Waldweg entlang wie zuvor.

Einmal stieg Miriam ab, weil ein dicker Ast quer über dem Weg lag.

»Warte!«, rief ich. »Wir helfen dir, das Fahrrad darüberzuheben!«

»Ach, danke«, sagte Miriam. »Es geht gerade so.«

Aber nachdem sie das Rad auf die andere Seite gehievt hatte, blieb sie stehen und schirmte die Augen mit der Hand ab. »Könnt ihr euer Schiff sehen?«, fragte sie.

Ich kniff die Augen zusammen. Der Weg verlief hier am Rand der Klippen entlang, und unter uns schüttelte sich das Meer in kurzen Abständen wie ein nasser Hund.

»Dort!«, rief Sven. »Die Taue halten noch! Sie halt ...«

In genau diesem Moment hob eine große Welle die *Maria* hoch, höher, noch höher ... zu hoch. Und das Tau, das ihr Heck hielt – jenes Tau, das dem ersten, schlimmsten Ansturm des Seebebens so tapfer standgehalten hatte –, riss. Mir war, als könnte ich den durchdringenden Knall, mit dem die letzten Fasern gesprengt wurden, bis zu uns herauf hören.

Die *Maria* tanzte nun nur noch an der Vorleine befestigt auf dem bebenden Wasser. Mein schönes, stolzes Schiff tanzte auf den Wogen einen unfreiwilligen und verzweifelten Tanz.

Ich sah, wie die tobenden Wellen über das Deck rollten und an den Aufbauten leckten, sah, wie sich die *Maria* auf eine Seite legte, dann auf die andere ... Ich sah ihr Ende kommen.

Und mit ihm das Ende ihrer letzten beiden Besatzungsmitglieder – ihrer grünäugigen, wagemutigen Kapitänin und ihres rotbärtigen Schiffskochs.

»Neeeeeeeeeeeeeeein!«, schrie ich, und die rote Wut stieg wieder in mir empor.

Ich hielt mir die Ohren zu und schrie noch einmal: »Nein – nein – neeeeeeeeeeeeeeein!«

Alle waren verwandelt worden oder verschwunden: Olafsens Schiff war gesunken, das schönste aller winzigen roten Fahrräder war weg, und die letzte Teetasse war in tausend Scherben zerbrochen. Und nun sollte also auch noch die *Maria* zerbrechen, wie eine Teetasse, und Svens Eltern sollten mit ihr untergehen.

Und an allem war nur der Uralte schuld. Der Uralte und seine unkontrollierten Wutanfälle.

Denn genau das war es, was er hatte: Wutanfälle. Rote, zerstörerische, böse Wutanfälle.

Ich ballte die Fäuste, während ich weiter »Neeeein!« brüllte. Mir reichte es!

Oh, wie es mir reichte.

Jetzt würde der Uralte mal einen 1-a-Wutanfall von Karl Sonntag erleben.

Miriam stieg wieder aufs Fahrrad und fuhr den Rest des Krallenkopfes so schnell hinunter, wie sie konnte. Aber ich wusste nicht, ob es schnell genug war.

Ich saß in ihrer Jackentasche und sammelte die Wut in mir, bis sie so stark war, dass ich hätte platzen können. Am Strand warf Miriam das Rad einfach in den Sand und ging schnurstracks aufs Wasser zu.

Die *Maria* war endlos weit weg. Sie tanzte noch immer an ihrer Vorleine auf und ab, und ich sah, wie Fred sich an der Reling festklammerte.

»Beeil dich!«, schrie Sven.

Ich schrie nichts. Ich sammelte noch mehr Wut.

Miriam watete ins Meer, ohne Stiefel oder Strümpfe auszuziehen.

Sie schnappte nach Luft vor Kälte und fluchte leise.

Ich fluchte nicht. Ich sammelte noch mehr Wut.

»Fred!«, rief Sven, die Hände an den Mund gelegt. »Halt durch! Wir koooommeeeen!«

Ich rief nichts. Ich sammelte noch mehr Wut ...

Und schließlich waren wir ganz nahe bei der *Maria*, und Miriam streckte die Hände nach dem Schiff aus. Das Wasser stand ihr bis zur Hüfte, und sie schwankte leicht, weil der Seeboden schwankte.

Fred sah uns und schrie auch etwas, aber ich verstand es nicht. Er sah erleichtert aus. Doch seine Erleichterung war verfrüht.

Miriam bekam das tanzende Schiff nicht zu fassen.

Es entglitt ihr wieder und wieder – eine Welle nach der anderen entriss es ihren Händen.

Da nahm ich all meine rote Wut und zielte mit ihr wie mit einem Pfeil.

Ich hatte zuvor nicht gewusst, dass man das mit Wut tun kann.

Aber es ging. Die Wut wurde zu einer Idee. Ich packte das schwarze Jackentaschenband, hielt mich mit beiden Händen daran fest und wartete, bis sich das schaukelnde Deck des Schiffs ungefähr unter mir befand.

Dann sprang ich.

Die Chance, das Deck zu treffen, betrug ungefähr eins zu einundfünfzig.

Doch da war die Wut.

Sie ließ mich sicher auf den Planken der *Maria* landen. Sie ließ mich über das rutschige Deck krabbeln wie ein großer Käfer, und obwohl mir schwindelig wurde von den Wellen, die der Uralte machte, trug mich meine geballte Wut bis zum Großmast, wo ich das schwarze Gummiband festknotete. Sven hatte mir ein paar Segelknoten beigebracht, doch in diesem Moment hatte ich sie vor Aufregung alle vergessen. Es war die Wut, die mich einen gänzlich neuen, wundervollen Knoten erfinden ließ. Ich zog ihn fest, und er hielt, und das war genug. Nun war die *Maria* unlösbar mit Miriams Regenmantel verbunden.

Ich hörte einen überraschten Aufschrei von irgendwo über mir, doch ich hatte keine Zeit, mich darum zu kümmern. Jemand musste die Vorleine kappen. Fred hing noch immer an der Reling, und ein kurzer Blick überzeugte mich davon, dass er sie nicht kappen würde.

Er war ganz grün im Gesicht und sah so aus, als könnte er sich gerade so festhalten.

Ich jedoch, ich hatte meine Wut, und sie begleitete mich zur Spitze des Bugs. In meiner Tasche war kein Messer. Doch da war der Hühnergott, der Stein mit dem Loch. Und er hatte nicht nur ein Loch, sondern auch eine ordentlich scharfe Kante.

Meine Wut schnitt das dicke Tau mit nichts weiter durch als mit einem Stein – und da war selbst ich beeindruckt von mir.

Kurz darauf zog Miriam das Schiff an dem schwarzen Gummiband vorsichtig zu sich heran, und wenige Sekunden später hob sie es in die Luft empor.

Da tat meine Wut noch eine letzte Sache:

Sie fand Alma. Ohne die Wut hätte ich sie sicher übersehen, denn da waren nur ihre Hände. Ihre Hände, die sich an der Reling festkrallten. Die restliche Alma hing außen.

In dem Moment, in dem Miriam das Schiff aus dem Wasser hob und ich die Hände entdeckte, ließ eine davon los.

»Almaaaa!«, schrie ich, und während der Uralte noch einmal wütend mit einer letzten Welle warf, ließ mich die Wut zu Alma fliegen ... na ja, *beinahe* fliegen, und ich packte ihre Hand und zog Alma zurück an Bord.

Das war, als die Wut aufhörte. Nachdem Alma an Bord war, war sie verbraucht.

Einfach komplett aufgebraucht.

Jene letzte Welle leckte hungrig empor, stieg in die Höhe – und obwohl Miriam das Schiff bereits in den Händen hielt, packte mich das Wasser mit Macht. Ich versuchte, mich zu wehren – mich irgendwo festzuklammern –, doch all meine Kraft war weg.

Die Welle trug mich über die Reling, schleuderte mich in die Luft, umgab mich mit glitzernder, kalter Regenbogengischt und ließ mich danach ins Meer fallen, als bräuchte sie mich nicht mehr.

Und sie *brauchte* mich nicht mehr.

Der Uralte hatte bewiesen, dass es am Ende trotz allem eine schlechte Idee war, sich ihm zu widersetzen.

Ich, Karl Sonntag, war ein hilfloses Stück Abfall, ein Stück Strandgut, und die See nahm mich auf, um mich irgendwo anzuspülen. Im Durcheinander aus Wasser und Kälte und oben und unten sah ich nichts mehr als das Durcheinander selbst – keine Miriam, kein Schiff, keinen Sven und keine Alma. Ich sank in einen stillen, erschöpften, wässrigen Schlaf, dort inmitten der Wellen, und das Letzte, was ich dachte, war:

Ich habe die Kapitänin der *Maria* gerettet. Zum ersten Mal habe ich meine Wut zu etwas Sinnvollem benutzt, und ich habe die Kapitänin gerettet. Vielleicht war das genug. Vielleicht bin ich dazu hergekommen.

9. *Kapitel,*

in welchem ich auf jemandem lande. Ich finde noch mehr Plastikabfall und wundere mich. Olafsen fasst einen Entschluss, und zur Abwechslung bekommt einmal Sven einen Wutanfall.

Als ich die Augen aufschlug, war der Himmel über mir blau und voller weißer Möwen. Die Sonne stand noch nicht hoch – es musste früher Morgen sein.

Ein kalter Wind strich über mich hinweg, doch der Felsen, auf dem ich lag, fühlte sich warm an, als hätte die Herbstsonne seit ihrem Aufgehen aus dem einzigen Grund darauf geschienen, ihn für mich aufzuheizen. Ich fragte mich, ob es so wohl gewesen war, als die Wellen Henk Olafsen vor zwölf Jahren angespült hatten.

Offenbar waren meine Arme und Beine unverändert dort, wo sie hingehörten. Ich fühlte mich ein wenig zerschlagen, aber wirklich nur ein wenig. Vorsichtig setzte ich mich auf und sah mich um. Über mir ragte der Krallenkopf auf.

Es war also der 12. Kontinent. Einen Moment lang hatte ich befürchtet, ich wäre vielleicht an einem verkehrten Kontinent angespült worden. Vermutlich war die Auswahl an Kontinenten in der Nähe jedoch begrenzt.

Ich legte mich auf den Bauch und beschloss, noch eine Weile hierzubleiben, weil der Felsen so schön warm war. Direkt vor mir, in einer Felsritze, hatte sich ein Stück Müll verfangen, angespült wie ich selbst – mit dem Unterschied, dass es schon seit einer Ewigkeit dort festgeklemmt zu sein schien. Ich zog es heraus. Es war nichts weiter als ein blasslila Plastikfetzen, und darauf stand: ELN EXTRA SAUGFÄHIG

Wie bitte? Wie konnte denn Plastik – selbst blasslilafarbenes – saugfähig sein?

Es sei denn, dachte ich – es sei denn, es war etwas Saugfähiges in dem lila Plastik verpackt gewesen. Plötzlich wurde ich ganz aufgeregt. Ich besaß schon zwei Stücke lila Plastiktüte! Nervös suchte ich in meinen Taschen ... ja, da waren sie.

ELN EXTRA SAUGFÄHIG – IES BESTE WIND – BAB legte ich auf den warmen Felsen. Es sah falsch aus, und ich musste an die Diktate denken, bei denen auch immer alles falsch ausgesehen hatte.

BAB – EL EXTRA SAUGFÄHIG – IES BESTE WIND?

Unsinn.

Beinahe hätte ich die Plastikfetzen zusammengeknüllt und ins Meer geworfen. Doch dann ließ ich es. Ich war jetzt ein anderer Karl Sonntag – keiner mehr, der gleich alles zusammenknüllte und hinschmiss. Kein Schulkarl, der sich von anderen sagen lassen musste, wie man KAPITENSMÜZE schrieb. Jetzt war ich ein Seemann, der mit seiner Wut Leute rettete und unbekannte Knoten erfand.

Ich klemmte meine Zunge zwischen die Zähne, dachte angestrengt nach und verschob die Plastikfetzen noch einmal.

BABIES BESTE WINDELN – EXTRA SAUGFÄHIG.

Ich atmete langsam aus.

Dann musste ich lachen. Was war denn das?

Jemand hatte vor langer Zeit eine Windelpackung ins Meer geworfen – schön. Oder, bitte sehr, bei einem Schiffbruch verloren. Wundervoll. Und was brachte *mir* das?

Ich seufzte und schmiegte mein Gesicht nachdenklich an den warmen Felsen. Wer würde eine Windelpackung bei einem Schiffbruch verlieren?

»Einer, der ein Baby an Bord hat, nehme ich an«, sagte jemand in der Nähe.

Ich fuhr herum. Es war niemand da.

Aber plötzlich war mir, als bewegte sich der Felsen unter mir. Seltsam – es war, als würde er sich langsam und gleichmäßig heben und senken.

Als *atmete* er.

Ich legte mein Ohr an den Stein, und die Stimme sagte: »Nicht, dass du glaubst, ich könnte dich denken hören. Du hast gemurmelt.«

»Gemurmelt?«

»Über die Windeln.«

»*Windeln*?« Die Tatsache, dass der Felsen zu mir sprach, hatte mich die Windeln komplett vergessen lassen. »Ach so«, sagte ich nach einer Weile. »Die *Windeln.*«

Der warme Stein hob und senkte sich weiter unter mir – es war kaum zu spüren. Außer man lag direkt darauf.

»Wer bist du?«, flüsterte ich.

Der Felsen schüttelte sich leicht, als würde er lachen.

»Denk mal scharf nach, Karl Sonntag.«

Ich dachte scharf nach.

»Der ... Uralte?«, fragte ich vorsichtig.

»Topp«, sagte die Stimme.

»Und du – du machst, dass der Felsen sich auf und ab bewegt«, sagte ich. »Und sich schüttelt, und dass das Meer Wellen wirft ... aber *wo bist du*?«

»Noch schärfer.«

»Wie?«

»Du musst *noch* schärfer nachdenken, Karl Sonntag.«

Ich dachte noch schärfer nach. Ich dachte so scharf nach, dass es beinahe wehtat im Kopf. Unter mir atmete der 12. Kontinent.

Der 12. Kontinent atmete.

»Das Seepferdchen gehört mir«, hatte der Uralte gesagt.

»*Und ich dachte, ich hätte es am Strand gefunden*«, hörte ich Olafsen wieder entgegnen. Die Stimme des Uralten, die von überall kommen konnte ... diese Erdbeben, die er auslöste, wenn er wütend wurde ...

»Du bist ... unter mir«, flüsterte ich. »Du bist ... überall. Du bist der 12. Kontinent. Ist es ... ist das wahr?«

Eine Zeit lang schwieg die Stimme. Dann seufzte sie, und das Seufzen lief durch den Felsen, lief als sanfte Brise durch die Heide, lief durch den Krallenkopf und bog seine bunten Herbstblätter in leiser Schwermut.

»Es ist wahr«, antwortete der Uralte. »Ich bin der 12. Kontinent. Es wurde Zeit, dass jemand es endlich herausfindet. Nach 800 Jahren wurde es Zeit. Ich bin der Geheimnisse müde.«

»Ich ... ich dachte mir so was beinahe. Wegen der Wutanfälle. Sie sind wie meine.«

»Ja.«

»Weswegen kriegst du sie?«, fragte ich. Seltsam, ich verspürte überhaupt keine Angst.

Der Uralte war ein bisschen wie Olafsen, fand ich. Mal so, mal so. Gerade jetzt schien er komplett vergessen zu haben, dass er gestern noch befohlen hatte, mich im Keller verhungern zu lassen oder zu Staub zu zertreten.

»Wie wäre es, wenn du anfängst?«, fragte er. »Weshalb wirst *du* wütend?«

Ich überlegte. »Zu Anfang war es, weil ich so allein war«, antwortete ich. »Mein bester Freund ist weggezogen, weit weg, und alleine war die Schule furchtbar, und ... und dann hat es sich irgendwie selbstständig gemacht mit meinen Wutanfällen.«

»Da siehst du's«, sagte der Uralte. »So ähnlich war es bei mir auch.«

»Dein bester Freund ist weggezogen?«, fragte ich ungläubig. Ich konnte mir nicht vorstellen, wer der beste Freund eines Kontinents sein sollte ... oder wie er es anstellen sollte, einfach so wegzuziehen.

»*Ich*«, sagte der Uralte. »*Ich* bin weggezogen. Aber das war nicht das Problem. Das Problem war, dass ich nicht zurückkonnte.«

»Wieso?«, fragte ich verwirrt. »Wohin?«

Wieder seufzte der Uralte. Über das Meer lief eine Reihe kleiner Seufzerwellen.

»Willst du wirklich die ganze Geschichte hören?«

»Na, sicher«, rief ich. »Deshalb bin ich doch hergekommen.«

Das war zwar etwas übertrieben, denn immerhin hatte ich vor nicht allzu langer Zeit noch gedacht, es hätte mich hierher verschlagen, um die Kapitänin der Winzigen zu retten ...

Aber vielleicht war ich ein Multifunktions-Karl, und dann konnte ich auch ebenso gut dem Uralten zuhören.

»Also schön«, begann der Uralte. »Ich bin ein Wanderkontinent. Alle Kontinente wandern, das hast du sicher in Erdkunde gelernt?«

»Hm«, sagte ich vage.

»Aber ich«, fuhr der Uralte fort, »bin ein schnell wandernder Kontinent. Je kleiner der Kontinent ist, desto schneller wandert er. Logisch, dass ich schnell wandere, oder? So winzig, wie ich bin. Für einen *Kontinent.* Früher war ich ständig unterwegs. Eine Zeit über war ich mit Australien befreundet, und ich habe ihm versprochen, wiederzukommen. Ich habe Dinge gesehen, die du dir niemals ausdenken kannst, und war in Fernen, die kein Mensch jemals erblickt hat, nicht einmal ein so weit gereister Seemann wie diese Alma. Aber dann geschah das Unglück.«

Der Uralte schwieg eine Weile, als müsste er sich sammeln, um das zu erzählen, was geschehen war.

»Es ist ungefähr 800 Jahre her«, sagte er schließlich. »Ich kam vom Pazifik her – mit etwas uralter Kontinental-Magie, denn damals gab es den Nordostseekanal noch nicht. Ich wollte nicht lange bleiben – vielleicht hundert Jahre, gerade lange genug, um ein paar Kiefern anzusäen und etwas Bernstein zu versteinern, was damals in dieser Ecke der Ostsee alle Inseln taten. Irgendwie war es Mode. Eines Tages jedoch ... lief ich auf.«

»Du ... liefst auf? Wie ein Schiff?«

»Ich fürchte, genau so. Die Ostsee ist fürchterlich flach hier, wenn man Meere wie den Indischen Ozean gewohnt ist. Ich versuchte, mich durch ein Erdbeben freizurütteln, doch es funktionierte nicht. Und das Schlimmste ist: Ich muss auf etwas Spitzem aufgelaufen sein. Einem Felsen unter Wasser oder so. Jedes Mal, wenn ich mich kräftiger bewege, tut es weh. Vielleicht hätte ich mich längst befreien können, wenn es nicht so wehtäte. Vielleicht ist es sogar nur ein ganz kleiner Felsen. Aber es nützt nichts. Ich bin an der Unterseite so empfindlich. Kein Mensch kann sich vorstellen, wie empfindlich ein Kontinent an seiner Unterseite ist. Und so sitze ich fest. Seit beinahe einem Jahrtausend.

Wie ich die Ferne vermisse. Die weite, große See. Die Stürme ... nicht diese mickrigen, die ich selber machen kann. Die richtigen, bei denen der ganze Himmel wackelt. Und die fremden Länder. Die Gerüche. Die Farben der Wolken ...«

»Deshalb«, sagte ich, »hast du die Kinder verwandelt.«

»Oh, die Geschichten der Kinder sind wunderbar! Viel wunderbarer als die von Olafsen. Eins sage ich dir: Was immer ihr tut, ich gebe die Kinder nicht wieder her!«

»Wo sind die Erwachsenen?«

»Hah!« Der Felsen unter mir bebte. Beinahe wäre ich ins Wasser gerutscht.

»Jetzt glaubst du wohl, ich verrate dir *alles*, wie?«

»Hm, ja«, sagte ich ehrlich.

»Da irrst du dich«, grollte der Uralte. Seine Stimme war eine gesamte Oktave tiefer gerutscht. »Da irrst du dich gewaltig.«

»Krieg jetzt keinen Wutanfall!«, beeilte ich mich zu sagen. »Es ist eine Weile genug mit Erdrutschen und Seebeben. Sonst fällst du eines Tages noch komplett auseinander!«

»*Meinst* du?«, fragte der Uralte erstaunt.

»Allerdings«, sagte ich fest. »Ich bin mir sogar sicher. Und hör mal ... ich habe eine Idee.«

Ich war selbst ganz verblüfft. Aber ganz plötzlich waren mir die Wale eingefallen.

»Wenn wir es irgendwie schaffen könnten, dich abzulaufen ... also, wo du doch aufgelaufen bist ...«, erklärte ich atemlos. »Weil, bei Walen machen sie das auch so, im Fernsehen. Alle Leute helfen und schieben ... oder so ... und graben den Strand auf ... und zum Schluss sind die Wale wieder frei und schwimmen weg – und wer weiß, vielleicht kann man das mit nicht gar so großen Kontinenten auch machen?«

»Auch wenn ich der kleinste Kontinent der Erde bin«, antwortete der Uralte traurig, »glaube ich nicht, dass man genug Leute finden wird, um mich zurück ins tiefe Wasser zu schieben. So viele Leute gibt es auf der ganzen Welt nicht.«

Damit verfiel er in tiefes Schweigen – so tief wie das tiefe Wasser, in das er nicht mehr zurückkonnte.

Ich kramte den Hühnergott hervor und hielt ihn an mein Ohr – aber der Uralte schwieg nicht nur mir gegenüber; er schwieg wirklich.

Vielleicht, überlegte ich, dachte er nach. Über die Wale.

»Aber nein«, flüsterte ich. »Es ist ja gar nicht so wie bei den Walen.«

Ich hatte mich in meinem Eifer geirrt! Der 12. Kontinent war nicht einfach im Flachen aufgelaufen. Er war *auf einen spitzen Stein aufgelaufen.*

Wenn es nur gelänge – irgendwie –, den Stein zu entfernen, könnte er sich selbst aus dem Schlickbett der Ostsee ruckeln und wieder wandern.

Meine Hände wurden ganz feucht vor Aufregung. Ich stand auf und sah über das Wasser, das jetzt still und friedlich dalag, und ich stellte mir vor, wie ein riesiges Schiff mit einer Unzahl großer, starker, wundervoller Maschinen an Bord über das Meer herankam. Ein Schiff mit einem hohen, schlanken, blau gestrichenen Kran und einer Felsensäge und einem gewaltigen Bagger, dessen metallene Riesenschaufel im Sonnenlicht glänzte – ungeduldig, den Boden der See aufzubaggern. Und ein überdimensionaler Pressluftbohrer würde dabei sein, vielleicht in Gelb, und eine Kiste mit Sprengstoff, und Motoren, so stark wie 20 Mercedesse.

Und ein Team von Tauchern mit Sauerstofftanks auf dem Rücken und automatischen Harpunen – nur für alle Fälle –, alle in schicken Trikots, rot und blau, so ähnlich wie Spiderman. Und sie alle bräuchten mich, Karl Sonntag, damit ich ihnen zeigte, wo der spitze Felsen lag. Vielleicht ließen sie mich sogar den Kran steuern. Es würde nach Maschinenöl riechen und nach viel abenteuerlicher, technischer Kraft, und ich würde den Tauchern und dem Kapitän und allen Bagger- und Kranführern zeigen, wo ...

Wo lag der Felsen?

Der Geruch nach Maschinenöl und Abenteuer schwand aus meiner Nase.

Ich war noch nicht bereit für das riesige Schiff.

Ich hatte noch eine Menge zu tun.

»Jawoll«, sagte ich laut zum Meer, das stumm zu warten schien, »und damit werde ich *jetzt sofort* anfangen.«

Dann drehte ich mich um und rannte über den sonnig glatten Felsen an Land und auf den Krallenkopf zu.

Die goldenen Bäume standen still im Wald und schienen wie stets aufs Meer hinauszusehen. Jetzt, bei Tage, regten sie ihre Zweige kaum – es war, als wären sie mit dem Sonnenaufgang erstarrt, mitten in der Bewegung, die Äste noch immer nach der See hin ausgestreckt, sehnsuchtsvoll.

Der Herbst hatte ihre Blätter gefärbt, seit ich sie zum letzten Mal besucht hatte: Nun waren sie golden von Kopf bis Fuß, gleißend schön im frühen Morgenlicht. Doch mein Herz wurde schwer, als ich sie so reglos dastehen sah, und mit einem Mal wusste ich nicht mehr, ob mein Plan gelingen würde.

Das riesige Schiff mit den Kränen und den Tauchern und den Baggern verblasste plötzlich.

Woher sollte es kommen? Wo eben noch so viel Hoffnung in meinem Herzen gewesen war, klaffte jetzt ein Loch, genau wie in einem Hühnergott.

Ich trat an den ersten Baum heran und sah, dass es der mit der Wunde im Stamm war. In meiner Tasche ruhte noch immer das Stück Rinde. Wie oft hatte es mich wohl schon vor der wütenden Magie des Uralten bewahrt?

Ich streckte die Hand aus und legte meine Finger auf die verharzte Narbe des Baumes; ganz vorsichtig. Jetzt wusste ich, dass es die kleine Wanja war, das jüngste der verwandelten Kinder, Linas Tochter. Es war ein merkwürdiges Gefühl, das zu wissen.

»Ich bin gekommen, um euch etwas zu erzählen«, flüsterte ich.

Dann nahm ich die Hand von der Wunde des Baumes, zippte den Reißverschluss meiner Tasche auf und holte meinen Hühnergott heraus, um ihn ans Ohr zu halten.

Ich hörte ein leises Schnarchen. Sonst nichts.

»Wieso schläft der Uralte mitten am Tag?«, wisperte ich.

Die Bäume erhoben ihre Äste und rauschten eine Antwort mit ihren goldenen Herbstblättern.

»Er schläft immer, nachdem er einen Wutanfall hatte«, rauschten sie. »Das macht ihn müde. Aber sage uns: Was ist geschehen? Der letzte Wutanfall war gestern Nachmittag. Gestern, als die Erde zitterte und die See bebte an den Küsten des 12. Kontintents. Es ist zu lange her ...«

Ich dachte nach. Langsam bekam ich Übung im Nachdenken.

»Nein«, flüsterte ich – um den Uralten nicht aufzuwecken. »Er hatte noch einen Wutanfall. Heute Morgen. Gerade eben. Meinetwegen.«

»Aber der Boden hat nicht gebebt«, rauschten die Bäume verwundert. »Und es gab keinen Erdrutsch und keinen Sturm.«

»Das kommt«, sagte ich, »weil ich ihn gewarnt habe, dass er womöglich eines Tages auseinanderfällt, wenn er so weitermacht. Es war ein innerer Wutanfall. Und die Wut hinunterzuschlucken ist viel anstrengender, als sie herauszulassen, das könnt ihr mir mal glauben. Er wird wohl eine stattliche Weile schlafen.«

Und ein Stückchen von meiner Hoffnung kehrte zurück.

»Ich weiß *alles*«, flüsterte ich stolz. »Ich weiß, wer der Uralte ist.«

Da beugten die goldenen Bäume ihre goldenen Äste so weit zu mir herab, wie sie irgend konnten, und ihre goldenen Blätter kitzelten meinen Nacken.

»*Wer?*«, wisperten sie aufgeregt durcheinander. »*Wer ist er? Wie sieht er aus? Woher ist er gekommen, und wohin wird er gehen? Weshalb hat er uns verwandelt? Können wir je wieder Kinder werden? Wie viel Uhr ist es?*«

»Pssst«, zischte ich. »Ihr weckt ihn noch auf.«

Die Bäume raschelten erschrocken, und ich wartete, bis sie ganz still waren.

»Ihr steht auf ihm«, sagte ich in ihr erwartungsvolles Schweigen. »Und ich auch. Der Uralte ist der 12. Kontinent. Und er hat sich in irgendetwas festgefahren. Äh. In etwas Spitzem. Alles, was er seit 800 Jahren will, ist, wieder in die Ferne zu schwimmen. Denn er ist ein Wanderkontinent, und er vermisst die Ferne. Deshalb hat er euch verwandelt. Deshalb will er, dass ihr ihm Geschichten von euren Reisen erzählt. Und deshalb muss ich herausfinden, an welcher Stelle der spitze Stein liegt. Könnt ihr mir sagen, von wo die meisten Erdbeben ausgehen?«

Ein Raunen und Wispern lief durch die Blätter – es war, als steckten die Bäume die Köpfe zusammen, um zu beraten.

Schließlich flüsterte der verwundete Baum mit der Stimme der kleinen Wanja: »Die Beben beginnen fast immer auf der anderen Seite des Krallenkopfes: der Seite gegenüber von Olafsens Haus. Deshalb führt der Küstenrundweg die Touristen vorher zurück ins Landesinnere. Kein Vogel nistet dort, und kein Tier baut seine Höhle. Denn dort bebt die Erde am häufigsten, und die Felsen zittern auch an Tagen, an denen wir hier drüben gar nichts davon merken. So erzählen es die Möwen, die über den ganzen Kontinent fliegen, und so berichten es die Schwalben, die in der Felsenwand auf dieser Seite nisten, und so könntest du es auch von Henk Olafsen hören, der sein Motorboot dort liegen hat, gut vertäut gegen die Stürme und Seebeben.«

»Olafsen hat ... ein Boot?«, fragte ich erstaunt. »Auf der Seite des Krallenkopfes, auf die nicht einmal Wege führen?«

»Auch das wissen wir von den Möwen«, erwiderten die Bäume. »Er fährt hinaus aufs Meer, um zu fischen. Dort, wo niemand ihn stört. Aber vielleicht hat es auch einen anderen Grund? Vielleicht liegt sein Boot am Ort der meisten Erdbeben, weil er ebenfalls hofft, irgendwann – endlich – etwas herauszufinden?«

»Oder vielleicht«, murmelte ich, »*hat* er schon etwas herausgefunden. Etwas, von dem er selbst nicht weiß, dass es wichtig ist. Vielleicht weiß er, von welcher Stelle es unter Wasser zu*aller*allererst bebt? Vielleicht kennt er sogar den Stein, auf dem der Kontinent festsitzt? Falls man über Wasser etwas von ihm sieht.«

»Wer weiß?«, rauschten die Bäume. »Wer weiß? Geh zu ihm! Frag ihn!«

»Worauf ihr euch verlassen könnt«, antwortete ich. Und dann ging ich los.

Das Rauschen der Bäume hinter mir wurde leiser und leiser, und als ich mich nach einer Weile umdrehte und zurücksah, da waren sie nur noch ein goldener Fleck im herbstbunten Wald.

Bald, bald werden sie wieder Kinder sein, dachte ich. Winzige, quirlige Kinder, die in den Masten der *Maria* herumturnen und die Kombüse mit ihrem hellen, goldenen Lachen füllen.

Wenn es gelingt. Wenn es nur gelingt.

Der Weg zu Olafsens Haus war weit.

Ohne Fahrrad und ohne Sven war er so weit wie nur irgendetwas auf der Welt. Meine Füße begannen wehzutun, und mein Magen knurrte: Ich hatte mal wieder ziemlich lange nichts gegessen.

Ob Olafsen Rühreier mit Waldmeistergeschmack gemacht hatte, wenn ich ankam? Oder womöglich hatte er sich gerade einen Kakao mit Salz gekocht und goss mir etwas davon in ein Schnapsglas?

Von Weitem hörte ich Miriams fremdländische Musik aus Olafsens Haus dringen und freute mich.

Als ich näher kam, hörte ich Olafsen sehr laut reden und wunderte mich.

Als ich noch etwas näher kam, hörte ich, dass ihm niemand antwortete, und ich begann, mir Sorgen zu machen. Miriams Fahrrad war nicht da, die Haustür und drei Fenster standen weit offen, und Olafsens Schritte lärmten zusammen mit seiner Stimme durchs Haus wie ein unruhiger Hund.

Etwas stimmte nicht. Mit *wem* sprach Olafsen? Ich blieb vorsichtig im Schatten einer violetten Aster stehen, holte meinen Hühnergott hervor und lauschte durch sein Loch.

Der Uralte schlief nicht mehr.

Er summte ein Lied vor sich hin, in dem Madagaskar und die Pest vorkamen sowie ein Schifferklavier – und er war mit den Gedanken offenbar weit weg. Oder jedenfalls nicht bei Olafsen.

Ich steckte den Stein wieder ein und kletterte über die Türschwelle. Dann schlich ich ins Wohnzimmer. Hier war die Musik beinahe ohrenbetäubend laut.

»... ein für alle Mal!«, rief Olafsen gerade. »Schluss damit! Schluss! Und Zeit wird es, so viel steht fest!«

Er stand mitten im Zimmer, ohne mich zu bemerken, und zu seinen Füßen waren mindestens ein Dutzend gerollter und verschnürter Karten verstreut. Seekarten, das wusste ich inzwischen. Auf seinem Schreibtisch lag ein halb gefüllter, großer Wanderrucksack, und Teile des Bücherregals waren leer geräumt. Aus dem Rucksack ragten eine Kaffeekanne und ein Pfannenstiel.

»Ich war lange genug der Kapitän!«, grollte Olafsen. »Der Kapitän eines gesunkenen Schiffs. Der Kapitän eines nutzlosen Hauses. Der Kapitän einer Insel, auf der ein Geist umgeht, der sinnlose Erdbeben verursacht. Und der Kapitän einer ertrunkenen Vergangenheit! Aber nun ist es genug damit. Ich habe zu lange gewartet. Zwölf Jahre! Hah. Ich bin alt geworden, und natürlich ist es Schwachsinn, darauf zu warten, dass ...«

Er verstummte jäh, bückte sich und griff ins unterste Regalfach. Ich beobachtete gebannt, wie er den ausgestopften, staubigen Vogel beiseite räumte und die Ledermappe hervorholte, auf der das Federvieh gestanden hatte.

Danach öffnete er den Reißverschluss der Mappe, nahm etwas heraus, das aussah wie ein Reisepass, besah es sich kurz – und steckte es zurück. Er verschloss die Mappe wieder, packte sie mit beiden Händen und stürmte ohne Vorwarnung hinaus auf die schiffsbugartige Terrasse.

Als er ganz vorne angekommen war, hob er die Arme über den Kopf ...

Ich hielt den Atem an, wie man das in solchen Situationen so tut.

Es sah ganz danach aus, als wollte der Kapitän die Ledermappe hinunter ins Meer schleudern. Vielleicht, dachte ich, landet sie auch nur zwischen den zerschmissenen Blumentöpfen. In diesem Fall könnte ich mir später ansehen, ob wirklich ein Pass darin war oder womöglich noch etwas anderes ...

Doch Olafsen schleuderte die Mappe überhaupt nirgendwohin.

Das Telefon klingelte nämlich.

Er hielt inne, ließ die Arme sinken und sah sich verwirrt um. Das Telefon klingelte noch einmal. Olafsen knurrte laut.

Doch als es zum dritten Mal klingelte, ging er mit großen Schritten an mir vorbei in die Küche – die Mappe unter den Arm geklemmt –, und ich hörte, wie er mit einem Klicken den Hörer abnahm.

»Ja?«, blaffte er.

Ich schlich ihm nach in die Küche. Die Mappe lag jetzt auf dem Tisch.

»Wie?«, sagte Olafsen in den Hörer. »Ja. Ja, natürlich ist hier Henk – wer sollte sonst hier sein? – Was? Mich anständig melden? Falls es das Touristenbüro ... was geht es *dich* an, wie ich mich am Telefon melde? Was *willst* du?«

Er lauschte eine Weile in den Hörer.

»Fischen? Wann ich das nächste Mal fi... ist das wichtig? ... Kannst du den frischen Fisch nicht einfach von der Speisekarte nehmen? Die Saison ist sowieso fast vorbei ... Gruppen-Anmeldung? *Übermorgen*? Jetzt, kurz vor Ende der Saison? ... Du meine Güte, das ist mir doch egal, was du mir für den blöden Fisch zahlst. Darum geht es nicht. ... Gut. Gut, ich werde ihn für dich fangen. ... Ja ... Nein, es macht verdammt noch mal gar keine Umstände. Nein. ... Wie? Die Musik?«

Er nahm den Hörer vom Ohr und horchte, als hätte er die Musik eben erst bemerkt.

»Ziemlich *laut*? Hm. Vielleicht. ... Ja, das ist deine. Mir war gerade so. ... Ja, mit mir ist alles in Ordnung. Wieso sollte mit mir etwas nicht in Ordnung sein, nur weil ich ausländische Musik höre? Du tust es die ganze *Zeit*!«

Es war Miriam; jetzt war ich mir sicher.

Nein!, wollte ich schreien, damit sie es hörte. Es ist ganz bestimmt etwas nicht in Ordnung! Aber ich schwieg. Ohnehin wäre die Musik zu laut gewesen.

»Hör mal, wo du gerade in der Leitung bist«, sagte Olafsen. »Die Fähre geht um eins, oder? ... Nicht? ... Oh. Mein Fahrplan ist womöglich etwas alt. ... Wie alt? Hm. Elf oder zwölf Jahre, schätze ich. ... Um sechs Uhr abends? *Erst?* Na ja, gut zu wissen ... Ach, nur für ein paar Besorgungen aufs Festland. Wieso sollte ich nicht für ein paar Besorgungen aufs Festland fahren? Bloß, weil ich es seit ein paar Jahren nicht getan habe? ... Ja, ich weiß, dass du seit damals meine Einkäufe erledigst. Ich werde eben selbstständig. Finde dich damit ab. Den Fisch bringe ich nachher vorbei.«

Er knallte den Hörer auf die Gabel und blieb eine Weile schwer atmend in der Küche stehen.

»Und ich kann dir auch sagen«, meinte er schließlich, als wäre Miriam noch am Telefon, »womit ich deine Fische *füttere.*«

Mit grimmigem Gesicht klopfte er auf die Ledermappe.

Inzwischen platzte ich fast vor Neugier.

Wenn wirklich Olafsens Pass in der Mappe war – weshalb wollte er ihn ins Meer werfen? *Was war los?* Worauf hatte er so lange vergeblich gewartet? Weshalb beschloss er plötzlich, den 12. Kontinent zu verlassen?

Denn eines stand fest: Es sah nicht so aus, als würde Henk Olafsen nur einen kurzen Ausflug aufs Festland unternehmen, um Besorgungen zu machen.

Henk Olafsen, der Kapitän, zog aus.

»Hallo ... äh«, sagte ich, und, um die Musik zu übertönen, lauter: »*Tag, Olafsen.*«

Olafsen sah sich suchend in der Küche um.

»Hier unten!«, rief ich. »Ich bin neben dem Tischbein!«

Als mich der Blick unter den buschigen Brauen traf, dachte ich wieder, dass mich Olafsens Gesicht an jemanden erinnerte, aber mir fiel nach wie vor nicht ein, an wen.

»Was willst du?«, fragte Olafsen.

Er klang unerfreut.

»Ich ... äh ... war nur gerade in der Gegend«, sagte ich und merkte, dass sich das bescheuert anhörte. »Und ich habe noch nicht gefrühstückt«, fügte ich schnell hinzu.

»Und *ich* habe keine Zeit«, knurrte Olafsen.

Er ging ins Wohnzimmer, steckte die Ledermappe in den großen Reiserucksack und kehrte in die Küche zurück, um dort in den Schubladen zu wühlen.

»Du bist ja immer noch hier«, sagte er, als sein Blick wieder auf mich fiel.

Er seufzte und holte einen Schokoladenkeks aus einer Packung, die er im Küchenschrank fand.

»Hier«, meinte er und reichte den Keks zu mir hinunter. »Das sollte als Frühstück für dich reichen. Und jetzt verschwinde. Ich habe zu tun, das siehst du doch, oder?«

»*Was* tust du denn?«, fragte ich.

Da hob Olafsen mich hoch, setzte mich vor die Haustür und schloss sie.

»Halt«, rief ich. »Warte! Ich muss dir etwas sagen! Der Uralte ist ...«

Doch die Tür blieb zu. Durch die offenen Fenster drang noch immer Miriams zu laute ausländische Musik, und Henk Olafsen, der Exkapitän, schien mein Rufen nicht zu hören.

Oder er wollte es nicht hören.

So drehte ich mich schließlich um und wanderte davon, den Schokokeks unter dem Arm. Ich wanderte den Krallenkopf hinunter, in Richtung Hafen. In Richtung Miriams Café. Miriam, entsann ich mich, hatte das Schiff gerettet – und Fred und Alma und Sven.

Ich musste Sven finden.

Während ich diesmal durch den Wald ging, fragte ich mich, ob der 12. Kontinent wirklich einen Kopf besaß, und ob dies der Krallenkopf war, und ob der Kontinent in diesem Fall auch Füße hatte und einen Bauch.

Es war doch komisch, einen Weg entlangzugehen, der sich eventuell auf dem Rücken von jemandem befand oder auf seinem Hals.

Der Schokokeks stärkte mich, doch der Weg zu Miriams Haus erschien mir unendlich weit, und das war er auch. Viel weiter noch als der Weg zu Olafsens Haus am Morgen. Ich musste nicht nur durch den Herbstwald wandern und den Krallenkopf hinunter, sondern den ganzen langen, schmalen Kontinent entlang bis zu seinem anderen Ende, wo sich der Hafen befand ...

Daher nahm ich ein Schaf.

Ich hätte einen Touristen genommen, aber es war gerade keiner da, und das Schaf *war* da. Es stand am Wegesrand, zusammen mit einem Freund, und sah aus, als dächte es nach. Es sah vermutlich nur so aus. Ich kletterte an seinem linken Vorderbein hinauf, setzte mich zwischen seine Ohren und sagte laut: »GERADEAUS.«

Ich weiß nicht, ob das Schaf mich verstand.

Womöglich glaubte es, GERADEAUS wäre sein eigener Gedanke – jedenfalls blökte es dem anderen Schaf zu und ging dorthin, nach Geradeaus, und eine halbe Stunde später standen wir am Hafen: das Schaf und ich.

Außer uns war niemand da. Die Saison war wohl wirklich bald zu Ende, der Steg lag verlassen, und das Fährenschild wackelte ein wenig im Wind. Eine merkwürdige Traurigkeit überkam mich, wie ich so alleine am Hafen auf meinem Schaf saß. Alles schien an einem Ende angelangt zu sein. Olafsen würde mit der Sechs-Uhr-Fähre für immer verschwinden, und niemand würde mehr Touristen über den Kontinent führen, um ihnen den Unterschied zwischen einer Heckenbraunüle und einem Sanddornbusch zu erklären.

Und Miriams Café kam mir mit einem Mal klein und verlassen vor, als wüsste es bereits, dass es in Kürze keinen frischen Fisch mehr auf der Speisekarte haben würde.

Ich schüttelte mich. »Unsinn«, sagte ich zu mir selbst. »Nichts endet! Alles fängt an! Wir sind auf dem besten Weg, den 12. Kontinent zu befreien! Und überhaupt: Warum sollte ich wegen *Olafsen* traurig sein? Ausgerechnet wegen diesem brummeligen, grummeligen, knurrenden Kapitän?«

Ich kletterte von dem Schaf und ging auf die blaue Tür zu.

Das Schaf sah mir nach. In seinen sanften Augen stand eine gewisse Verwirrung darüber, dass es sich an einem leeren Hafen befand.

»Ich habe hier zu tun«, erklärte ich ihm. »Geh zurück zu dem anderen Schaf in die Heide.«

Da drehte es sich um und trottete von dannen.

Die blaue Tür stand einen Spaltbreit offen wie stets.

Im Café war niemand. Nur leise Musik. Diesmal klang sie französisch.

Aus dem Garten aber drangen Stimmen, und dort fand ich ein merkwürdiges Bild: Die *Maria* schaukelte im Sonnenschein zwischen den Seerosen auf Miriams kleinem Teich. Miriam selbst lag auf dem Bauch davor im Gras und linste durch einen alten, klobigen Fotoapparat.

Ab und zu drückte sie einen silbernen Knopf herunter und drehte vorne an dem Gerät herum und schimpfte, dass sicherlich alles unscharf wäre. Alma schimpfte vom Schiff aus, dass jemand alle Taue durcheinandergebracht hätte. Fred stand in der Takelage und rief, er wäre nun mal Koch und kein Matrose, und er habe keine Ahnung, wo eigentlich was wie zusammengehöre, und sie solle doch alleine aufräumen.

Auf der Reling aber saß Sven und sah stumm hinab ins Wasser. Ich bemerkte, dass sein Holzbein fehlte und dass er nicht glücklich aussah.

Überhaupt lag über allem eine gewisse Spannung. Selbst die Seerosenblätter schienen nervös auf der Oberfläche des Teichs zu zittern.

Dabei schien doch die Sonne, und alles war so friedlich: Die gerettete *Maria*, der Garten, in dem die Herbstblumen blühten, der blaue Himmel und die Spatzen, die in den Beeten auf und ab stolzierten. Die letzten Äpfel an den niedrig hängenden Ästen glänzten reif und rot, und ein paar späte Hummeln summten ohne Eile umher.

Mich beschlich das seltsame Gefühl, dass die nervöse Gesellschaft am Teich von Olafsens Auszug wusste. Ja, das musste es sein – sie hatten irgendwie erfahren, dass der Kapitän plante fortzugehen, und sie waren darüber genauso entsetzt wie ich. Nur, dass sie versuchten, es durch unkontrollierten Arbeitseifer zu überspielen.

Ich räusperte mich.

Gar nicht laut.

Aber alle hörten sofort auf, das zu tun, was sie gerade taten, und fuhren herum und starrten mich mit offenen Mündern an, als wäre ich ein Geist.

Fred wäre beinahe aus der Takelage gekippt.

»Äh, hallo«, sagte ich etwas verunsichert. »Tja, wie geht's denn so?«

Sven erholte sich als Erster von dem Schock, den mein Auftauchen offenbar ausgelöst hatte, und klappte den Mund zu. Dann klappte er ihn wieder auf und rief: »Karl!«

»Mir scheint, der bin ich, ja«, bestätigte ich.

Da legte Miriam die Kamera weg, pflückte mich vom Rasen und drückte mich an sich wie ein wiedergefundenes Kätzchen.

»Karl!«, rief sie. »Wo warst du nur? Wir haben dich die halbe Nacht gesucht und den kompletten Morgen, und ... und wir dachten, du wärst ertrunken!«

»Mm–m–mpf«, sagte ich, weil sie mich zu sehr in ihren Hemdstoff drückte, und schließlich, nachdem sie mich ein wenig losgelassen hatte: »Wieso denn ertrunken?«

»Weil du verflixt noch mal im Meer abhanden gekommen bist!«, rief Fred, der aus der Takelage hinuntergeklettert war. Miriam stellte mich auf das Vorderdeck der *Maria*, damit auch Fred mich fast erdrücken konnte, wobei sein roter Bart meine Stirn kitzelte.

Ich protestierte, woraufhin Alma Fred half, mich zu zerquetschen.

»Wo *hast* du bloß die ganze Zeit gesteckt?«, fragte sie ein ums andere Mal. »Die Wellen haben dich mitgenommen, und wir konnten dich nicht wiederfinden.«

»Ich bin angespült worden«, erklärte ich, als sie mich endlich freiließen, und schüttelte mich. Vom Umarmen wird man so zerknautscht, wenn man es nicht gewohnt ist. »Wie es sich für einen ordentlichen Schiffbrüchigen gehört. Und ich habe tausend Dinge herausgefunden – ich weiß, wer der Uralte ist, und der Kapitän wandert aus, glaube ich, und die Kinder können vielleicht wieder Kinder werden, wenn wir nur unter Wasser den spitzen Felsen finden, und jemand hat vor der Küste eine Packung *Babies beste Windeln, extra saugfähig* verloren, und –«

»Moment«, unterbrach Sven, der als Einziger zum Glück davon abgesehen hatte, mich an sich zu drücken. Dafür lehnte er auf seinem einen Bein an der Reling und strahlte über das ganze Gesicht, als hätte er noch nie etwas so Schönes gesehen wie einen Karl Sonntag.

»Wie wäre es«, meinte er, »wenn du der *Reihe* nach erzählst?«

»Das war noch nie meine Stärke«, gab ich zu.

Da kochte Fred Seerosenblatt-Tee in der Kombüse, wo das Geschirr aus Blech war und daher Sturm-und-Seebeben-fest, und Miriam bekam den Teetopf, um daraus zu trinken, und schließlich erzählte ich doch alles beinahe der Reihe nach.

»Und Olafsen hat mir nicht zugehört«, schloss ich. »Und deshalb weiß ich nicht, ob *er* weiß, welcher Felsen den Kontinent pikt ... jedenfalls müssen wir tauchen.«

»Tauchen?«, fragten alle außer Sven gleichzeitig und gleichermaßen zweifelnd.

Aber alle außer Sven waren ja auch Erwachsene.

»Klar«, sagte ich. »Sven und ich. Und zwar möglichst bald.«

»Das Wasser ist viel zu kalt«, sagte Miriam.

»So tief könnt ihr gar nicht tauchen«, sagte Alma.

»Und woher wollen wir dieses riesige Schiff voller Bagger und Kräne und Motoren kriegen?«, fragte Fred.

»Immerhin brauchen wir die Profi-Taucher in den Spiderman-Anzügen nicht mehr«, wandte Sven ein, »wenn wir selber tauchen.«

»Dein Holzbein«, sagte Alma, und Fred nickte ernst. »Dein Holzbein ist seit der Schiffsrettungsaktion weg, Sven. Schon vergessen?«

Sven verschränkte die Arme vor der Brust und blitzte seine Eltern an.

»*Nein*, das habe ich *nicht* vergessen«, antwortete er langsam. »*Und?*«

»Das war das Ersatzbein, wie du weißt. Es geht nicht so schnell, ein neues zu schnitzen«, sagte Fred.

»*Und?*«

»Und du kannst unmöglich ohne Holzbein bis zum anderen Ende des Kontinents kommen und dann auch noch tauchen«, erklärte Alma ruhig. Ihr Tonfall ließ keinen Widerspruch zu.

Weshalb Sven widersprach. »Das ist wohl der größte Unsinn«, sagte er, »den ich in meinem ganzen Leben gehört habe. Ihr wollt nur nicht, dass wir tauchen gehen, weil ihr selber nämlich zu feige seid, um mitzukommen. Und außerdem bin ich nicht *behindert* oder so. Ich habe lediglich ein dummes Stück Holz verloren. Dieses kann ich nicht, jenes kann ich nicht, in die Takelage klettern darf ich nicht, Nachtwanderungen machen darf ich nicht – glaubt ihr denn, ich wäre *bescheuert*?«

Er hatte sich ganz heiß geredet, und ich sah seine Wangen glühen.

»Sven«, sagte Fred beschwichtigend.

Aber Sven wollte nicht beschwichtigt werden.

»Quatsch!«, rief er und hangelte sich an der Reling entlang in Richtung Gangway. »Alles Quatsch! Kein Mensch braucht zwei Beine zum Tauchen! Kein Mensch braucht zwei Beine für irgendwas! Ihr seid nur so überbesorgt, weil ihr ein schlechtes Gewissen habt. Weil *ihr* schuld seid an dem Holzbein! So ist es doch, oder? *Oder?*«

Fred und Alma schwiegen betroffen.

»Und um auf einem Gepäckträger zu sitzen, braucht man ja wohl ober-überhaupt keine zwei Beine!«, schrie Sven wütend. »Und dann tue ich nämlich einmal etwas Sinnvolles und tauche, und dann müsst ihr nämlich *zugeben*, dass ich nicht zu nichts nutze bin, nur weil mir ein Stück Bein fehlt!«

»Fahrrad?«, fragte ich zaghaft. »Was denn für ein Fahrrad?«

Sven drehte sich zu mir um. »Das rote«, sagte er. »Das von Miriams Puppen. Es ist wieder da. Und es ist repariert worden. Von irgendjemandem. Es stand heute Morgen vor Miriams Tür. Lass uns gehen.«

10. Kapitel,

in welchem zu unserer Verwunderung altes Metall vorkommt. Es gibt keine Seeungeheuer, und Olafsen fängt einen merkwürdigen Fisch. Schließlich gehe ich mal wieder verloren.

Das Fahrrad war tatsächlich wieder da.

Rot und glänzend und fast wie neu stand es in Miriams Küche unten im Regal neben einem Mixer, der so groß war, dass ich unwillkürlich vor seinen Mixerquirlen zurückwich. Obwohl er gar nicht eingesteckt war.

Unsere Schritte hallten auf dem kahlen Fliesenboden. Die Musik war ausgegangen. Sicherlich lag das daran, dass die Kassette zu Ende war, doch es wirkte so, als würde das ganze Café voll Spannung darauf warten, was geschah. Ob wir wirklich auf das rote Fahrrad stiegen.

Keiner der Erwachsenen war uns nachgekommen.

»Die glauben, wir sind so feige wie sie«, flüsterte Sven in die gespannte Stille der Küche. »Die glauben, wir machen das sowieso nicht! Hah! Und dass ich zurückkomme und brav dableibe, das glauben sie, so wie ich es bis jetzt immer getan habe! Aber diesmal haben sie sich geirrt!«

Er stützte sich auf meine Schulter und keuchte vor Anstrengung und vor Wut, und beinahe war er mir ein wenig unheimlich.

»Bist du dir sicher, dass du –«, begann ich.

Sven fuhr zu mir herum wie eine alarmierte Schlange.

»Fang du nicht auch noch an!«, zischte er. »Glaubst du etwa auch, ich könnte nichts machen, nur weil dieser Riesenhai mein Bein abgebissen hat?«

»Ich dachte, es war ein Seeungeheuer?«, sagte ich.

»Pfft«, machte Sven wegwerfend. »Seeungeheuer, Riesenhai – ist doch alles das Gleiche. Können wir jetzt *losfahren*?«

»Sicher«, sagte ich schnell. Und ich dachte: So ist das also für die anderen, wenn man einen Wutanfall hat – so als Mensch, nicht als Kontinent. Dennoch: beeindruckend.

Wir stiegen auf das rote Fahrrad – ich vorne und Sven hinten. Dann fuhren wir los – mitten durch die Küche, über den glänzenden Fliesenboden, vorbei an den Regalschubladen und der Kuchentheke. An der Schwelle bei der Haustür mussten wir noch einmal anhalten, um das Rad darüber zu heben. Und weil ich so stark bin, hob ich es ganz alleine hinüber, samt Sven auf dem Gepäckträger, ehe er protestieren konnte.

Und so machten wir uns mal wieder auf den Weg zum Krallenkopf. Zu jener selten besuchten anderen Seite des Krallenkopfes, wo nur Henk Olafsen manchmal mit seinem Motorboot zum Fischen hinausfuhr.

Ich hatte kein gutes Gefühl dabei, Fred und Alma und Miriam einfach so ohne ein Wort zurückzulassen. Aber Sven war schließlich mein Freund, nicht wahr?

Wie ungünstig, dachte ich, in einen Familienstreit hineinzugeraten. Beinahe konnte es einem praktisch erscheinen, wenn man gar keine Familie hatte.

»Du musst dir keine Sorgen machen«, sagte Sven, als hätte er mich denken hören. »Wenn wir heil zurückkommen, werden sie dermaßen erleichtert sein, dass sie komplett vergessen, sauer zu sein. Lass sie sich ruhig erst mal eine Weile Sorgen machen.«

»Schön«, sagte ich und überholte das Schaf, das auch auf dem Weg entlangtrottete. »Schön, aber *kommen* wir heil zurück?«

»Wir wollen doch bloß ein bisschen tauchen«, meinte Sven leichthin.

»Ein bisschen sehr tief und ein bisschen sehr lange«, sagte ich. »Und in ein bisschen sehr kaltem Wasser. Und wer weiß, was einem da unten so alles begegnet? Riesenhaie oder Seeungeheuer oder ...«

»Es gibt keine Seeungeheuer«, sagte Sven fest. »Und Riesenhaie gibt es in der Ostsee auch nicht.«

»Aber du hast mir doch selbst erzählt, ein Riesenhai hätte dein Bein gefressen.«

»Das war eine Lüge«, erklärte Sven.

»Wo ... wo ist es denn geblieben? Das Bein?«

»Seeräuber«, antwortete er knapp. »Auf einer ihrer Beutefahrten haben sie uns in einen Kampf verwickelt. Es war ein sauberer Beilhieb.«

»Oh«, sagte ich.

Danach sagten wir beide nichts mehr, bis wir die Stelle erreichten, an der der Weg in den Wald führte und der Krallenkopf sich erhob.

Sven wollte offenbar nicht über die Seeräuber reden, und ich dachte darüber nach, was für ein unglaublich abenteuerliches Leben er doch führte: ein Leben voller Gefahren und Risiken und ... voller Seeräuber.

Nicht zu vergleichen mit der Schule und den Apfelbäumen im ruhigen, sonnenbeschienenen Garten des Kinderheims.

Als der Weg nach links abbog, bogen wir nach rechts ab. Eine Weile gab es noch einen Trampelpfad, den wohl die Rehe oder die Füchse getrampelt hatten, oder ein paar verirrte Schafe. Doch irgendwann hörte auch der Trampelpfad auf. Ich stieg ab und schob das Fahrrad mit Sven darauf, bis das Dornengestrüpp zu dicht wurde.

Da lehnten wir das Rad an eine Wurzel, und Sven suchte sich einen Gehstock, weil er sich nicht dauernd von mir stützen lassen wollte.

»Jetzt siehst du aus wie einer dieser alten Adeligen in einem Kinofilm«, bemerkte ich. »Geheimnisvoll und umweht von einem Hauch Tragik. Gar nicht schlecht.«

»Für winzige Leute gibt es keine Kinofilme«, sagte Sven und seufzte. »Wir haben ein paar Mal versucht, uns in ein Kino zu schmuggeln. Aber es war ganz und gar sinnlos. Wir saßen auf dem Boden vorne, damit niemand uns zerquetscht, und alles, was wir vom Helden sahen, war sein linker Fuß oder sein eines Ohr.«

Ich verbiss mir ein Kichern. Doch plötzlich fiel mir ein, dass ich ja nun auch winzig war. Ich hatte mir schon seit einer Ewigkeit vorgenommen, diesen Herbst den neuen Spiderman-Film anzugucken. Würde ich nun bis an mein Lebensende nur Spidermans linkes Ohr sehen?

»Wir sind ohnehin viel besser als ein Film, was?«, sagte Sven. »Wir erleben ein *echtes* Abenteuer, ganz ohne Leinwand und vollkommen ohne Eintritt.« Und damit hatte er recht.

»Aber es ist doch schade«, meinte ich, während wir uns einen Weg durchs Gebüsch bahnten, »dass das Popcorn fehlt.«

Nachdem wir eine Weile mit haushohen Brennnesseln, baumgroßen Wurzeln und hüfttiefem Herbstlaub gekämpft hatten, glitzerte vor uns wieder die blaue, offene Fläche des Meeres: Wir hatten die andere Seite des Krallenkopfs erreicht.

Die Küste des 12. Kontinents bestand auch hier aus einem schmalen Streifen voller Kies und Felsen, gerade so wie dort, wo die Scherben von Olafsens Blumentöpfen herumlagen. Die Bäume beugten ihre Kronen über den grauen, steinigen Strand und schienen auf etwas zu warten. Vielleicht auf das große Abenteuer, das wir zu erleben planten. Oder auf das Popcorn?

Mitten zwischen den Felsen aber lag an einem kleinen, verwitterten Holzsteg ein Motorboot. Die rote Farbe blätterte von seinen Wänden, und der Name am Heck war kaum noch zu entziffern. »K...NUT«, las ich. »Wie kann denn ein Motorboot *Knut* heißen? Müssen Schiffe nicht Frauennamen haben?«

»Vielleicht wusste Olafsen das nicht«, sagte Sven, denn sicherlich war es Olafsens Boot, das dort an dem kleinen Steg vertäut war. Aber es kam mir doch komisch vor, dass ein Kapitän – selbst ein Exkapitän – nicht wissen sollte, wie man Schiffe nennt.

Als hätte er einen besonderen Grund gehabt, das Boot *Knut* zu taufen.

»Womöglich hieß es *Knuthilde*«, schlug Sven vor, »und das *hilde* ist abgefallen.«

Ich blickte am Strand auf und ab. Olafsen war nirgendwo zu sehen. Vermutlich war er längst vom Fischen zurück und auf dem Weg zu Miriam, um seinen letzten Fang abzuliefern und dann die nächste Fähre zu nehmen. Wir hatten ihn nicht getroffen, aber bei dem Gestrüpp und Genessel im Wald hieß das nichts.

Ein wenig hatte ich nämlich gehofft, wir würden den Exkapitän doch noch einmal treffen. Damit er mir endlich zuhörte. Damit ich ihn fragen könnte, ob er den Felsen kannte, an dem die See- und Erdbeben begannen.

»Wir könnten von dem Steg aus tauchen«, schlug Sven vor.

Als wir an der Spitze der wackeligen Bretterkonstruktion standen, neben *Knuts* verwitterter Schnauze, holte ich den Hühnergott aus meiner Tasche und hielt ihn zwischen Svens und mein Ohr, wie einen Walkman, den man zu zweit benutzt. Der Uralte war mal wieder damit beschäftigt, mit sich selbst zu reden.

»... und da möchte man doch mal wissen«, murmelte er gerade, »was das werden soll. Da wimmeln solch zwei winzige Portionen Mensch auf einem herum, krabbeln durchs Unterholz, kriechen über Felsen und glauben doch tatsächlich, sie könnten etwas ändern, was seit 800 Jahren im Argen ist. Tz-tz. *Tz-tz-tz*. Tz. Dumme Würmchen. Man hätte nicht schlecht Lust, so etwas auf der Stelle in etwas anderes zu verwandeln. Zwei Hagebuttensträucher zum Beispiel. Oder wie wäre es mit Bernsteinklumpen? Muschelschalen? Eichhörnchen? Hm-hm. Einem könnte noch vieles einfallen ...«

Sven und ich wechselten einen Blick. Sven grinste und klopfte auf seine Hosentasche, und ich klopfte auf meine und grinste auch. Der Uralte konnte sich ruhig überlegen, in was er uns gern verwandeln wollte. Seine uralte Magie hatte eine Hintertür, und er war selbst schuld, dass er den Kindern verraten hatte, wie man sie benutzte.

In unseren ausgebeulten, abenteuerverdreckten Hosentaschen ruhten die Stücke der goldenen Rinde, klein und flach und mächtig wirksam gegen das Verwandeltwerden.

»Wollen wir also zusehen, wie die winzigen Winzlinge in das tiefe Wasser hinabtauchen«, murmelte der Uralte. »Wollen wir sehen, was aus ihnen wird, wenn die Dunkelheit sie packt dort unten. Wollen wir sehen, wie lange sie ihre winzigen Ärmchen und Beinchen bewegen, bis die Kälte sie ganz still macht.«

Da sahen wir uns wieder an, und mir wurde mulmig.

»Jetzt gehen sie an den äußersten Rand«, murmelte der Uralte. »Den äußersten Rand vom Steg des Kapitäns. Ah, aber wo ist der Kapitän? Läuft doch noch auf mir herum? Ja, da ist er. Ich kann ihn spüren. So, wie ich die winzigen Winzlinge spüre. An den äußersten Rand der letzten Holzplanke treten sie ... den äußersten Rand des Wagemuts ... wir würden ja gerne hoffen. Neinneinnein! Zu viel gehofft, zu oft enttäuscht worden. Wird nichts werden, wird nichts werden. Bald rühren sich die winzigen Winzlinge nicht mehr, rühren sich gar nicht mehr ...«

Die Stimme des Uralten klang nicht böse, obwohl ich mir sicher war, dass er versuchte, böse zu klingen. Sogar sich selbst gegenüber. Aber er klang besorgt.

Ich steckte den Stein wieder in die Hosentasche, zippte den Reißverschluss zu und krempelte meine Ärmel auf, um mich tatkräftiger zu fühlen.

»Du hast dich ja verletzt!«, rief Sven. »War das, als du angespült worden bist?«

Ich verrenkte den Kopf, um meinen linken Oberarm zu sehen.

»Ach, das«, sagte ich. »Nein, das habe ich schon immer. Ist eine alte Narbe.«

»Eine alte Narbe«, wiederholte Sven ehrfürchtig. »Wovon denn?«

»Von einem Kampf mit einem Bären«, antwortete ich leichthin, »bei einem Ausflug in die Berge. Da, wo ich herkomme, gibt es viele Bären.«

»Tatsache«, sagte Sven beeindruckt.

Gut, dass mir der Bär eingefallen war. Das klang beinahe ebenso schaurig wie Svens Seeräuber. Sven brauchte ja nicht zu wissen, dass ich außer im Zoo noch nie einen echten Bären gesehen hatte. Und dass ich selbst keine Ahnung hatte, woher die Narbe stammte. Sie war einfach immer da gewesen – immer, seit ich mich erinnern konnte.

»Jetzt tauchen wir«, sagte ich.

»Ja, jetzt tauchen wir«, sagte Sven.

Und dann nahm ich Svens Hand, und wir ließen uns ins Wasser fallen.

Zuerst war es wieder einmal so kalt, dass man glaubte, man müsste sofort aufhören zu atmen. Aber inzwischen war ich es ja gewohnt, versehentlich im Oktober in der Ostsee zu baden, und so prustete ich Sven zu: »Schwimmen! Wir müssen uns warm schwimmen!«

Und das taten wir.

Die richtige, große Kälte, dort in der dunklen Tiefe, die wartete noch auf uns ...

Wenn man herausfinden will, wo eine Insel oder ein Kontinent aufgelaufen ist, muss man sich zunächst von oben einen Überblick verschaffen. Nur für den Fall, dass jemand mal in unsere Situation kommen sollte. Man muss an der Wasseroberfläche entlangschwimmen, ganz langsam, das Gesicht unter Wasser. Ab und zu sollte man natürlich Luft holen.

Der Rand des 12. Kontinents war in der Tiefe vage als dunkle Linie zu erkennen. Er bestand offenbar ganz aus Felsen. Der Meeresboden, in den der Kontinent gesunken war, war aus reinem Sand. Ich begann mich zu fragen, ob der Kontinent sich nicht mit einem seiner eigenen Felsen verhakt hatte. Aber wieso war ihm das vorher nirgendwo passiert ...?

»Wir müssen weiter hinunter«, sagte Sven, als wir einmal nebeneinander auftauchten. »So sehen wir nichts. Es ist zu trüb und zu dunkel.«

»Aber unten«, gab ich zu bedenken, »ist es noch trüber und noch dunkler. Ich hätte verflixt noch mal daran denken können, eine Lampe mitzunehmen!«

Und doch gab es irgendwo unten im trüben Dunkel etwas, das wir herausfinden mussten. Etwas, das den 12. Kontinent festhielt und in seinen großen, sandigen, erdigen Körper stach. Etwas Starkes, Mächtiges, von dem niemand ahnte, was es war.

Nicht gerade eine einladende Vorstellung.

»Ist dir mal der Gedanke gekommen, dass es *leben* könnte?«, fragte ich, Wasser tretend.

»Leben?« Sven paddelte mit den Armen auf der Stelle und machte ein unbehagliches Gesicht.

»Ja, leben«, sagte ich. »Das Etwas, das den Uralten festhält. Dort unten.«

»Ich habe dir doch erklärt«, meinte Sven ärgerlich, »es gibt keine Seeungeheuer.«

»Gibt es denn goldene Bäume, die sich nach dem Meer sehnen?«, fragte ich zweifelnd. »Und Steine mit Löchern, durch die man Kontinente bei ihren Selbstgesprächen belauschen kann? Und leuchtend goldene Rinde, die einen davor bewahrt, in einen Hagebuttenstrauch verwandelt zu werden?«

»Leuchtend goldene Rinde ...«, wiederholte Sven nachdenklich. Gleich darauf griff er mitten im Paddeln in seine Hosentasche und holte das Stückchen Rinde hervor.

Und die Rinde leuchtete tatsächlich. Sie leuchtete golden durchs Wasser, leuchtete hinein in die Dunkelheit und verbreitete einen warmen goldenen Schein. Ein funkelnder Fischschwarm verharrte ein wenig, um sich in dem ungewohnten Licht zu sonnen, ehe er wieder in die Tiefe entschwand. Der

Plankton tanzte grüngolden vor uns im Meer wie Staub in einem Sonnenstrahl. Verwundert starrte ich Sven an.

»Das ... das ist ja Multifunkionsrinde.«

»Will ich wohl meinen«, antwortete Sven und lächelte. »Tauchen wir jetzt endlich *richtig*?«

Wir tauchten.

Zunächst fiel noch etwas Tageslicht durch die Wasseroberfläche, und es war grün um uns. Dann wurde es dunkelgrün, und dann wurde es schwarz, und alles, was wir sahen, war das bisschen Meer, das der Schein der goldenen Rinde vor uns erleuchtete.

Wir schwammen abwärts wie in einem Tunnel – einem Tunnel, umhüllt von absoluter, kalter Schwärze. Ich hatte nicht gedacht, dass es so tief war bis zum Meeresgrund. Aber wenn man winzig ist, ist ja auch alles tiefer, nicht wahr?

Nach einer Weile dachte ich: Jetzt kann ich nicht mehr weiterschwimmen. Meine Arme waren ganz lahm. Meine Ohren dröhnten und knackten, und gleichzeitig hatte ich das Gefühl, sie wären taub geworden. Vor allem konnte ich unmöglich noch länger die Luft anhalten. Es war, als würden meine Lungen unter der Faust des Wassers zerquetscht. Ich muss umdrehen, dachte ich, sofort, ehe es zu spät ist!

Aber dann sah ich, dass Sven einfach weiterschwamm, sogar mit seinem einen einzigen Bein – ganz so, als wäre nichts von alldem hier unten ein Problem. Und eine Sekunde bevor ich aufgab, kam mir eine Idee. Ich schaffte es gerade so, den Reißverschluss meiner Hosentasche aufzuziehen und mein eigenes Stück Rinde hervorzuholen. Und sobald sich meine Finger darum schlossen, bekam ich wieder Luft. *Multifunktionsrinde*, dachte ich. *Wow, allerdings.*

Selbst der Druck auf meinen Ohren ließ nach.

Ich schwamm hinter Sven her durch unseren Tunnel aus doppeltem Licht, hinab, hinab, hinab – hinab in etwas Ungewisses, Geheimnisvolles. Jetzt, wo ich mich nicht mehr mit meinen Lungen und meinen Ohren beschäftigen musste, bemerkte ich auch die Schatten, die sich außerhalb des goldenen Lichts bewegten. Schatten in allen Größen, schnell vorbeiflitzende Schatten und träge dahingleitende Schemen, Schemen, die es eilig hatten wegzukommen, und Schatten, die zu lauern schienen.

Es gibt keine Seeungeheuer, dachte ich. *Und keine Riesenhaie.*

Aber wenn man so winzig ist, kann es durchaus passieren, dass einen jemand unter Wasser trotzdem verschluckt, oder nicht? Mir fiel ein, dass ich sehr wenig über Fische wusste und darüber, was sie aßen. Außerdem war ich mir nicht ganz sicher, ob die Schatten wirklich alle Fische waren. Im Dunkeln kann man sich bei nichts ganz sicher sein.

Schließlich sahen wir den Boden der Ostsee unter uns, viel klarer, als ich ihn von oben gesehen hatte. Aber genauso sandig.

Der Rand des 12. Kontinents hob sich ein wenig, wie der Rand einer Suppenschüssel, sodass man darunter sehen konnte. Ein Wald aus Algen, Muscheln und Schatten hatte sich unter dem Schüsselrand angesammelt und zierte den Bauch des Uralten wie ein unordentlich gestrickter Pullover. In 800 Jahren kommen eine Menge Algen zusammen.

In den Schatten zwischen den Algen aber regte es sich, und dorthin mussten wir, um herauszufinden, was wir herausfinden wollten. Dorthin, wo der Bauch des Kontinents den Meeresboden berührte. Ich zögerte einen Moment, und auch Sven zögerte.

Da waren zwei Augen im Dunkeln. Zwei Augen, die aus dem Sand hervorstarrten. Das goldene Licht der Rinde spiegelte sich in ihnen, und sie glühten wie die Augen eines Dämons. Ich fasste nach Svens Arm. Wie gelähmt schwebten wir im Wasser auf der Stelle.

Wenn man unter Wasser schreien könnte, hätte ich geschrien.

Eine Sekunde später wirbelte der Sand auf, und etwas Großes, Plattes erhob sich direkt vor uns, um davonzusegeln. Wirklich: So sah es aus. Wie ein riesiger fliegender Teppich – ein Teppich, der unter Wasser herumflog und Augen hatte. Nachdem der Teppich verschwunden war, fiel mir ein, was der Teppich gewesen war. Eine Flunder. Eine olle, gewöhnliche alte Flunder, wie die, in die sich der Harung in dem Lied verliebt.

Ich ließ Svens Arm los, und er grinste mich durch den vorbeitreibenden Plankton hindurch an. Und er machte mir ein Zeichen. Wir müssen dort hinunter, hieß das Zeichen. Dorthin, woher die Flunder gekommen ist und wo die Schatten sind.

Ich schluckte und nickte. Dann schwamm ich voraus, damit Sven nicht merkte, wie viel Angst ich hatte. Vielleicht saß dort irgendwo etwas, das lebte. Etwas Großes, Böses, das den Uralten festhielt. Mit Zähnen oder Krallen. Oder sonst etwas Schrecklichem.

Zunächst fiel der Lichtschein aus meiner Hand nur auf die Felsen des 12. Kontinents – die, die vermutlich zu seinem Körper dazugehörten. Keiner schien sich sehr weit in den Sand zu bohren. Dazwischen waberten die Schatten der Fische. Ich sagte mir, dass es nur Fische waren.

Es half aber nicht.

Wie kalt es war! Gegen diese Kälte konnte wohl nicht einmal die goldene Rinde etwas ausrichten. Meine Arme und Beine wurden steif und bewegten sich langsamer und langsamer, als würde ich durch Marmelade schwimmen. Sven schien es ähnlich zu gehen. Und jedes Mal, wenn sich etwas in den Schatten unter dem Rand des Kontinents regte, wurde mir kälter. Vielleicht war es nur die Angst, die mich frieren ließ? Es spielte keine Rolle.

Ob man aus Angst erfriert oder aus echter Kälte, ist letzten Endes ziemlich egal.

Und dann stellte sich mir etwas in den Weg. Ganz plötzlich.

Beinahe wäre ich dagegen geprallt.

Unter Wasser zu bremsen ist gar nicht so einfach, selbst wenn man wie durch Gelee schwimmt.

Im letzten Moment hielt ich an, von oben bis unten eingefroren vor Schreck.

Das Etwas vor mir hatte einen ganz hubbeligen Körper – wie Schuppen, die mit Moos bewachsen sind, und es hatte keinen Kopf. Es hatte gar nichts. Nicht einmal einen Anfang oder ein Ende.

Ich paddelte entsetzt rückwärts. Dann dachte ich an die Flunder und stellte mir vor, ich wäre groß und würde durch eine Lupe sehen. Und ich paddelte noch ein Stück weiter zurück.

Das Wesen bewegte sich nicht. Keinen Zentimeter.

Und da sah ich, dass es doch einen Anfang und ein Ende hatte: Es hörte oben und unten in einer geraden Linie auf. Nur an den Seiten ging es weiter. Und es hatte auch keine Schuppen. Es war bedeckt mit dicken, alten Schichten von Rost.

Es war eine Art sehr, sehr breite Stange. Ich sah nach der einen Seite daran entlang, danach nach der anderen ... Die Stange steckte mit ihrem rechten Ende im Sand des Meeresbodens. Mit dem linken Ende steckte sie zwischen den Felsen und Algen des 12. Kontinents. Und genau dort ragte ein wenig weiter noch ein riesiges Stück rostiges Metall aus dem Bauch des Kontinents. Ein Stück Metall, dass ein wenig gebogen war und an seinem Ende aussah wie eine Pfeilspitze. Womöglich war mir das Ding doch nicht in den Weg gesprungen? Womöglich war ich einfach ein wenig nach unten oder nach oben geschwommen und wäre ganz von selbst beinahe dagegengeprallt?

Ich weiß, was das ist, dachte ich. Ich habe so etwas schon irgendwo gesehen. Wenn mir nur einfallen würde, wo.

Aber meine Gedanken waren blockiert von der Kälte. Ich sah Sven an, der jetzt neben mir im Wasser schwebte. Der Ausdruck auf seinem Gesicht sagte in etwa: *Ich weiß, was das ist. Ich habe so etwas schon irgendwo gesehen. Wenn mir nur einfallen würde ...*

Diese verflixte Kälte!, dachte ich. Aber ich dachte es langsam. In etwa so:

Diese.......................... ver.......................... flix.................
t............... e............ Kälte ....

Und dann dachte ich an die *Maria*, die oben in dem kleinen Teich in Miriams Garten lag, zwischen den Seerosenblättern, friedlich, im Oktobersonnenschein. Ungefähr so:

Ma.........ria .... See.......rosen.........blätter............
Ok.........to.........ber..........sonne......... auf ....
den .... Decks............plank....................en.

Ich versuchte, ein wenig mit den Armen zu paddeln, um wieder wärmer zu werden, aber meine Arme rührten sich kaum. Ich dachte:

Fred .... Alma .... hat........ten ....
recht .... *Maria* .... im .... Teich .... sicher ...... vo
..........r................................... An..........................k........
e....................r .... wie .... w..........ar ....
das ....?

Etwas hatte mein Gehirn gestreift, ganz leicht; etwas, das wichtig war. A....b....e........r .... was ....?

Und dann hatte ich ihn, den richtigen Gedanken.

Vor Anker.

Mein Gehirn wurde mit einem Mal so aufgeregt, dass es auftaute, und die Gedanken fielen darin nur so übereinander, so eilig hatten sie es. Aber ich dachte immerzu nur ein Wort: Anker. Anker. AnkerAnker. Ankerankerankerankerankeranker.

Ich packte Sven an der Schulter und schüttelte ihn – mit einem Mal konnte ich meine Arme wieder bewegen, wenn auch nicht sehr schnell. Ich hakte die Finger beider Hände ineinander und wedelte damit vor seinem Gesicht herum und zeigte auf das rostige Metallding und wedelte weiter, und endlich, endlich dämmerte das Verstehen auf Svens Gesicht. Da war auch er mit einem Mal ganz aufgeregt.

Ein Anker! Ja, ein alter Anker hatte sich in den 12. Kontinent gespießt und hielt ihn fest. Ein uralter Anker von einem uralten Schiffswrack, einem Schiff, das vor über 800 Jahren gesunken war, hatte den Uralten gefangen.

Und der Uralte hatte Olafsens Schiff sinken lassen. Es war, als würde sich ein großer Kreis schließen, oder vielmehr: ein uralter Kreis.

Es wurde Zeit, ihn zu sprengen.

Sven und ich packten den Anker gleichzeitig an dem Ende, mit dem er im Sand feststeckte.

Wir waren winzig. Aber wir waren stark – Sven, weil er immer alles mit den Armen tat statt mit den Beinen, und ich – na ja, vielleicht, weil ich auch meistens alles mit den Armen tat statt mit dem Kopf.

Sven formte mit dem Mund die Worte »Eins, zwei, drei«.

Bei »drei« zogen wir.

Wir zogen, so kräftig wir konnten.

Mit einem Ruck.

Und tatsächlich bewegte sich der Anker. Ungefähr einen Hundertstel Millimeter.

Aber obwohl wir an dem Ende zogen, das im Ostseesand steckte, spürte der Uralte wohl doch, dass wir zogen, und ein schmerzvolles Zittern lief durch die algenüberwucherten Felsen.

Wir sahen das Beben kommen.

Zum ersten und einzigen Mal sah ich es genau an der Stelle, wo es entstand.

Die Felsen um die Ankerspitze herum wackelten zuerst ganz leicht, dann immer heftiger, und dann griff das Beben nach allen Seiten um sich, breitete sich aus, schaukelte sich hoch ... All das geschah in Sekunden. Wir ließen den Anker los. Doch obwohl wir das Beben kommen sahen, waren wir nicht schnell genug. Es war unmöglich, schneller zu sein als der Schmerz und die Wut des Uralten.

Das Nächste, was geschah, war, dass eine riesige Welle unter uns aufstieg. Sie stieg wie eine Schmerzensträne des Uralten, und ich konnte gerade noch mein Rindenstück umklammern, ehe ...

Ja, ehe ich hinaufgewirbelt wurde an die Wasseroberfläche, hinausgeschleudert aufs Meer, weg vom 12. Kontinent, weit, weit hinaus aufs Meer, in einem Regen aus weißer, ärgerlicher, verzweifelter Gischt, die mir die Sicht nahm, und ich verlor die Orientierung – und kurz darauf mal wieder das Bewusstsein. Ich dachte noch, dass ich mich langsam daran gewöhnte, von großen Wellen bewusstlos geschlagen zu werden. Das war das Letzte, was ich für einige Zeit dachte.

Oh, dachte ich, als ich die Augen aufschlug. Himmel. Genau über mir. Und ziemlich grau. Erstaunlich.

Ich war noch etwas wattiert im Kopf, wie das eben so ist nach einem solch heftigen Schlag.

Mein Körper fühlte sich bis in die Zehenspitzen hinein kalt an, und ich erinnerte mich nur langsam daran, was geschehen war. Ich war getaucht, zusammen mit Sven.

Wir hatten etwas gesucht ... was nur? Weshalb waren wir in diese dunkle, eisige Tiefe hinabgeschwommen? Und wieso schwamm ich hier draußen auf dem Meer? Und, wo ich nun mal hier schwamm, wieso war ich bisher nicht untergegangen?

Benommen sah ich an meinen Armen entlang, dachte beim Anblick der Narbe kurz an den Bären, den ich Sven aufgebunden hatte, und merkte, dass meine Hände sich an etwas festhielten. Ich spürte die Finger kaum, so kalt waren sie, aber sie klammerten sich stur an den Rand eines braunen, glatten Gegenstandes. Bis jetzt musste mein Kopf darauf geruht haben, und deshalb war ich nicht ertrunken. Sehr praktisch.

Es gelang mir, mich auf den Gegenstand hinaufzuziehen, wobei mein Körper an verschiedenen Stellen Schmerzen meldete. Ich beachtete ihn nicht, und ich fand, dass sich das braune, glatte Ding hervorragend als Rettungsfloß eignete. Irgendwie musste ich im Halbdämmer danach gegriffen haben – eine Art Rettungsfloß-Greifreflex, überlebenswichtig für Seeleute. Wie mich.

Der Wind pfiff jetzt mit seiner ganzen Oktoberstärke über mich hinweg, und ich war mir nicht sicher, ob ich mehr oder weniger fror als im Wasser. Mein rechtes Bein meldete sich noch einmal: *Verzeihung*, sagte es. *Ich wollte dich nur daran erinnern, dass ich wehtue.*

Ich begutachtete das Bein und entdeckte eine lange Schürfwunde, die sich vom Knie bis zum Fuß zog. Da fluchte ich zwischen zusammengebissenen Zähnen, weil ich gehört hatte, dass Seeleute das tun. Hatte ich mich bei meinem Zusammenstoß mit dem Rettungsfloß verletzt? Ich sah mir seinen Rand genauer an und stellte fest, dass mein Floß ganz flach war und rundum einen riesigen rostigen Reißverschluss mit scharfen Ecken hatte. Nicht gut für Zusammenstöße. Halt.

»Ein Reißverschluss?«, sagte ich laut. Es klang ziemlich heiser.

Und dann fiel mir alles auf einmal ein:

Warum Sven und ich getaucht waren, und der Streit mit Alma und Fred, und der rostige Anker, den wir gefunden hatten, und wie wir daran zogen und der Kontinent sich deshalb aufregte.

Der dumme alte Kontinent! Wir wollten ihm doch nur helfen.

Außerdem fiel mir ein, worauf ich lag. Ich kannte den flachen braunen Gegenstand. Ich hatte ihn schon gesehen, ehe er ein Rettungsfloß geworden war: Es war eine Ledermappe. Die Ledermappe, die Henk Olafsen hatte loswerden wollen.

Nun war er sie offenbar losgeworden.

Er hatte sie ins Meer geschleudert, genau, wie er es versprochen hatte. Und hier lag ich darauf und schwamm im Oktobernachmittag herum.

Aber wo war Sven? Ich versuchte, mich aufzusetzen, aber es glückte mir nur mit Mühe. Der Reißverschluss hatte mich auch in die Seite und in den Arm gebissen, und überhaupt fühlte ich mich ziemlich schlaff. Doch ich kam weit genug hoch, um etwas auf dem grauen Meer zu entdecken. Etwas Kleines, Bootsförmiges, das in einem Bogen auf mich zukam.

Es *war* ein Boot.

Olafsens Boot.

Ich erkannte es gleich, die verblichene Schrift an der Seite – KNUT – und das verwitterte Holz, verwittert wie der Steg und wie Olafsen, der am Motor saß.

»Heee!«, schrie ich und winkte mit dem einen Arm, weil ich mich auf den anderen stützte. »He, Olafsen!«

Aber ich hörte meine eigene Stimme kaum. Das Meer hatte sie kleingewaschen, und sie glich eher einem Wispern als einem Rufen. Sicher hatte mich der Exkapitän aber gesehen, nicht wahr, denn weshalb sonst sollte er genau auf mich zuhalten? Er kam, um mich zu retten. Persönlich.

Olafsen stoppte das Boot, als er noch ungefähr zwei Meter von mir entfernt war. Er beugte sich über die Reling und fischte etwas aus dem Wasser – die Ecke eines Netzes.

Und da sah ich, dass er überhaupt nicht auf mich zugehalten hatte. Er hatte auf die schwarzen Kanister zugehalten, die das Netz markierten. Vorher waren sie mir nicht aufgefallen. Offenbar hatte er vor lauter Mappewegwerfen vergessen, Miriams Fisch zu fangen, und war nun noch einmal zurückgekommen. Er holte eilig das Netz ein, und ein Schauer aus silbern glänzenden Fischen ergoss sich in sein kleines Boot. Ich rollte mich auf den Bauch, streckte die Hände ins Wasser und paddelte, so rasch ich konnte.

Ich musste das Boot erreichen, ehe Olafsen den Motor wieder startete und davonfuhr ...

»Waaaarte!«, schrie ich, während ich paddelte und keuchte und noch heftiger paddelte. »Warte auf mich! Ich bin hier! Hier! Ich ... Karl! Du musst mich mitnehmen! Du musst ...«

Aber es hatte keinen Sinn. Der Kapitän hörte meine kaputte Stimme nicht.

Er holte das letzte Stück des Netzes ein, hievte die Plastikkanister an Bord und machte sich daran, den Motor wieder zu starten. Zu meinem Glück war der Motor bockig. Als er schließlich doch aufheulte und wasserspuckend seine Schraube drehte, hatte ich es geschafft: Ich hatte das Boot erreicht.

Ein Stück Tau hing an Steuerbord über die Reling, vielleicht ein Teil des Netzes, und ich griff danach und knotete es an den Reißverschluss. Ehe ich den Knoten noch richtig festziehen konnte, machte das Motorboot einen Satz vorwärts. Um ein Haar wäre ich von der Ledermappe gerutscht, doch ich klammerte mich schnell an dem Seil fest.

Olafsen lenkte das Boot zurück zum Ufer, ohne seinen blinden Passagier zu bemerken.

Dafür bemerkte er etwas anderes.

»Zum Henker!«, hörte ich ihn rufen, als wir schon ein gutes Stück näher am Ufer waren.

»Was krabbelt denn *da* zwischen meinen Fischen umher? Na, da soll mich doch! Wenn das mal nicht einer von diesen winzigen Lausejungen ist.«

Einen Moment lang dachte ich, er hätte mich doch entdeckt, und ich wollte verwundert sagen: »Aber ich krabbele doch nicht zwischen deinen Fischen hin und her!«

Dann sah ich, wie sich der Kapitän vornüberbeugte, um etwas auf dem Boden seines Bootes zu betrachten, und ich begriff: Da war jemand im Boot. Jemand, den Olafsen versehentlich mitgefischt hatte.

Sven.

Er musste ganz in meiner Nähe irgendwo in den Wellen umhergeschwommen sein.

»Ist alles in Ordnung mit dir?«, fragte Olafsen. Brummig, wie immer, aber auch ein wenig besorgt. »Was tust du hier draußen im Wasser, so ganz allein?«

»Ich war zu zweit!«, hörte ich Sven antworten. Er klang nicht so heiser wie ich.

»Aber dann ging etwas schief, und wir wurden aufs Meer hinausgeschleudert, weil die See wieder einmal bebte. Ich bin auf einen der leeren Container geklettert und habe gewartet, dass jemand vorbeikommt.«

»Das nenn ich Optimismus«, knurrte Olafsen. »Sich im Oktober irgendwo draußen in der Ostsee auf einen Container zu setzen und zu warten, dass jemand vorbeikommt.« Er schüttelte den Kopf und schnalzte mit der Zunge.

Dann schien er in seinen Taschen zu kramen – genau konnte ich es von meinem Platz unten neben dem Boot nicht sehen. »Hier«, sagte er. »Zieh das nasse Zeug aus, sonst holst du dir den Tod oder was Schlimmeres. Es ist vielleicht nicht das Wahre, aber du kannst dich in mein Taschentuch wickeln. Hast Glück, dass es sauber ist.«

Sven antwortete etwas, das ich nicht verstand, und kurz darauf legte der Kapitän an dem verwitterten Steg an. Der Motor heulte noch einmal, stotterte und verstummte.

Olafsen vertäute das Boot.

Ärgerlicherweise so, dass die rechte Seite, an der das Floß und ich hingen, unter dem Steg lag. Ich versuchte fieberhaft, den Knoten zu lösen, der die Mappe hielt. Aber es gelang mir nicht. Die Motorkraft des kleinen Bootes hatte ihn perfekt festgezogen.

Durch eine Ritze im Steg sah ich, wie Olafsen ausstieg und die Fische in eine Tüte packte. Das Netz ließ er im Boot, und so fand er mich nicht.

»Ich stecke dich so lange in meine Hemdtasche«, sagte er zu Sven. »Wenn du nichts dagegen hast.«

»Aber wir müssen Karl finden!«, rief Sven.

Durch die Pfosten des Stegs hindurch entdeckte ich am Ufer einen großen Reiserucksack und ein Fahrrad. Beide schienen ungeduldig zu warten.

Olafsen warf wohl einen letzten Blick auf sein Boot, dann seufzte er einmal kurz.

»Gehen wir«, sagte er.

»Aber wir müssen Karl finden!«, rief Sven noch einmal. »Er ist noch immer irgendwo da draußen im Meer!«

»Da draußen jemanden zu finden, der so winzig ist wie ihr«, antwortete Olafsen, »ist genauso wahrscheinlich, wie einen Heuhaufen in einer Stecknadel zu finden.«

Das war verkehrt herum.

Und es stimmte auch sonst überhaupt nicht. Ich war ja hier, direkt unter den Füßen des Kapitäns.

»Ich bin hier!«, rief ich. »Direkt unter deinen Füßen!«

Doch diesmal taten meine Stimmbänder gar nichts, sie gaben noch nicht mal das leiseste Flüstern von sich.

»Es ist traurig«, sagte Olafsen, »aber da kann man nichts machen.«

»Karl wird dauernd aufs Meer hinausgeschleudert!«, beharrte Sven. »Letztes Mal, als ihm das passiert ist, dachten wir auch alle, er wäre tot, aber er ist ganz von allein an Land gespült worden. Vielleicht liegt er ja irgendwo hier am Strand herum. Wir müssen wenigstens *versuchen*, ihn zu finden!«

»Sorry«, sagte Olafsen, weil Seemänner manchmal englisch sprechen. *Sorry* heißt »Es tut mir leid, aber die Dinge sind nun mal so, wie sie sind«.

»Sorry, aber ich fürchte, das musst du ohne mich tun. Ich muss nämlich eine Fähre erwischen. Ich liefere dich bei Miriam ab, zusammen mit dem Fisch. Das ist alles, was ich machen kann. Wo sind deine Eltern?«

»In Miriams Teich«, antwortete Sven.

»Häh?«, machte Olafsen, schon im Gehen.

Danach waren ihre Stimmen zu weit entfernt, um sie klar zu verstehen. Ich sah, wie Olafsen auf das Fahrrad stieg, mit Rucksack und Fischtüte und allem, und losfuhr.

Dann ließ ich mich zurück auf die Ledermappe fallen und atmete tief durch.

Ich musste mein Floß verlassen und an Land schwimmen.

Doch das Wasser war so kalt. Und ich war so müde. Soooo müde. Und soooo durchgefroren.

Mir war, als könnte ich mich nie, nie wieder rühren, nicht einmal den allerkleinsten Finger, keinen Zentimeter. Ich würde einfach hier liegen bleiben und erfrieren.

Das hatten sie dann davon.

11. Kapitel,

in dem sich Erstaunliches herausstellt. Ein aufblasbares gelbes Gummimonster kommt vor, und wir öffnen einen Reißverschluss.

Nach einer Weile erschien es mir keine so gute Idee mehr zu erfrieren.

Es war zu kalt.

Ich wünschte mit aller Kraft, ich könnte Miriam oder Sven oder irgendwen erreichen, um ihnen zu sagen, wo ich war. Ich kniff die Augen zusammen und wünschte und wünschte – wenn ich nur genug an Miriam und Sven und Fred und Alma dachte, würden sie mich vielleicht hören?

Überflüssig zu sagen, dass es nicht funktionierte.

Eine Möwe, dachte ich. Ich bräuchte eine Möwe, die zu ihnen fliegt und ihnen Bescheid sagt. Oder eine Uferschwalbe. Aber keine Möwe verirrte sich unter den Steg, und auch keine Uferschwalbe. Was womöglich gut war, weil sie mich sonst gefressen hätten.

Da kam mir plötzlich eine Idee.

Es gab jemanden, der mir helfen konnte.

Jemand, der sowohl hier war als auch in Miriams Garten.

Der Uralte.

Ich kramte den Hühnergötterstein hervor und hielt ihn an den Mund wie ein Mikrofon, damit der Uralte mir zuhören *musste*, egal, woran er gerade dachte. Wenn man ihn durch das Loch im Stein immer hörte, musste man ihn auf die gleiche Weise doch auch erreichen können, dachte ich. Wie ein

Handy. Ein steinernes Hühnergötterhandy. Ganz schön verrückt.

»Ich brauche deine Hilfe«, flüsterte ich. Meine Stimme war so leise, dass ich fürchtete, er würde mich gar nicht bemerken. Aber er bemerkte mich.

»Meine Hilfe?«, knirschte es aus dem Uferkies.

»Meine Hilfe?«, brandeten die Wellen.

»Meine Hilfe?«, rauschten die gelben Blätter der Büsche am Waldrand.

»Ja, deine Hilfe«, wiederholte ich. »Ich helfe dir, und du hilfst mir, verstanden? Ich sorge dafür, dass du den Anker loswirst. Es ist ein Anker. Das, was dich festhält. Ich mache, dass du wieder wandern kannst. Wie sich das für einen Wanderkontinent gehört. Aber zuerst musst du Miriam sagen, dass ich hier bin. Hier unter dem Steg. Siehst du mich? Wo ist eigentlich dein Kopf?«

»Ich sehe dich«, wisperte der Wind. »Ich habe keine Augen, und dennoch sehe ich dich. So, wie ich keine Haut habe und mir dennoch dieser ... was ist es? Ein Anker? Er tut weh, dieser Anker, der sich in mich bohrt. Ich habe kein Vorne und kein Hinten, keinen Kopf und keinen Schwanz. Ich bin wie eine Amöbe: formlos schön. Und weißt du was, winziger Mensch? Obwohl ich weder Arme noch Beine habe, werde ich deine Nachricht weitertragen, so schnell wie eine Sturmwolke.«

»Danke«, sagte ich. Da grollte der Uralte, als wäre es ihm peinlich.

»Aber du ziehst den Anker aus mir heraus, ja?«, knirschte er mit dem Holz des Stegs.

»Versprochen«, erwiderte ich.

Und dabei klang ich – trotz Heiserkeit – so zuversichtlich, als hätte ich tatsächlich eine Ahnung, wie ich das anstellen sollte.

»*Karl*«, rief jemand eine Viertelstunde später vom Ufer aus. »Karl, bist du da?«

»Miriam«, wisperte ich und räusperte mich.

Der Uralte hatte sein Wort gehalten. Er hatte ihr tatsächlich Bescheid gesagt.

Die Erleichterung durchfloss mich wie eine heiße Tasse Kakao. Wie schön es war, Miriams Stimme zu hören.

Ihre Schritte auf dem Steg klangen wie die wunderbarste Musik in meinen Ohren, und als sie sich hinkniete und unter die Bretter linste, dachte ich, dass ich noch nie etwas so Schönes gesehen hatte wie ihr Gesicht dort oben.

»Du meine Güte«, rief sie. »Er hat die Wahrheit gesagt.«

Und dann streckte sie den Arm aus und hob mich behutsam von der Ledermappe. Sie hielt mich ganz nah an ihr Gesicht und sah aus, als wäre auch sie furchtbar erleichtert.

»Wie oft gehst du eigentlich *gewöhnlich* so in einer Woche verloren?«, fragte sie. »Ich meine: Ist zweimal an drei Tagen der normale Durchschnitt?«

»Nicht drücken«, flüsterte ich. »Bitte, nicht drücken. Ich bin ein bisschen verletzt.«

»Zeit, dass wir nach Hause kommen«, sagte Miriam und stand auf. »Du gehörst in eine warme Badewanne.«

»Muss es eine Badewanne sein?«, fragte ich. »Mir wäre etwas Warmes lieber, dass nicht so viel *Wasser* enthält. Von Wasser habe ich für eine Weile genug.«

Miriam lachte. Wir waren schon am Ufer, da fiel mir etwas ein.

»Die Mappe«, wisperte ich. »Du musst die Mappe mitnehmen. Die Ledermappe, auf der ich lag.«

»Du lagst auf einer *Ledermappe*?«, fragte Miriam. »Was für ein stilvolles Rettungsfloß. Ich war so froh, dich zu sehen – du hättest auf einem Wal liegen können, und ich hätte ihn nicht bemerkt.«

Ich fühlte mich sehr geschmeichelt, tat allerdings so, als hätte ich die Sache mit dem Wal überhört.

»Olafsen hat sie ins Meer geworfen«, wisperte ich. »Und ich wüsste einfach zu gern, was darin ist. Ich glaube nämlich, sein Pass. Er hat so was in der Richtung gesagt. Warum sollte er seinen Pass wegwerfen?«

Miriam zuckte die Achseln. »Bei Henk Olafsen weiß man nie, was so in ihm vorgeht.«

Aber sie ging noch einmal zurück auf den Steg, schnitt mit ihrem Taschenmesser das Seil durch und fischte die nasse Ledermappe aus dem Wasser.

Dann setzte sie sich in den Uferkies neben ihr Fahrrad und erklärte, ich müsste meine nassen Kleider loswerden, ehe wir nach Hause fuhren: je eher, desto besser.

»I-i-ist er schon w-w-weg?«, fragte ich, während sie mir half, mich aus meinen Hosen zu schälen. Meine Zähne klapperten auf einmal, als wäre meinem Körper gerade erst eingefallen, wie kalt ihm war.

»Wer?«, fragte Miriam.

»D-d-du weißt ganz genau, w-wer«, sagte ich. »O-Olafsen. Der E-Exkapitän. Hat er die S-s-s-sechs-Uhr-Fähre genommen?«

»Er hat die Fische abgeliefert und Sven«, antwortete Miriam. »Und ein wenig herumgeknurrt wie immer. Kurz darauf dröhnte der Uralte mit seiner Nachricht am Hafen umher. Gut, dass gerade heute keine Touristen da waren. Wie hätte ich denen erklären sollen, dass eine Stimme aus dem Hafenbecken kommt, die verkündet, Karl müsste unter einem Steg abgeholt werden? Jedenfalls bin ich sofort auf mein Fahrrad gestiegen. Als ich losfuhr, saß Henk auf einem Poller und wartete auf das Schiff.«

Sie zuckte mit den Schultern. »Ich frage mich, was er auf dem Festland mit dem riesigen Rucksack will. Ob er beschlossen hat, zehn Kilo Bücher auf dem Trödel zu verkaufen ...?«

Ich streifte meinen triefenden Pullover über den Kopf. »Er kommt nicht wieder«, sagte ich.

Miriam starrte mich an. »Wie – nicht wieder?«

»Ich war zufällig dabei, als er mit sich selbst gesprochen hat. Er verlässt die Insel. Äh, den Kontinent. Er sagte etwas davon, dass er lange genug gewartet hätte. Auf irgendjemanden. Der offenbar nicht aufgetaucht ist.«

»Bist du dir sicher«, fragte Miriam, »dass er gesagt hat, er käme nicht wieder?«

»Dreihundertprozent sicher«, antwortete ich und verhedderte mich in meinem nassen T-Shirt. Als ich wieder daraus auftauchte, sah ich, dass sich Miriams Gesicht umwölkt hatte.

Es sah aus, als wollte sie jeden Moment anfangen zu regnen.

Stattdessen seufzte sie nur und legte mir einen Frotteewaschlappen um die Schultern, der für mich so groß war wie drei Handtücher. Dann sah sie mit ihrem umwölkten Blick auf die Armbanduhr.

»Viertel nach sechs«, sagte sie leise. »Jetzt ist er auf der Fähre. – Sieh zu, dass du dich anständig abrubbelst.«

»Aber es tut überall weh!«, protestierte ich. »Ich habe mich irgendwie an dem Reißverschluss der Ledermappe aufgeschürft.«

Da nahm Miriam eine Ecke des Waschlappens und trocknete mich ganz vorsichtig damit ab. Ich glaube, sie war ganz froh, dass sie mit Abtrocknen beschäftigt war und nicht mehr über den Exkapitän nachzudenken brauchte. Ich glaube nämlich, sie war wirklich traurig, dass er fort war; trotz seiner Knurrerei.

»Wir brauchen eine Menge Pflaster«, sagte sie. »Oder nein. Für dich reicht eigentlich eines, wenn wir es in ein paar Streifen schneiden.«

»Au«, sagte ich.

Miriam hatte mir einen Pullover und Hosen aus ihrer Puppenstube mitgebracht. Sie waren viel zu groß, denn vermutlich gehörten sie erwachsenen Puppen, aber schön warm. Als ich die Hosenbeine umkrempelte, rutschte der Ausschnitt des Pullovers über meine linke Schulter.

»Du hast ja neben den neuen auch noch eine hübsche alte Wunde«, sagte Miriam. »Die hätte ich beinahe übersehen. Ist das von einem deiner anderen Verlorengänge?«

Ich zog den Pullover wieder hoch und zuckte die Schultern.

»Keine Ahnung. Die Narbe war schon immer da, seit ich mich erinnern kann. Niemand konnte mir sagen, woher sie kommt. Vielleicht habe ich sie als Baby gekriegt, ehe sie mich gefunden haben.«

»Gefunden?«, fragte Miriam.

»Ja, na sicher«, sagte ich. »Wusstest du nicht, dass ich gefunden wurde?«

»Nein«, sagte Miriam und lächelte. »Du gehst also tatsächlich häufiger verloren, was?«

»Ich glaube, leider nein«, antwortete ich und wurde traurig. »Ich glaube, meine Eltern wollten mich nicht haben. Sie haben mich irgendwo hingelegt, und jemand hat mich gefunden. An einem Sonntag. Deshalb heiße ich Karl Sonntag. Karl, weil der Name in irgendeiner Liste gerade dran war. Nachdem mich jemand gefunden hatte, habe ich in diesem Kinderheim gewohnt, weißt du, mit dem Garten und den Apfelbäumen. Bis ich ausgewandert bin. Das war, als ich die winzigen Leute traf.«

»Ich ... ich verstehe nicht: Du bist doch auch winzig?«, meinte Miriam verwirrt und runzelte die Stirn.

»Ja ... nein«, sagte ich. »Nicht von Anfang an. Ich traf die winzigen Leute und lieh ihnen mein Modellschiff, weil ihr eigenes Schiff gerade kaputtgegangen war. Und dann aß ich diesen Zwieback und wurde so klein wie sie. Damit ich mit ihnen zur See fahren konnte. Ich wollte immer schon zur See fahren. Manchmal denke ich, dass ich vielleicht in der Nähe der See gefunden wurde und es deshalb so ist. Wahrscheinlich stimmt es nicht. Aber ich stelle es mir gerne vor.«

Ich kuschelte mich in Miriams Ärmel und sah auf den grauen Horizont hinaus.

Das Meer war schon eine großartige Sache.

»Du weißt nicht, wo sie dich gefunden haben?«, fragte Miriam.

»Nein, keine Ahnung«, sagte ich. »Ich kam von woanders her in das Kinderheim mit den Apfelbäumen, weil dort gerade

Platz war. Und es war ja egal, wo ich im Kinderheim wohnte, nicht wahr. Das mit den Apfelbäumen war schon in Ordnung. Ich hatte einen guten Freund da und ...«

Ich sah zu Miriam auf, und da merkte ich, dass sie auf einmal ein ganz komisches Gesicht machte. Nicht umwölkt wie vorhin. Sondern so, als müsste sie furchtbar doll nachdenken.

»Ist dir nicht gut?«, fragte ich – denn vielleicht war sie ja auch plötzlich krank.

»Doch, doch«, sagte sie und kräuselte nachdenklich ihre Augenbrauen. Dann schob sie den Pulloverausschnitt beiseite und sah sich meine Narbe an. Ich verrenkte mir den Hals, um sie auch genauer anzusehen.

Es war keine besonders eindrucksvolle Narbe oder so. Einfach ein Strich. Etwas unregelmäßig.

»Sag Sven nicht, dass es *kein* wilder Bär war«, meinte ich und grinste.

Doch Miriam schien keine Lust zum Grinsen zu haben. Sie sah noch immer ganz nachdenklich aus.

»Merkwürdig«, sagte sie, »ausgesprochen merkwürdig.«

»Was ist ausgesprochen merkwürdig?«

»Ich kannte mal ein Baby«, antwortete Miriam und sah auf die See hinaus, »das sich eine tiefe Wunde zugezogen hatte – genau da, wo du eine Narbe hast.«

»Was für ein unvorsichtiges Baby«, sagte ich.

»Ja«, sagte Miriam, ohne ihren Blick vom Horizont zu nehmen. »Was für ein unvorsichtiges Baby. Es war verloren gegangen.«

»Wurde es wiedergefunden?«, fragte ich. In mir stieg so eine Ahnung auf, dass dies nicht einfach irgendein belangloses Gespräch war über irgendein belangloses Baby. Ich merkte, wie meine Hände anfingen zu schwitzen, obwohl wir an einem kalten Oktobertag an einem kalten Kiesstrand saßen.

»Karl«, sagte Miriam und räusperte sich zweimal. »Soll ich dir eine Geschichte erzählen?«

Ich nickte und schluckte.

»Die Geschichte ist zwölf Jahre her«, begann Miriam. »Und sie beginnt an einem Sonntag im August.«

An einem Sonntag im August.

Wir sahen gemeinsam aufs Meer hinaus, während Miriam sprach. Das Meer lag still und lauschte regungslos.

»Ich arbeitete zu der Zeit in einer kleinen Stadt auf dem Festland. In einer unbedeutenden Konditorei ohne besonderen Namen. An jenem Sonntag im August aber konnte ich keine Torten und Kuchen mehr sehen, und weil ich freihatte, fuhr ich an die See. Ganz in die Nähe übrigens von dieser In..., diesem Kontinent. Ich fuhr mit dem Zug, der ungefähr an jedem Grashalm anhielt und schließlich auch in diesem Dorf am Meer, wo ich ausstieg. Der Himmel war blau, und alle Fenster waren offen. Ein perfekter Tag. Ich spazierte in dem Dorf herum, und dann kaufte ich ein aufblasbares gelbes Gummimonster. Der Verkäufer pumpte es mit seiner Luftpumpe für mich auf. Dabei fragte er, wo das glückliche Kind sei, das das Gummimonster geschenkt bekäme.

›Kein Kind‹, sagte ich, ›das gelbe Gummimonster ist für mich.‹

Er guckte komisch, als ich mit dem Monster unter dem Arm wegging. Aber das Monster und ich hatten einen wunderbaren Nachmittag im Wasser. Als ich abends die Luft herausließ, dachte ich, dass es doch schön wäre, ein Kind zu haben.

Dann zählte ich mein Geld und stellte fest, dass es nicht mehr für den Zug zurück reichte. Ich hatte bisher nicht an die Rückfahrt gedacht.

Also stellte ich mich mit dem gefalteten Monster und meiner Tasche an die Straße und hielt den Daumen heraus. Es dauerte eine Ewigkeit, doch schließlich hielt jemand an. Ein Fischer. Ich krabbelte auf den Beifahrersitz eines klapprigen alten Lieferwagens. Das ganze Auto roch nach Fisch. Auf dem Beifahrersitz lag ein Bündel Stoff, das ich ein wenig beiseite schob. Meine Füße hatten kaum Platz, weil eine Kiste mit frischen Fischen auf dem Boden stand.

›Die eine Kiste hat hinten nicht mehr reingepasst‹, sagte der Mann. ›Genau eine zu viel. Dahinten ist alles voll mit frischem Fisch.‹

›Das dachte ich mir‹, sagte ich.

›Auf Eis natürlich‹, fuhr der Mann am Steuer fort, ›alles 1 a gekühlt. – Schön, dass Sie eingestiegen sind. Vielleicht können Sie sich um den Kleinen kümmern, bis wir in der Stadt sind.‹

›Um wen?‹, fragte ich verwirrt.

Der Mann rückte seine Kordkappe zurecht, so eine Kordkappe, wie sie nur ältere Männer an der Küste haben. Er schien ein wenig verlegen zu sein.

›Neben Ihnen‹, sagte er.

Neben mir lag nur das Stoffbündel. Ich schob neugierig die obersten Schichten Stoff zur Seite, und da fand ich zwei winzige Hände und ein winziges Gesicht. In dem Stoffbündel lag ein rosiges Baby.

›Wie heißt er denn?‹, fragte ich.

›Woher soll ich das wissen?‹, erwiderte der Fischer und rückte wieder nervös an seiner Mütze, während er einen Gang hinunterschaltete. ›Wir haben ihn aus dem Meer gezogen, wie einen großen Fisch. Er lag in einem Korb, aber der Korb war halb untergegangen und ganz durchweicht. Ein Wunder, dass der Kleine überlebt hat.‹

Ich nahm das Bündel mit dem Baby auf den Schoß, wo schon das gefaltete gelbe Gummimonster lag. Das Baby schlug die Augen auf und sah mich an. Es gab keinen Ton von sich. Ich schob den Stoff noch ein wenig weiter zur Seite.

›Es ist ja verletzt‹, rief ich. ›Am Arm.‹

Der Fischer nickte. ›Muss ein Unfall gewesen sein. Wir haben kein Schiff in der Nähe getroffen. Aber wenn er wirklich ein Schiffsunglück überlebt hat, hat der Kleine verdammtes Glück gehabt, dass er mit einer Schürfwunde am Arm davongekommen ist.‹

›Er muss doch ganz unterkühlt sein‹, sagte ich. ›Blaugefroren.‹

Das Kind sah mich an und war rosa und tat sonst nichts. Ein zähes Kind.

›Ich dachte, ich bringe ihn am besten ins Krankenhaus‹, sagte der Fischer. Ich nickte.

›Jemand muss ihn verloren haben‹, meinte ich. ›Jemand, der ihn bald suchen kommt.‹

›Hoffentlich‹, sagte der Fischer düster. ›Unfälle sind Unfälle. Gerade auf See. Man kann nicht wissen, was mit seinen Eltern passiert ist.‹

Ich spielte die ganze Fahrt über mit dem Baby. Es war ein noch sehr kleines Baby, erst ein paar Wochen alt vielleicht, aber es saugte mit ziemlich viel Hunger an meinem Zeigefinger. Wie gesagt: ein zähes Kind. Als ich ausstieg, mit meinem gelben aufblasbaren Gummimonster unter dem Arm, dachte ich wieder daran, wie nett es doch wäre, ein Kind zu haben.

Am nächsten Tag nach der Arbeit in der Konditorei fuhr ich zum Krankenhaus und erkundigte mich nach dem Findelkind. Nachdem ich ihnen meine Geschichte erzählt hatte, ließen sie mich zu ihm. Es lag in einem kleinen Gitterbett und hatte einen dicken Verband um den Arm, aber sonst sah es genauso rosig aus wie vorher.

›Es ist ein Wunder‹, sagte die Schwester, ›dass ihm nicht mehr passiert ist. Wir behalten ihn ein paar Tage hier zur Beobachtung.‹

›Sind seine Eltern gefunden worden?‹, fragte ich.

Die Schwester schüttelte den Kopf. ›Es gab einen Aufruf im Radio, und die Polizei hat angeblich eine Menge Dinge angeleiert‹, sagte sie. ›Trotzdem, noch ist nirgendwo ein vermisstes Kind aufgetaucht. Äh. Sie wissen, was ich meine.‹

Ich wusste, was sie meinte, und es tauchte auch in den folgenden Tagen kein vermisstes Kind auf. Niemand schien das Findelkind zu kennen. Vielleicht war es wirklich so, wie der Fischer gesagt hatte, und seine Eltern waren bei dem Schiffsunglück ums Leben gekommen. Ich besuchte das Kind jeden Tag.

Und ich dachte an das gelbe Gummimonster, das unbenutzt im Schrank lag und sich langweilte. Wenn niemand das Kind haben wollte, dachte ich – *ich* hätte es gerne haben wollen. Aber ich lebte ganz allein. Wenn man ganz alleine lebt, geben sie einem nicht einfach so ein Kind.

Dann kam ich eines Tages ins Krankenhaus, und in dem Gitterbett lag ein falsches Kind. Es war winzig und zerknautscht und blaulila – und es hatte eine Menge Schläuche in sich stecken. Überhaupt sah es ganz verkehrt aus. Die Schwester erzählte mir, man hätte schließlich aufgegeben, die Eltern meines Findelkindes zu suchen, und es wäre in ein Heim gekommen. Sie sagte, das Heim wäre weit weg, und das Kind müsste leider eine große Reise machen, weil es in der Nähe gerade nirgendwo einen Heimplatz gegeben hatte. Nicht für so ein kleines Kind, um das man sich so viel kümmern musste. Ich dachte, dass das Kind eigentlich stets den Eindruck erweckt hatte, es könnte sich gut um sich selbst kümmern. Doch natürlich hatte die Schwester recht.

Ich hätte mich nach der Stadt erkundigen können, in der das Heim war. Aber ich dachte, es hätte ja sowieso keinen Sinn.

Ich ging nach Hause und blies das gelbe Gummimonster auf, mitten im Wohnzimmer. Mir war so. Am nächsten Morgen ging das Leben normal weiter – aufstehen, Torten verzieren in der Konditorei, nach Hause gehen ... Doch etwas fehlte. Mein Tageslauf war ganz leer ohne die Besuche im Krankenhaus. Irgendwann packte ich das gelbe Gummimonster ein und zog um. Und ich vergaß das Kind nach und nach. Bis jetzt.«

Sie verstummte.

Eine Böe kräuselte die Meeresoberfläche vor uns. Irgendwo kreischte eine Möwe.

Mir war etwas flau im Magen.

»Sonntag«, sagte ich. »Ich heiße Karl Sonntag, weil ich an einem Sonntag gefunden wurde. An einem Sonntag im August. Das ist alles, was sie mir erzählt haben.«

»Sonst nichts?«

»Nein«, sagte ich – doch dann erinnerte ich mich plötzlich an Marias Worte im Apfelbaumgarten.

Sie haben dich von woanders hierhergebracht, hatte sie gesagt. Ich glaube, aus einem Krankenhaus ... jemand hatte dich dort abgegeben, aber ich weiß nicht wer.

Jetzt wusste ich es. Mit einem Mal war ich mir ganz sicher. Es war ein Fischer mit einer Altmänner-Kordmütze gewesen, in einem klapprigen Lieferwagen voll frischem Fisch auf Eis. Einem Lieferwagen, in dem auch ein gelbes Gummimonster gewesen war.

»Doch«, rief ich heiser, sprang auf und begann, auf Miriams Knie auf und ab zu hüpfen. Meine Wunden taten mir gar nicht mehr weh, und alle Schwäche und Erschöpfung war verschwunden. »Ich bin es! Miriam, ich bin es! Ich bin es wirklich! Sie haben mir erzählt, dass ich in einem Krankenhaus abgegeben wurde – ich hatte es nur eben vergessen. Ich dachte, das Krankenhaus wäre in der Nähe vom Kinderheim gewesen! Und ich dachte, jemand, der mich nicht mehr wollte, hätte mich abgegeben, heimlich. Ich glaube, das dachten die Leute in dem Heim auch. Dabei war es ganz anders, nicht wahr?«

Miriam nickte langsam. »Sieht so aus«, sagte sie.

Dann lächelte sie.

Und dann sagte sie: »Ich darf dich ja nicht drücken, wegen der Schürfwunden, richtig?«

»Richtig«, sagte ich. Doch ich fügte großzügig hinzu: »Aber du kannst es später tun, wenn sie verheilt sind.«

»Das werde ich wohl machen«, sagte Miriam, »oh ja. Das werde ich machen.«

Nachdem wir lange genug am Kiesstrand gesessen und auf das Wasser hinausgesehen und uns darüber gewundert hatten, dass wir uns von früher kannten, wurde uns doch irgendwann kalt.

»Lass uns gehen«, sagte Miriam. »Und einen heißen Kakao trinken.«

»Mit Salz?«, fragte ich. »So wie bei Olafsen?«

»Von mir aus auch mit Salz«, antwortete Miriam und seufzte. Sie klemmte die nasse Ledermappe auf den Gepäckträger und –

»Halt«, sagte ich. »Wir haben noch gar nicht nachgesehen, was darin ist.«

»Das können wir doch zu Hause machen«, sagte Miriam.

Zu Hause. Vielleicht wollte sie mich noch immer haben?

»Können wir nicht jetzt hineinsehen?«, fragte ich. »Ich bin sooo neugierig!«

»Schön«, sagte Miriam, »wenn es sein muss. Wir gucken ganz kurz hinein.«

Sie öffnete den Reißverschluss und klappte die Mappe auf, und darin lag ein einzelnes durchweichtes Stück Papier. Ein Reisepass.

Miriam pulte die feuchten Seiten auseinander und blätterte.

Henk Olafsen, las ich, etwas enttäuscht.

»Der Pass ist sowieso lange abgelaufen«, sagte sie. »Er kann ihn ins Meer schmeißen, soviel er möchte.«

»Aber warum ins Meer?«, beharrte ich. »Warum nicht einfach in den Papierkorb? Und warum jetzt? Und auf wen oder was hat er zu lange gewartet?«

»Na, jedenfalls nicht auf uns«, sagte Miriam. »Er ist ohne uns auf eine Fähre gestiegen und für immer weggefahren.«

Sie wollte den Pass gerade zuklappen – *zukleben* wäre vielleicht eher das Wort, in seinem nassen Zustand –, da entdeckte ich, dass auf einer Seite nach Olafsens Augenfarbe und Größe und allem noch etwas gedruckt war. Etwas Eigenes. Es schien nicht ganz dazuzugehören.

»Warte«, sagte ich. »Lass uns mal das da lesen.«

Und da passierte es.

Da kam die Sekunde, in der sich alles änderte. Alles wurde aufgewirbelt wie in einer Schneekugel und legte sich hinterher in einem anderen Muster nieder. Nicht wirklich natürlich. Nur in meinem Kopf.

Auf der durchweichten, blassgrünen Passseite stand:

KNUT OLAFSEN

GEB. AM 12. JULI 1992.

Die Schneekugel-Schneeflocken tanzten nur so durcheinander in meinem Gehirn – Olafsens Schiffbruch tanzte da als Flocke herum, der Schiffbruch, nach dem er so lange bewusstlos am Strand herumgelegen hatte.

Ich fuhr an die See, tänzelte Miriams Erzählung neben ihnen her. *Übrigens ganz in die Nähe dieses Kontinents.*

Ein Schiffsunglück, galoppierten die Worte des Fischers vorüber. *Unfälle sind Unfälle. Gerade auf See. Man kann nicht wissen, was mit seinen Eltern passiert ist.*

Babies beste Windeln hopste vorüber – die angespülten Fetzen einer wirklich alten Windelpackung.

Ich habe zu lange gewartet, hüpften Olafsens Worte vorbei. *Es war ja von Anfang an Unsinn, zu warten* ... Und wie er den Uralten angeschrien hatte: *Du hast mir das Wertvollste genommen, was ich hatte!* Und wie er am Hafen die glückliche Familie beobachtet hatte, aus dem Schatten heraus, als ich ihn das allerallererste Mal sah.

Olafsens bärtiges Gesicht wurde ebenfalls als Schneekugel-Schneeflocke aufgewirbelt: das Gesicht, das mich immer an jemanden erinnert hatte. Der Bart war im Weg. Wenn man sich den Bart wegdachte und die Augenbrauen nicht ganz so buschig, dann war klar, woran mich das Gesicht erinnerte: an mein eigenes, das ich bisweilen im Spiegel sah.

Und alles, alles gab mit einem Mal Sinn. Selbst die Wut, die Olafsen bisweilen überkam und ihn Blumentöpfe schmeißen ließ. Es war die gleiche Wut, die ich auch hatte.

Familiäre Wut.

Irgendwie, tief in mir drin, hatte ich es schon immer gewusst: »Der Kapitän«, sagte ich ganz leise. »Mein Vater, der Kapitän.«

»Wir müssen ihn finden«, sagte Miriam auf dem Rückweg, während sie das Fahrrad durch Farn und niedriges Gesträuch schob. Der Abend dämmerte bereits aus dem Wald herauf.

»Ja«, sagte ich, »bloß wie?«

Wir erreichten den Weg, und Miriam stieg wieder auf den Sattel. Sie trat so schnell in die Pedale, als könnte sie dadurch Olafsen einholen. Doch man konnte Olafsen nicht mehr einholen. Olafsen war auf der Fähre.

»Außerdem habe ich dem Uralten etwas versprochen«, sagte ich. »Dafür, dass er dir Bescheid sagt, wo ich bin.«

»Was denn?«, fragte Miriam mit einem unguten Gefühl in der Stimme.

»Dass ich ihn von dem Anker befreie, der in ihm steckt«, antwortete ich. »Hat Sven davon erzählt?«

»Vorhin war keine Zeit«, meinte Miriam. »Ein *Anker* steckt in der Insel?«

»Dem Kontinent. Ja. Ein ziemlich großer Anker. Ziemlich alt. Ziemlich verrostet.«

»Und wie willst du ihn da herausbekommen?«

»Darüber«, gestand ich, »habe ich mir noch keine Gedanken gemacht.«

»Man hätte sich denken können, dass ihr verwandt seid«, murmelte Miriam. »Henk und du. Ihr macht euch selten über irgendetwas Gedanken, was ihr sagt.«

»Aber wir schaffen es doch, nicht wahr?«, fragte ich. »Den Anker da herauszuziehen?«

»Keine Ahnung«, sagte Miriam.

Den Rest des Weges legten wir schweigend zurück.

Es gab zu viel nachzudenken. Über den Anker und die Geschichte mit dem aufblasbaren gelben Gummimonster und über meinen Vater, den Kapitän: Ich hatte ihn so lange gesucht, und nun, wo ich ihn gefunden hatte, war er verschwunden.

Wenn hinter der nächsten Wegbiegung etwas Schönes ist, dachte ich, dann wird alles gut. Ich dachte an eine Blume oder einen besonders herbstlichen Baum oder einen Sonnenstrahl.

Miriam fuhr um eine Kurve, und eine große braune Ratte huschte vom Weg.

Mein Herz wurde schwer.

Je näher wir dem Hafen kamen, umso langsamer fuhr Miriam. Ich glaube, wir hatten beide keine Lust, anzukommen und damit anzufangen, Lösungen für alles zu finden.

»Was wird denn mit Olafsens Haus?«, fragte ich, als nur noch eine letzte Kurve zwischen uns und dem Hafen lag.

»Vielleicht kann man es an die Touristen vermieten«, meinte Miriam. »Nach dem Winter.«

»Wenn der Kontinent dann noch hier ist«, sagte ich.

»Ach, es gibt überall Touristen«, sagte Miriam. Dann seufzte sie schwer. So schwer, wie mein Herz war. »Ich habe gern dort sauber gemacht«, fügte sie hinzu. »Wirklich, obwohl es immer furchtbar aussah. Es war für Henk schöner, Unordnung zu machen, wenn ich vorher alles aufgeräumt hatte.«

»Ich weiß«, sagte ich. »Was immer er dort auf dem Festland anfängt, er muss sich wohl jemand Neuen suchen, der seine Sachen ordnet. Wenn ich ihn finde, werde ich ihm sagen, dass es dir nichts ausgemacht hat.«

»Tu das nur«, sagte Miriam und fuhr um jene letzte Kurve.

Dann lag der dunkle Hafen vor uns mit seinem leeren Hafenbecken, aus dem die Fähre längst abgefahren war. In den Fenstern des kleinen Cafés brannte ein einziges kleines Licht. Vermutlich war es genug für Fred und Alma und Sven, um sich darunter ein wenig über Holzbeine zu streiten.

»Weißt du, manchmal *hasse* ich Familien«, bemerkte ich.

Miriam bremste abrupt und sprang vom Rad.

»Ich ... ich habe das nicht böse gemeint«, sagte ich erschrocken. »Du hast sicher ganz wunderbare Eltern und ...«

»Das ist es nicht«, sagte Miriam. »Sieh doch, Karl. Da sitzt jemand.«

Ich folgte mit den Augen ihrem ausgestreckten Arm.

Tatsächlich, da saß jemand auf einem der Poller. In der Dunkelheit hätte ich ihn beinahe übersehen. Nur die Glut einer Pfeife leuchtete von Zeit zu Zeit auf.

Miriam ging auf Zehenspitzen zu dem Poller hinüber, als könnte der Umriss sich auflösen, wenn er uns bemerkte. Der Jemand auf dem Poller sah aufs Meer hinaus und rauchte seine Pfeife mit einer gewissen Nachdenklichkeit.

»Henk?«, fragte Miriam.

Die Gestalt fuhr herum. »Himmel«, sagte Henk Olafsen, »hast du mich erschreckt.«

»Was tust du hier?«, fragte Miriam. »Ich meine, du ... du bist nicht mit der Fähre weggefahren?«

»Nein«, antwortete der Kapitän und knurrte sein berühmtes Kapitänsknurren. »Ich bin nicht mit der Fähre weggefahren. Weil ich mein Portemonnaie nicht finden konnte. Es muss irgendwo im Wald auf dem holprigen Weg beim Radfahren aus meiner Hosentasche gefallen sein. Und sobald ich aufgehört habe, mich zu ärgern, werde ich es suchen.«

Er sah sich um. »Oder besser: sobald es wieder hell ist«, meinte er. »Die nächste Fähre geht ja sowieso nicht vor morgen Mittag.«

»Morgen Nachmittag«, sagte Miriam. »Das mit dem Portemonnaie tut mir leid.«

Ich hatte so ein Gefühl. Als ob jemand dem Portemonnaie ein bisschen dabei geholfen hatte, verloren zu gehen. Jemand Kleines, dem ein Stück Bein fehlte. Jemand, der eine Ahnung hatte, dass es besser wäre, Olafsen bliebe. Ich lächelte still in mich hinein.

Miriam setzte sich auf den Poller neben Olafsens Poller.

Jetzt!, dachte ich. Jetzt müssen wir ihm alles erklären! Mein Herz klopfte so schnell, dass es beinahe stolperte, und meine Hände wurden ganz feucht. Ich wartete, dass Miriam etwas sagte. Aber Miriam sagte nichts. Sie saß einfach da.

Eine Weile sah man nur ab und zu die Glut in Olafsens Pfeife aufglimmen, wenn er daran zog.

Und man hörte den Abendwind über das verlassene Hafenbecken streichen.

Da wusste ich, dass es an mir war, Olafsen die Dinge zu erklären.

An mir ganz allein.

Und ich nahm all meinen Mut zusammen – so, wie die Leute in Büchern es tun, die einen Drachen besiegen müssen oder einen Löwen – und räusperte mich.

Dann sagte ich: »Henk ... ich glaube ... ich bin dein Sohn.«

12. Kapitel,

in welchem Olafsen die Pfeife sinken lässt und mich ansieht.

Olafsen ließ die Pfeife sinken und sah mich an. In der Dunkelheit konnte er natürlich nicht viel sehen.

»Ich war nicht immer winzig«, sagte ich ganz schnell, ehe der Mut mich verließ. »Genauer gesagt bin ich es erst seit ziemlich kurzer Zeit. Und ehe ich zu den Winzigen kam, habe ich in einem Kinderheim gewohnt. Da hatten sie mich hingebracht, aus dem Krankenhaus, weil ich eine Narbe am Arm habe, woran Miriam mich gleich erkannt hat, weil sie in dem Auto war, das von oben bis unten nach Fisch roch. Sie hat mich besucht. Wegen dem aufblasbaren gelben Gummimonster. Aber dann war ich in diesem Heim, und sie hat mich verloren, und ich war überhaupt komplett verloren, bis ich ausgewandert bin, und dann ...«

»Moment«, sagte Olafsen sehr, sehr langsam, als erwachte er eben aus einem langen, langen Traum. »Mal langsam. Du bist *nicht* Svens Bruder?«

»Svens *Bruder*?«, fragte ich verwirrt. »Weshalb um alles in der Welt sollte ich Svens *Bruder* sein?«

»Ich dachte nur so«, meinte Olafsen.

»Ich bin niemandes Bruder«, erklärte ich fest. »Ich bin nur jemandes Kind. Du hast doch ein Kind verloren, damals, bei dem Schiffbruch, nicht wahr?«

Olafsen nickte. »Ich war zu lange bewusstlos«, sagte er. »Als ich aufwachte, wusste ich, dass es zu spät war. Dass ich mein Kind nicht mehr retten konnte. Ich hätte mich bei der

Polizei erkundigen können, auf dem Festland. Ob sie ein Baby gefunden hatten, angespült. Doch ich hatte zu viel Angst vor ihrer Antwort. Ich träumte lieber davon, das Kind wäre durch irgendein Wunder doch noch am Leben und würde mich eines Tages hier finden. Wie in diesen alten Märchen. Pfft. Natürlich wusste ich, dass das Unsinn war ...«

»War es überhaupt nicht«, sagte ich »Denn hier bin ich.«

»Aber ... aber du kannst ... du kannst unmöglich ... komm mal her.«

Olafsens große Hand griff nach mir, und er hielt mich ganz dicht vor seine Augen. Die Glut der Pfeife beleuchtete sein Gesicht, und meines wohl auch, denn er murmelte:

»Tja. Eine gewisse Ähnlichkeit lässt sich nicht leugnen, hmpf. Aber was hat das aufblasbare gelbe Gummimonster mit all dem zu tun? Und woher kommt das Auto, das nach Fisch riecht? Und woher weißt du ...?«

»Ich unterbreche ungern«, unterbrach Miriam, »aber darf ich vielleicht der Reihe nach erzählen?«

Dass ich darin nicht gut bin, das hatten wir ja schon.

Also setzte Olafsen mich auf sein Knie, und Miriam erzählte der Reihe nach: davon, wie mich die Fischer aus der See gezogen hatten und wie sie mir in dem Fischlieferwagen begegnet war, und davon, wie die Polizei nach meinen Eltern gesucht hatte, während Olafsen vermutlich noch immer bewusstlos an einem felsigen Auguststrand lag. Davon, wie sie mich in ein Kinderheim weit weg verlegt hatten und wie ich ausgewandert war und die Winzigen getroffen hatte. Und zuletzt davon, wie wir die Mappe gefunden hatten, mit dem Pass. KNUT OLAFSEN.

Während Miriam erzählte, sog Olafsen in der Dunkelheit an seiner Pfeife. Ab und zu gab er ein Knurren von sich, von dem ich mir nicht sicher war, ob es Erstaunen ausdrücken sollte oder Unglauben oder bloß Heiserkeit.

Und schließlich sagte mein Vater, der Kapitän: »Das ist ja wohl die verrückteste Geschichte, die ich je zu hören gekriegt habe.« Und er schüttelte sich wie ein nasser Hund.

Die Pfeife war ausgegangen. Über uns klebten ein paar blasse Sterne am Himmel, und das Meer rauschte noch immer ununterbrochen mit seinen Nachtwellen.

»Du glaubst uns also nicht?«, fragte ich mit ganz kleiner Stimme.

»Firlefanz«, knurrte Olafsen. »Das ist ja hier wohl nicht die Frage. Eine so verrückte Geschichte erfindet keiner. Die Frage ist: Wie stelle ich es an, dass mein einziger Sohn wieder groß genug wird, um mit mir an einem Tisch zu sitzen? Und was für Medizin braucht er, damit er seine Halserkältung loswird und wieder vernünftig mit mir reden kann?«

Da wich die Nervosität aus meinen Händen, und mir wurde ganz warm, als hätte jemand in meinem Herzen eine Heizung angemacht. Mein Vater, der Kapitän, glaubte mir. Mein Vater, der Kapitän, wollte mit mir an einem Tisch sitzen. Mein Vater, der Kapitän, sorgte sich um mich. Das Märchen hatte ein gutes Ende.

Ich dachte an die Ratte auf dem Weg. Vielleicht war es Ansichtssache, ob Ratten schön sind.

»Und die Frage ist außerdem«, fuhr mein Vater, der Kapitän, fort, »heißt du nun Knut oder Karl?«

»Knut Karl?«, schlug ich vor.

Olafsen nickte bedächtig. »Und dann ist noch die Frage«, sagte er, »wie wir diesen Anker aus dem 12. Kontinent herausbekommen. Miriam war kaum weg, da hat er uns erzählt, du hättest ihm dein Wort gegeben. Ein Wort, das schwer wiegt.«

Da rauschten die Wellen lauter, und der kalte Wind fuhr durch mein Haar, dass meine innere Heizung ziemlich zu kämpfen hatte, und der Fahrradschuppen am Hafen schien sich nervös zusammenzukauern. Ein Käuzchen schrie irgendwo hinter dem Café, und am Horizont flackerte ein Wetterleuchten entlang.

»Sven hat dir von unserem Tauchabenteuer erzählt?«, flüsterte ich.

»Zeit genug hatten wir ja«, meinte mein Vater. »Während die Fähre ohne mich wegfuhr.«

»Ein Glück«, sagte ich.

»Ein Glück«, sagte mein Vater. »Aber ich fürchte, wenn wir dein Versprechen nicht halten, geschieht etwas Schreckliches. Der Uralte wartet. Aber er ist nicht sehr geduldig.«

Der kalte Wind wurde noch kälter und noch windiger, und ein Spritzer aufgewirbelter Gischt traf meine Wange. Ich zog den großen geliehenen Pullover enger um mich.

Mir war, als spürte ich durch das Knie meines Vaters ein leichtes, ungeduldiges Beben der Erde, aber womöglich bildete ich mir das ein.

»Du bist der Kapitän«, sagte ich. »Du weißt mehr über Anker als jeder andere.«

»Außer vielleicht Alma«, sagte mein Vater. »Denn Alma ist immerhin die Kapitänin der *Maria*.«

»Alma hast du auch schon kennen gelernt?«

»Zeit genug hatten wir ja«, wiederholte mein Vater, der Kapitän.

Dann nahm er mich von seinem Knie und stand auf.

»Lass uns ins Café gehen«, sagte er, »und nachsehen, ob die Besitzerin uns einen Kakao kocht, während wir eine Kapitänsberatung abhalten.«

Die Besitzerin des Cafés lachte und folgte uns durch die Dunkelheit zu der angelehnten Tür.

Drinnen war es warm und gemütlich, und der kalte Wind strich um die Fensterläden und konnte nicht hinein, weil wir die Tür fest zumachten.

Alma, Fred und Sven saßen unter der Küchenlampe und spielten Schiffe versenken. Sie sahen auf, als wir hereinkamen, und ihre Gesichter waren sehr neugierig. Deshalb erzählte ich ihnen alles in einer meiner verkehrten Reihenfolgen. Miriam kochte Kakao, und Olafsen streute Salz in den Topf.

Ich stellte mir vor, wie er, kaputt und verletzt, die Kisten mit den Aprikosen, dem Reis, dem Milch- und dem Kakaopulver aus dem Wasser zog und in seiner einfachen Hütte über einem Feuer salzigen Kakao und salzigen Milchreis mit salzigen Aprikosen aß. Und dabei an mich dachte. Während ich viele Hundert Kilometer weit weg als kleines rosa Baby herumlag und im Kinderheim von Maria mit der Flasche gefüttert wurde. Mit Milch ganz ohne Salz.

»Wir bräuchten eine Seilwinde«, sagte Alma, als wir den Kakao tranken. Ich saß neben der Tasse meines Vaters und rührte ab und zu den Löffel um, der so groß war wie ich.

»Eine Seilwinde, um den Anker heraufzuziehen.«

»Oder eine Säge, um ihn unter Wasser durchzusägen«, sagte Fred. »Wieso ist Salz im Kakao?«

»Kein Schiff voller Bagger und Kräne?«, fragte ich enttäuscht.

»Das wäre sicher das Beste«, sagte Miriam und seufzte.

»Hast du gerade eines da?«, fragte Sven grinsend.

Ich musste zugeben, dass ich keines dahatte. Leider.

»Wenn wir wenigstens einen Motor hätten«, sagte ich. »Irgendeinen Motor. Dann könnten wir eine Seilwinde bauen, und der Motor würde sie drehen.«

»Moment«, sagte mein Vater. »Einen Motor?«

»Ein Auto«, seufzte Sven. »Wenn wir ein Auto hätten, könnten wir ein Seil an den Anker knoten und an das Auto und dann wegfahren, und der Anker würde sich ganz von selbst aus dem Sand ziehen.«

»Auf dem 12. Kontinent«, sagte Miriam, »gab es noch nie Autos. Es gibt nicht einmal eine Straße.«

»Wieso ist Salz im Kakao?«, fragte Fred.

Der Kapitän schlug mit der flachen Hand auf den Tisch, dass die Tassen nur so hüpften und wir Winzigen um unser Gleichgewicht kämpften. »Wir haben vielleicht kein Auto!«, rief er. »Aber wir haben einen Motor, der beinahe genauso gut ist!«

Wir alle sahen ihn fragend an.

»Mein Boot«, verkündete der Kapitän, nicht ohne einen gewissen Stolz. »Es ist kein großes Boot, doch es verfügt über einen 1-a-Motor!«

»Das stimmt allerdings«, sagte Miriam nachdenklich. »Ich habe es damals auf dem Festland für ihn gekauft, weil der Sturkopf den Kontinent nicht verlassen wollte.«

»Falls mein Sohn vorbeikäme«, sagte der Kapitän leise – so leise, dass nur ich es hörte. »Mit irgendeiner Fähre ... oder einem Schiff ...«

»Man könnte also das zweite Ende des Seils einfach an das Motorboot binden statt an ein Auto«, sagte Alma praktisch, »und den Anker damit aus dem Schlick zerren.«

»Genau das.« Mein Vater, der Kapitän, erhob sich und trat ans Fenster.

»Es ist verflixt dunkel und ungemütlich da draußen«, sagte er. »Und das Wetter wird schlechter. Ich habe das Gefühl, dass uns der Uralte nicht mehr viel Zeit gibt, um unser Versprechen einzulösen. Hast du irgendeine starke Lampe, Miriam?«

Zuerst wollten alle mit, doch dann wurde beschlossen, dass es besser war, jemand bliebe im Café zurück. Falls etwas passierte.

Auf dem 12. Kontinent konnte man nie wissen, was passieren würde.

»Wir gehen zu zweit«, sagte mein Vater, der Kapitän, streifte seine Jacke über und steckte mich in seine Brusttasche. »Mein Sohn und ich.«

Sven stand auf dem Tisch und blickte zu uns empor, und ich sah, wie er den Mund öffnete, um zu protestieren. Fred hatte ein neues Holzbein geschnitzt, und niemand konnte etwas dagegen haben, dass Sven mitkam.

Doch dann schloss Sven den Mund wieder. Womöglich verstand er, dass der Kapitän und ich diese Sache alleine erledigen mussten. Oder: zu zweit. Er lächelte zu mir hoch und winkte.

»Viel Glück!«, rief er. »Kommt heil wieder!«

»Das haben wir vor«, knurrte Olafsen und hängte sich Miriams große, klobige Nottaschenlampe um.

»Wieso war eigentlich Salz im Kakao?«, fragte Fred, während sich die Tür hinter uns schloss. Draußen griff der kalte Wind abermals in meine Haare und zerrte mit seinen klammen, seeluftigen Fingern daran.

Was für eine Nacht!

Es war seltsam, mit Henk Olafsen auf dem Fahrrad durch diese Nacht zu fahren. Unwirklich. »Mein Vater«, flüsterte ich vor mich hin, zu leise, als dass er es hätte hören können. »Mein Vater, der Kapitän.«

Jetzt würde alles anders werden. Ein bisschen beunruhigte mich das. Ich wusste nicht, wie man mit einem richtigen Vater zusammen Dinge tut. Aber es fühlte sich auch gut an, in seiner Jackentasche zu sitzen. Wie groß und stark er war. Noch viel stärker als ich.

Mit ihm zusammen brauchte ich keine Angst mehr zu haben. Mit ihm zusammen konnte nichts schief gehen.

Mein Vater fuhr durch den Farn und das niedrige Gestrüpp, als wäre es eine breite Straße, und dann stellte er das Fahrrad bei dem kleinen Steg ab. Er setzte mich in das Motorboot und streifte seinen Pullover über den Kopf.

»Ich kann mir schon denken, dass du mit hinunterkommen willst«, sagte er. »Aber das kommt gar nicht infrage. Du bist erkältet genug. Ich tauche alleine. Wo ist die richtige Stelle?«

»Es ist viel besser, wenn ich sie dir unter Wasser zei...«

Vom Steg hinunter sah der Kapitän mich streng an und runzelte die dichten Augenbrauen. »Nein«, knurrte er, »ist es nicht. *Wo?*«

Ich erwog, mich zu ärgern, doch dafür war jetzt nicht die Zeit. »Da vorne«, sagte ich und zeigte. »Ungefähr auf Höhe des knorrigen Baums ohne Blätter.«

Da nickte mein Vater wortlos. Er zog den Rest seiner Kleider aus und warf sie unter die Ruderbank – nur die Taschenlampe hing noch immer um seinen Hals und verbreitete ihr kränkliches weißes Licht wie ein schlecht gefälschter Mond. Dann stieg er zu mir ins Boot und startete den Motor. Schweigend fuhren wir durch die klare Oktobernacht bis zu der Stelle, auf deren Höhe der knorrige Baum stand.

Dort stoppte mein Vater, der Kapitän, den Motor. Er legte sich das Seil über die Schulter, das Miriam ihm gegeben hatte, stand auf und nickte mir zu. So, wie ein Seemann dem anderen zunickt.

Dann sprang er kopfüber ins Wasser.

Das Wasser war schwarz und schloss sich um ihn, ohne dass das Rauschen der Wellen sich änderte. Es verschluckte ihn einfach.

Und ich blieb ganz alleine auf der Bank des Motorboots zurück. Ich hätte ihm die Rinde geben sollen!, dachte ich plötzlich. Die goldene Rinde des Baumes, der einmal die kleine Wanja gewesen war! Wie konnte er unter Wasser atmen – ohne die Rinde? Wie konnte er die schreckliche Kälte dort ertragen, ohne dass seine Arme und Beine gelähmt wurden? Verzweifelt starrte ich das dunkle Wasser an. Ich hatte es vergessen. Ich hatte die Rinde einfach vergessen.

Es ist für ihn ja nicht so tief, weil er viel größer ist, dachte ich, um mich selbst zu beruhigen. Es beruhigte mich überhaupt nicht.

Ich hockte zusammengekauert da und hörte die kalten Wellen um das Boot herum glucksen und den kalten Wind über das unruhige Wasser streichen und zitterte und wartete. Noch nie in meinem ganzen Leben hatte ich so ungeduldig auf irgendetwas gewartet.

Es schien mir, als würden Jahre vergehen. Jahrzehnte. Ein ganzes Jahrtausend.

Die Zeit dehnte und streckte sich. Die Nacht dauerte an, und das Wasser blieb schwarz und stumm. Mein Vater, der Kapitän, tauchte nicht wieder auf. Irgendwann stand ich auf, um besser sehen zu können, doch es änderte nichts. Der Lichtschein der Nottaschenlampe blieb verschwunden.

Ich hatte meinen Vater gefunden, und nun hatte ich ihn wieder verloren, weil ich vergessen hatte, ihm die Rinde zu geben.

Die Ratte kam mir in den Sinn, die vom Waldweg gehuscht war. Mein persönliches Vorhersage-Omen. War sie schön oder hässlich gewesen?

Das schwarze Wasser schwappte in höheren Wellen am Boot empor, nervös, auffordernd. Der Uralte verlor die Geduld. Ich schloss die Augen, um das schwarze Wasser nicht mehr sehen zu müssen.

Das Nächste, was ich wahrnahm, war ein feuchtes Klatschen neben mir, als wäre ein großer Fisch ins Boot gesprungen. Erschrocken öffnete ich die Augen. Neben mir lag im blassen Sternenlicht etwas Großes, Dunkles. Aber es war kein Fisch, jetzt sah ich es. Es war das zusammengerollte Ende eines Taus.

Angestrengt spähte ich in die Dunkelheit.

»Henk?«, flüsterte ich, »Henk?«

»Ich bin hier!«, rief es aus dem schwarzen Wasser, keuchend. Dann ging das weiße Licht an, und ich sah einen Kopf auf den Wellen. »Die verflixte Lampe hat einen Wackelkontakt! Hast du das Seil?«

»Klar«, wisperte ich, weil meine Stimme noch immer nicht rufen wollte. »Klar habe ich das Seil.«

Und ich kletterte von der Bank und packte das Tau. Doch ich war zu klein, um es irgendwo festknoten zu können.

Einen Moment später kletterte Henk an Bord, triefend und mit etwas Mühe. Dann schüttelte er sich, und aus seinem Bart sprühten die Tropfen wie Regen.

»Himmel!«, keuchte er und rubbelte sich mit seinem Hemd ab. »Hölle! Warm ist es nicht gerade da unten!«

Ich starrte ihn an.

Ich konnte nichts anders. Ich starrte ihn einfach nur an, meinen Vater, den Kapitän, und beinahe hätte ich losgeheult vor lauter Erleichterung. Aber echte Seemänner heulen nicht.

»Wo ... wo warst du bloß so lange?«, fragte ich schließlich.

»Lange?« Mein Vater tauchte aus seinem Pullover auf und sah mich verwundert an. »Ich war verflixt schnell. Die Stelle war genau die richtige, ich habe den Anker sofort gefunden. Nur die dumme Lampe ging dauernd aus und wieder an.«

Die Lampe flackerte unentschlossen.

»Dieser Anker scheint ja ein Mordsding zu sein. Uralt, würde ich sagen. Passt zum Uralten, hah! Und groß, du meine Güte. Ein Museumsstück. Ich habe das Seil ein paar Mal darum geschlungen und so fest geknotet, dass man es wahrscheinlich im Leben nicht wieder abbekommt.«

Er stieg in seine Hosen und befestigte das andere Ende des Seils am Boot.

»Du warst mindestens fünf Stunden weg!«, sagte ich.

Mein Vater, der Kapitän, lachte.

»*Minuten* eher«, meinte er und setzte mich zurück in seine Jackentasche.

Dann startete er den bockigen Motor.

Das Boot schoss zwei oder drei Meter hinaus in die Nacht. Danach kam es zu einem so abrupten Halt, dass Henk beinahe das Gleichgewicht verlor und ich fast aus seiner Brusttasche geschleudert worden wäre. Aber ich klammerte mich am Knopfloch fest.

Henk ließ den Motor aufheulen.

Moment, dachte ich. Es ist absolut unlogisch, dass ein so winziges Boot wie unseres einen Anker aus dem Schlick zieht, den ein ganzer, wütender Kontinent 800 Jahre lang nicht bewegen konnte. Aber dies ist ein Märchen, dachte ich. Es ist genauso unlogisch, auf Daumengröße zu schrumpfen, weil man einen Schiffszwieback isst. Oder in einen goldenen Baum verwandelt zu werden, weil ein Kontinent Geschichten aus der Ferne hören will.

In einen goldenen Baum. Während der Motor angestrengt heulte und das Boot stillstand, holte ich mein Stückchen Rinde aus der Hosentasche.

Ich stieg aus Henks Jackentasche, kletterte an der Knopfleiste hinunter und krabbelte seinen Arm entlang. Es wäre sinnlos gewesen, es ihm zu sagen. Er hätte mein heiseres Flüstern über das Motorengeheul niemals gehört. Deshalb krabbelte ich auf seine Hand und legte das Stückchen Baumrinde hinein. Es verbreitete einen schwachen, kleinen goldenen Schein – kaum zu sehen in der großen Nacht.

Henk sah mich verwundert an. Ich zeigte mit ausgestrecktem Arm auf den Motor, und er beugte sich ganz nah zu mir herab.

»Wirf es hinein«, flüsterte ich. »In den Tank.«

Henk zuckte die Achseln, machte jedoch den Motor aus. Es wurde merkwürdig still um uns. In der Stille hörte man den Wind heulen. Oh ja, der Uralte war ungeduldig. Als Henk den Tank aufschraubte und das Stückchen Rinde hineinfallen ließ, gab es das winzigste, zaghafteste aller Geräusche.

Der Kapitän schraubte den Tankdeckel zu und riss erneut an der Motorschnur. Diesmal bockte der Motor mit keinem einzigen Huster.

Er jaulte einmal kurz, das Tau spannte sich – und dann bewegten wir uns langsam, Zentimeter um Zentimeter, vorwärts. Zuerst war es beinahe nicht zu spüren, doch allmählich gewannen wir an Fahrt. Ich hörte, dass mein Vater etwas sagte, doch ich verstand nicht, was. Es klang erstaunt.

Hinter uns tauchte das gespannte Seil immer weiter aus dem schwarzen Wasser auf, nach und nach, in Zeitlupengeschwindigkeit – *aber* es tauchte auf.

Und endlich, nach einer Ewigkeit, sahen wir ein Stück rostiges Metall an seinem Ende.

Henk schüttelte den Kopf, ungläubig. Diesmal verstand ich, was er sagte.

»Es *funktioniert*«, sagte er. »Es funktioniert tatsächlich! Wer hätte das gedacht.«

Tja, wer? Ich vielleicht, dachte ich. Aber im Grunde nicht mal ich.

Der Anker kam aus den Wellen wie eine Luftmatratze, die auf dem Wasser schwimmt.

Ein dunkler Schemen.

Riesen-, riesen-, riiiesengroß.

Henk steuerte das Boot in einer weiten Kurve zurück zum Steg und legte an. Dann löste er das Ende des Taus, war mit einigen Schritten am kiesigen Ufer und zog mit beiden Armen an der Leine. Ich kauerte in seinem Jackenärmel und sah zu, wie der dunkle Ankerschemen gehorsam an Land schwamm. Als würde er nichts wiegen, überhaupt nichts.

Als er vor uns auf dem Strand lag, ließ Henk das Tauende fallen und kniete sich hin, um den Anker genauer zu betrachten. Die Taschenlampe baumelte noch immer um seinen Hals.

Sie beleuchtete den Rost von 800 Jahren. Kolonien von Seepocken und Gärten voll kleiner Algen bewohnten die komplette Oberfläche.

Henk packte ihn an einem Ende und versuchte, ihn anzuheben. Er stöhnte und schwitzte, doch der Anker rührte sich nicht.

»Er ist zu schwer«, sagte Henk. »Er ist einfach viel zu schwer.«

»Kein Wunder«, sagte ich, »bei der Größe.«

»Aber eben war er noch leicht«, sagte Henk verblüfft. »Eben schwamm er noch auf den Wellen. Gerade bis ich ihn an Land gezogen hatte.«

»Dinge sind eben so, wie sie sind«, sagte ich.

Mehr konnte man dazu nicht sagen.

Henk steckte mich zurück in seine Jacke, diesmal in eine der unteren Taschen.

Wir mussten den anderen Bescheid sagen.

Doch ehe er auf sein Fahrrad stieg, sagte ich: »Kannst du mich in die andere Tasche stecken? In dieser ist schon etwas drin. Etwas Unbequemes.«

Er nahm mich heraus und fühlte nach. »Ach, der Stein«, meinte er. »An den habe ich gar nicht mehr gedacht.«

»Welcher Stein?«, fragte ich verständnislos.

»Ich wollte ihn an die Ledermappe knoten, um sie zu beschweren«, erklärte Henk. »Damit sie ordentlich versenkt wird. Wenn ich nicht vergessen hätte, das zu tun, hättest du sie nie als Floß benutzen können. Und sie nie geöffnet. Und nie herausgefunden, dass du Karl Knut bist. Man kann wirklich von Glück sagen, dass ich es vergessen habe.«

Er drehte den Stein im Licht der Nottaschenlampe hin und her.

Irgendwie hatte der Stein eine komische Form. Länglich, mit einem Knubbel an einem Ende wie ein Griff.

»Was ist das für ein Stein?«, fragte ich.

»Ist einer der Steine aus meiner Sammlung«, meinte Olafsen.

»Weshalb hast du ihn gesammelt?«

»Oh, ich habe ihn nicht gesammelt. Es ist einer von denen, die vor ein paar Tagen einfach auftauchten. Keine Ahnung, wer sie zu meiner Sammlung dazugelegt hat. Miriam vielleicht? Aber wieso? Sie sehen alle so aus wie dieser. Nicht wirklich interessant. Sonst sammle ich nur Hühnergötter und versteinerte Muscheln und solches Zeug.«

Er wollte den Stein wieder wegstecken, aber ich hielt ihn zurück.

»Warte«, meinte ich. »Etwas stimmt nicht damit. Da ist dieser Griff ... beinahe wie ... wie ein Kopf.«

Und dann wusste ich es. Ganz plötzlich wusste ich es. Es konnte nicht anders sein.

»Die Winzigen«, flüsterte ich. »Der Uralte hat sie einfach versteinert. Und ihre Form ein wenig einfacher gemacht, damit man sie nicht erkennt. Das sind die erwachsenen Winzigen, die verschwunden sind. In deiner Steinsammlung, Henk. Die ganze Mannschaft! Er hatte Angst, dass wir herausfinden, wo die Kinder sind, und da hat er sie einfach versteinert und in deiner Sammlung versteckt!«

Henk drehte den Stein hin und her und pfiff durch die Zähne. »Eines muss man ihm lassen, dem Uralten«, sagte er. »Er hat Sinn für Ironie.«

»Für was?«, fragte ich.

»Egal«, sagte Henk, »lass uns fahren.«

Als wir aus dem Wald kamen, sah ich, dass die Sternbilder seit unserer Abfahrt schon ein ganzes Stück weitergerückt waren. Als echter Seemann sieht man so was. Die anderen warteten sicher.

»Was deine Mutter angeht ...«, sagte Henk plötzlich, mitten aus unserem erschöpften Schweigen heraus.

»Meine *Mutter*?«, fragte ich. Es klingt sicher seltsam, doch bisher hatte ich noch nie über meine Mutter nachgedacht. Natürlich musste ich eine haben. Jeder hatte eine. Aber ich hatte mich immer nur nach meinem Vater gesehnt. Nach meinem Vater, dem Kapitän.

Henk räusperte sich. »Sie – sie ist damals gestorben«, sagte er. »Bei deiner Geburt. Sie war wunderschön. Die schönste Frau, die ich je gesehen habe. Wir beide blieben übrig, du und ich. Ich stieg mit dir auf mein Schiff, und ich dachte, wir könnten ein neues Leben anfangen. Irgendwo anders.«

»Können wir doch«, sagte ich. »Nur eben mit etwas Verspätung.«

Zwölf Jahre waren ziemlich *viel* Verspätung, aber besser spät als gar nicht, oder?

»Sei nicht traurig«, sagte Henk. »Weil sie gestorben ist.«

»Bin ich nicht«, sagte ich. »Ich kannte sie ja nicht.«

Vielleicht hätte es sich so gehört, traurig zu sein. Aber ich war überhaupt nicht traurig. Ich war glücklich, mit meinem Vater, dem Kapitän, auf einem Fahrrad durch die Nacht zu fahren, und ich war kaputt und hungrig, aber traurig war ich kein bisschen.

»Sei du auch nicht mehr traurig, ja?«, sagte ich. »Jetzt ist alles besser. Wo wir wieder zu zweit sind.«

Henk knurrte etwas in seinen Bart. Ich glaube, er war verlegen, weil die Angelegenheit so rührselig wurde. Ich stellte mir vor, wie er mit mir als Baby auf dem Arm in den Sonnenuntergang segelte: die Abschlussszene aus einem Film. Geigenmusik, und der Held steht am Steuerrad seines stolzen Schiffs ... Nur, dass es keine Abschlussszene war. Es war eine Anfangsszene.

»Ich habe einen Mordshunger«, sagte ich. »Einen Hunger, mindestens so groß wie der Anker. Wenn ich so darüber nachdenke, dann habe ich seit einer Ewigkeit nichts mehr gegessen.«

Henk schien erleichtert darüber zu sein, dass wir zu praktischeren Themen kamen als verstorbenen Müttern.

»Du kannst zwei ganze Spaghetti alleine aufessen, wenn wir zurückkommen«, sagte er großzügig und lachte. »Mit einem Teelöffel voll Tomatensauce.«

Gegen Morgen trat auf einer kleinen Insel irgendwo in der Ostsee eine Gruppe Kinder aus dem Wald. Sie blinzelten ins Licht und gähnten und rieben sich die Augen, wie nach einem langen, langen Schlaf.

Dann nahmen die älteren Kinder die jüngeren bei der Hand und gingen den sandigen Weg entlang, der mitten über die Insel führte, durch Dünen voller Strandhafer und Heidekraut. Links und rechts sah man das Meer blau im Oktobersonnenschein liegen, und ein paar vereinzelte weiße Schafe weideten auf der Weide.

Jedenfalls stelle ich es mir so vor.

Als die Kinder am Hafen ankamen, wo die Stimme des Uralten sie hingeschickt hatte, wartete ein riesiges Frühstücksbüfett auf sie. Miriam hatte schon den Tisch gedeckt. Kurz nach den Kindern kamen die Erwachsenen an.

Nur Jorgen war schon da.

In der Nacht hatte Henk den Stein aus seiner Jackentasche gedankenverloren irgendwohin gelegt, und so war Jorgen gegen sechs Uhr morgens im Kühlschrank neben einem Glas Brombeermarmelade und Henks Portemonnaie aufgewacht, das Sven und Fred dort am Tag zuvor versteckt hatten. Miriam, die bereits mit Kaffeekochen beschäftigt war, hatte Jorgens Klopfen zum Glück gleich gehört. Sonst hätte er sich sicherlich erkältet.

Um acht Uhr saßen wir alle am und auf dem größten Tisch im Café.

Ich saß neben Henks Teller und teilte mir mit ihm ein hart gekochtes Ei.

Alle redeten durcheinander, und dauernd umarmten sich irgendwo Leute, dass es einem beinahe schon zu viel werden konnte.

Wanja aber, das kleinste Mädchen unter den winzigen Kindern, kam über den Tisch zu mir und guckte mich von Kopf bis Fuß an.

»So siehst du also aus«, sagte sie. »Wenn man ein Baum ist, kann man unten an seinen Wurzeln nicht so viel sehen. Man sieht mehr oben mit der Spitze, wie mit dem Kopf.«

»Ja, so sehe ich aus«, sagte ich. Dann sah ich, dass sie am rechten Bein eine schorfbedeckte Wunde hatte. Ich schluckte.

»Ich danke dir«, sagte ich ernst. »Für alles. Ohne dich hätten wir den Anker niemals aus dem 12. Kontinent ziehen können. Und wir wären überhaupt schon lange in irgendetwas verwandelt worden, Alma und Fred und Sven und ich.«

Wanja nickte. »Da habt ihr wohl alle Glück gehabt, was?«, sagte sie. »Dass ich so eine Heldin bin.« Und dann ging sie um den Honigtopf herum und kletterte ins Nutellaglas, und niemand hatte das Herz, es ihr an diesem wunderschönen Morgen zu verbieten.

Wir waren immer noch mitten beim Frühstücken und beim Erzählen, als eine tiefe Stimme von allen Seiten her gleichzeitig ertönte. Sie er*dröhnte* eher.

Die Wände wackelten, und der Tisch schwankte leicht.

Ich ließ beinahe den Cornflake fallen, den ich gerade aß. Alle verstummten.

»Ich habe bis jetzt gewartet«, dröhnte der Uralte. »Damit alle ausschlafen können und die Dinge ihre Ordnung haben. Ich, ähem, ich wollte mich bedanken. Ich fühle mich gar nicht mehr aufgelaufen an. Ich habe die beiden Beiboote auch wieder in Beiboote verwandelt. Sie waren Schafe, aber es ist keinem von euch aufgefallen. Jetzt liegen sie am Strand und sind wieder gelb und blau und aus Gummi.« Er schien tief Luft zu holen. »Und ich wollte fragen«, sagte er schließlich, *»kann ich jetzt wegschwimmen?«*

»Nein!«, rief Miriam und sprang auf. *»Noch nicht!* Jemand muss den Anker bergen.«

»Wieso?«, fragte der Uralte quengelig. »Ich will wegschwimmen. Jetzt gleich.«

»Die paar Stunden kannst du ja wohl noch warten«, sagte Miriam streng. »Und krieg bloß keinen Wutanfall, ich warne dich.«

Sie schien überhaupt keine Angst mehr vor dem Uralten zu haben. Ich lauschte in mich hinein und merkte, dass es mir genauso ging. Wenn man weiß, mit wem man spricht, und nicht alles im Dunklen und Unheimlichen verborgen liegt, wird alles einfacher.

»Ich habe schon telefoniert«, fuhr Miriam fort, »vor dem Frühstück. Hast du das mitgekriegt?«

»Nein«, grollte der Uralte, »ich kann ja nicht dauernd auf alles achten.«

»Mit der nächsten Fähre kommt ein Kran mit«, sagte Miriam. »Damit hieven sie den Anker an Bord. Damit er ins Schifffahrtsmuseum transportiert werden kann. Weil er so alt ist.«

»Pfft«, machte der Uralte. »Kinkerlitzchen.«

»Ein Kran?«, fragte ich. »Ein echter, großer Kran?«

Ich hatte auch nicht mitbekommen, dass Miriam telefoniert hatte. Vermutlich hatten wir alle noch geschlafen.

»Sicher«, sagte Miriam, als würde sie jeden Tag übers Telefon Kräne bestellen, so wie Pizza. »Und die Leute vom Schifffahrtsmuseum haben gesagt«, erklärte sie feierlich, »dass sie eine ganz schöne Summe für den Anker bezahlen. An den ehrlichen Finder sozusagen.«

Henk knurrte. Ich glaube, diesmal war es vor Freude.

»Die Fähre kommt um zehn«, sagte Miriam.

»Kann ich dann wegschwimmen?«, fragte der Uralte.

»*Nachdem* sie den Anker geborgen haben.«

Der Uralte grummelte noch etwas, aber er machte kein Erdbeben und ließ uns in Ruhe weiterfrühstücken. Selbst Kontinente, dachte ich beeindruckt, sind nicht ganz unempfänglich für Erziehung.

Mit jener letzten, allerletzten Fähre planten mein Vater, der Kapitän, und ich, an Land zu gelangen. Und wenn der Uralte fortschwamm, wollten auch die Winzigen mit ihrem Schiff außer Reichweite sein.

So setzte Miriam die *Maria* wieder zurück in die Ostsee.

In der Nacht hatten Sven, Fred und Alma MARIA an den Bug der *Maria* gepinselt, während sie auf uns gewartet hatten. Sobald das Schiff wieder im Meer lag, tauften wir es offiziell, indem wir eine Tasse Kakao mit Salz über den Bug gossen.

Die Plastikmöwe aus dem Überraschungsei, die ich dort vor so langer Zeit als Galionsfigur angeklebt hatte, schien sich etwas über den Kakao zu wundern.

Später standen Sven und ich mit den anderen am Steg herum und warteten auf die Fähre. Wir hatten noch eine Menge zu bereden.

»Manchmal denke ich«, sagte ich, »dass ich gerne wieder groß wäre. Jetzt, wo ich mit meinem Vater, dem Kapitän, mitgehe und nicht mit euch auf der *Maria* fahre.«

»Damit sieht es schlecht aus«, antwortete Sven und legte nachdenklich die Stirn in Falten. »Ich kenne keinen Weg, wie man die Sache mit dem winzigen Schiffszwieback rückgängig machen kann. Dass man davon klein wird, wenn man groß ist, ist eine alte Geschichte. Aber andersherum? Davon habe ich noch nie gehört. Die Leute scheinen im Allgemeinen klein zu *bleiben.*«

»Hm«, sagte ich, vergrub die Hände tief in den Taschen und sah aufs Meer hinaus. Ich trug wieder meine eigenen Sachen, die Miriam am Abend zuvor in der Mikrowelle getrocknet hatte. In der einen Hosentasche fand ich den Stein. Den Stein mit dem Loch. Den Hühnergott.

»Du, Sven«, sagte ich aufgeregt. »Mir kommt da gerade so eine Idee.«

»Was für eine?«

»Vielleicht gibt es doch einen Weg. Wie ich wieder groß werden kann.«

Ich hielt den Hühnergott an meinen Mund. »Uralter«, sagte ich, »bist du da?«

»Blöde Frage«, dröhnte der Uralte aus dem Hafenbecken. »Wo soll ich sonst sein.«

»Du kannst doch Dinge verwandeln«, fragte ich, »nicht wahr?«

»Alle Kontinente können Dinge verwandeln«, antwortete der Uralte stolz. »Sieh dir die Evolution an. Wir haben die Fische nacheinander in alles Mögliche verwandelt. Nur, je kleiner der Kontinent, desto schneller die Verwandlung. Deshalb kann ich es am schnellsten. Beeindruckend, was?«

»Furchtbar beeindruckend«, sagte ich und versuchte, furchtbar beeindruckt auszusehen. »Könntest du mir noch einen Gefallen tun, ehe wir uns trennen?«

Der Uralte brummte ungehalten aus den Hafenstegen.

»Könntest du mich wieder groß machen? Normal groß? So, wie ich war, ehe ich damals an dem Bach den Schiffszwieback aß und einer der Winzigen wurde?«

»Kann ich danach wegschwimmen?«, fragte der Uralte ganz schnell.

»Ja«, sagte ich, denn eben tauchte die Fähre in der Ferne auf. »Bald. Sofort, nachdem der Anker geborgen ist.«

Der Uralte seufzte. »Naaa gut«, sagte er schließlich. »Ich mach's. Aber nur, weil ich dich mag. Weil du auch Wutanfälle hast.«

»Manchmal«, sagte ich.

»Ich habe sie auch nur *ganz selten*«, erklärte der Uralte ernst. Ich verbiss mir ein Grinsen.

Dann wurde mir von einem auf den anderen Moment unglaublich schwindelig. Verwirrt schüttelte ich mich, um einen klaren Kopf zu bekommen – und da sah ich, dass der Boden auf einmal sehr, sehr weit weg war.

Dort, wo er war, entdeckte ich zwei große Füße in ausgetretenen Turnschuhen.

Es waren meine Füße.

Daneben stand Sven. Er hatte den Kopf in den Nacken gelegt und sah zu mir auf.

»Hui«, keuchte ich. »*Das* war plötzlich.«

»Allerdings«, rief Sven von unten. Ich kniete mich hin, damit wir uns besser unterhalten konnten – und für einen Augenblick wurde ich schrecklich traurig. Meine Zeit bei den Winzigen war vorbei.

Die ganze abenteuerliche Geschichte war vorbei. Ich würde nie mehr mit Sven zusammen Fußspuren in den Marzipanüberzug einer Torte machen, ich würde nie mehr in irgendjemandes Jackentasche sitzen, und ich würde nie mehr die gemütliche Küche unter Deck der *Maria* betreten können.

Ich schluckte.

Die Fähre fuhr mit einem tiefen *Tuuuut* in den Hafen ein. An Deck glänzte blau ein beinahe neuer Kran. Die einzigen Leute, die sonst noch darauf waren, sahen offiziell aus – wie Leute vom Museum oder Journalisten. Diesmal waren keine Touristen mitgekommen – zum Glück, wo der 12. Kontinent doch endlich fortwollte.

»Wir sehen uns doch wieder?«, sagte ich zu Sven.

»Na, was glaubst du denn«, sagte Sven. »Klar sehen wir uns wieder! Andauernd! Und ich schreibe dir auch. Wenn mir jemand hilft, die Briefmarke auf den Brief zu kleben und ihn einzuwerfen. Ich fahre mit dem roten Fahrrad zum Briefkasten, sobald wir an Land sind. Olafsen hat es aufgesammelt, auf dem Weg zurück, damals, gestern.«

Ich nickte erleichtert.

Einen Moment lang fragte ich mich, wer das rote Fahrrad eigentlich nach dem Erdrutsch gefunden und mitgenommen hatte, um es zu reparieren und vor Miriams Tür zu stellen.

Dann stand ich auf. Henk trat hinter mich und legte eine Hand auf meine Schulter.

Und ich dachte, dass ich die Antwort auf meine Frage im Grunde wusste.

»Wenn du dich mit dem Wachsen anstrengst«, brummte mein Vater, »bist du in ein paar Jahren so groß wie ich. Ich muss mir mal überlegen, ob mir das gefällt.«

»Na, und wie dir das gefällt«, sagte Miriam, die hinter ihm hergekommen war und lachte. »Dann könnt ihr beiden Seemänner um die Wette in die Bärte knurren.«

Wir knurrten zur Antwort im Chor.

Während die Fähre umständlich anlegte, verabschiedete ich mich von Ingeborg und Jorgen und Fred und Alma und Wanja und all den anderen Winzigen.

»Schnitz lieber noch ein zweites Ersatzholzbein für Sven«, sagte ich rasch zu Fred, als Sven es nicht hörte. »Ich habe so das Gefühl, er wird es demnächst wieder einbüßen. Es ist doch zu dumm, nicht wahr, dass er dieses Bein verloren hat. Das richtige, meine ich.«

»Verloren?«

Fred zog eine Augenbraue hoch und streichelte nachdenklich seinen roten Vollbart. »Welche Version hat er dir erzählt? Die mit dem Sturm, die mit dem Unfall beim Mastreparieren oder die mit der schrecklichen Krankheit?«

»Keine davon«, antwortete ich etwas betreten. »Er hat mir erzählt, ein Seeungeheuer hätte sein Bein abgebissen. Ach nein.

Ein Riesenhai. Ach *nein*. Er hat es bei einem Kampf mit Piraten verloren.«

»Ah«, sagte Fred und nickte verständig. »Natürlich. Zumindest auf eine der drei hätte ich selbst kommen können. *Diese* Versionen fehlten noch in der Sammlung.«

»Was – was ist wirklich mit seinem Bein passiert?«, fragte ich zaghaft.

»Gar nichts«, sagte Fred. »Er ist so geboren worden. Er hatte noch nie ein Bein unten rechts.«

»Oh«, sagte ich betroffen.

»Aber es macht ihn natürlich interessanter, wenn etwas damit passiert ist. Etwas Abenteuerliches.«

»Hm«, sagte ich. Und nach einer Weile: »Aber er ist doch interessant genug, nicht wahr? Es ist doch genug Abenteuerliches passiert. Gerade in letzter Zeit.«

Da lächelte Fred.

»Absolut«, meinte er. »Ich werde es ihm bei Gelegenheit sagen.«

Und dann hatte die Fähre endlich angelegt, und wir gingen an Bord. Miriam kam mit, um sich den Anker anzusehen.

Als wir um den 12. Kontinent herumfuhren, um unser Museumsfundstück zu bergen, bebten die Felsen bereits ungeduldig.

Die Winzigen beeilten sich hoffentlich, auf die *Maria* zu kommen.

Und dann hatte der Kran den Anker sicher an Bord gehievt, und Miriam kletterte von der Fähre an den Kiesstrand.

»Bin gespannt, wo es uns hinverschlägt«, sagte sie, »mich und das Café.«

»Australien?«, vermutete ich.

Mein Vater, der Kapitän, sagte gar nichts. Er knurrte nur.

Miriam winkte noch lange, vom 12. Kontinent aus.

Nachwort,

das vielleicht ein 13. Kapitel, dafür jedoch zu kurz ist, und in dem das gelbe Gummimonster womöglich nicht zum letzten Mal aufgeblasen wird.

»Ich werde sie vermissen«, sagte ich zu Henk.

Der Wind zerrte ungestüm an meiner Jacke, und die Fähre hinterließ einen breiten Streifen weiß schäumenden Wassers.

»Wen?«

»Du weißt genau, wen ich meine.«

»Ja.« Er seufzte. »Ich auch. Ich werde sie auch vermissen.«

»Warum hast du sie nicht gefragt, ob sie mitkommen will?«

»Ich? Sie? Fragen?« Henk zog die dichten Brauen zusammen. »Ach was«, brummte er dann. »Das hätte doch nichts geändert.«

»Ich glaube, sie wollte gefragt werden«, meinte ich. »Sie mochte dich sehr.«

Er sah mich erstaunt an. »Tat sie das?«

»Na sicher«, antwortete ich. »Sie hat einen Herbststrauß für dein Wohnzimmer gepflückt!«

»Hm«, machte Henk. »Hm, das hat sie allerdings. Ich mochte sie auch, weißt du. Aber nun ist es wohl zu spät, um ihr das zu sagen. Hier endet nun alles. Die ganze Geschichte von mir und dir und den Winzigen und Miriam.«

Und er seufzte tief und schwer und lange.

Aber so hat es gar nicht geendet.

Einen Tag später kam nämlich ein quietschblaues Beiboot an einem Strand am Festland an, blau wie die Tür des Cafés auf einem gewissen Wanderkontinent.

Es war der gleiche Strand, an dem die Fischer vor zwölf Jahren mit einem verwunderlich gesunden Baby an Bord angelegt hatten.

Das quietschblaue Beiboot hatte die Größe, die alle Beiboote haben. Falls es jemals kleiner gewesen war, musste jemand es verwandelt haben.

In dem Boot saß eine junge Frau mit kurzen dunklen Haaren und einem strahlenden Lächeln.

Das Einzige, was sie bei sich hatte, war ein aufblasbares gelbes Gummimonster, das hinten am Beiboot angebunden war.

Wenn die Zeitungen nicht so viel damit zu tun gehabt hätten, sich über eine ganze verschwundene Insel zu wundern, hätten sie sicher einen Artikel über die junge Frau mit dem gelben Gummimonster gedruckt. Aber so nahm niemand Notiz von ihr.

Sie stieg aus dem Boot, ließ die Luft aus dem Gummimonster und ging in die Stadt, um sich auf die Suche nach jemandem zu machen.

Ja. Und dann hat sie uns gefunden.

Und jetzt sitze ich hier also und schreibe all dies auf, um es Achim zu schicken und Maria im Kinderheim. Ihretwegen hat schließlich die ganze Geschichte angefangen.

Ich sitze an Bord eines Schiffs – eines schönen, altmodischen Schiffs mit einem Mast und räucherlachsroten Segeln und dem Namen *Knut 2*. Mit mir zusammen gibt es nun also drei Knuts. Die *Knut 2* ist lange nicht so geräumig wie die *Maria*. Sie hat nur vier kleine Kabinen unter Deck, und ihre Mannschaft besteht aus drei Leuten: meinem Vater, dem Kapitän, meiner Mutter, der Köchin, und mir.

Der alte Anker war eine Menge wert, eine *Menge*; genug, um das Schiff zu kaufen und ziemlich viele Vorräte. Leider auch Zwieback. Bis wir uns entschieden haben, wo wir hinwollen, reichen die Vorräte sicher aus.

Zunächst fahren wir nur so in der Gegend herum.

Aber ich habe das ungute Gefühl, dass entweder Miriam oder Henk irgendwann einfallen wird, dass Kinder in meinem Alter eigentlich zur Schule gehen müssen. Und dass wir früher oder später für eine ganze Weile in einem Hafen einlaufen werden. Auch, weil es Winter wird.

Sven und Fred und Alma geht es übrigens gut.

Vorgestern haben wir die *Maria* ein Stück mitgenommen. Die Winzigen haben uns mit ihren Saugnäpfen geentert, ohne zu merken, wer wir waren, aber dann haben sie es doch gemerkt, und wir hatten viel Spaß zusammen.

Ich höre etwas klirren.

Geschirr. Miriam ist in der Küche, die auf Schiffen ja Kombüse heißt, und versucht ernsthaft seit heute Morgen, eine Marzipantorte herzustellen. Doch wir haben unruhige See, die Wellen rollen das Schiff hin und her, und es fällt dauernd alles herunter. Oder durch das Bullauge spritzt Meerwasser herein. Falls die Marzipantorte jemals fertig wird, wird sie daher ein wenig salzig schmecken.

Henk ist mit Steuern beschäftigt. Sonst, wenn er nicht steuert, macht er Unordnung in den Kabinen. Wo Miriam jeden Morgen aufräumt.

Ich habe dann außerdem noch gelernt, dass der Kapitän eines Schiffs Paare miteinander verheiraten darf, wie ein Pfarrer. Und so wurde ich Trauzeuge der vermutlich ersten Hochzeit, bei welcher der Kapitän und der Bräutigam ein und derselbe waren.

Wir heißen jetzt alle Olafsen.

Natürlich nicht mit Vornamen.

In der Fantasy-Reihe der

Süddeutsche Zeitung Junge Bibliothek

sind ebenfalls erschienen:

336 Seiten
ISBN 978-3-86615-730-9

416 Seiten
ISBN 978-3-86615-731-6

224 Seiten
ISBN 978-3-86615-737-8

320 Seiten
ISBN 978-3-86615-738-5